Cómo robar un banco suizo

With the support of
the Swiss Arts Council Pro Helvetia

Título original: *Come rapinare una banca svizzera*
En cubierta: fotografía de © Sashkin/Shutterstock.com
Diseño gráfico: Gloria Gauger

c/ Almagro 25, ppal. dcha.
28010 Madrid. Tel.: + 34 91 355 57 20
Fax: + 34 91 355 22 01
www.siruela.com
ISBN: 978-84-18245-58-9
Depósito legal: M-9.255-2020
Impreso en Cofás
Printed and made in Spain

Papel 100% procedente de bosques bien gestionados
de acuerdo con criterios de sostenibilidad

Andrea Fazioli

Cómo robar un banco suizo

Traducción del italiano de
Miguel Ros González

Siruela
Nuevos Tiempos Policiaca

PRIMERA PARTE

LA TELARAÑA

1

Una suerte descarada

Para hacerse rico hace falta muy poco. Poquísimo. Una mota de polvo en el mecanismo, el titubeo de la bola antes de caer en el 35.

O, sencillamente, acertar en el momento exacto.

«Pero yo —se decía Lina Salviati, tirando de la palanca de la tragaperras—, yo nunca he acertado nada». A su alrededor flotaban los ruidos del casino: las palabras en voz baja, para no molestar a la suerte; las carcajadas, el alboroto de la carrera de caballos mecánicos.

No habría que jugar para ganar. Lina se daba cuenta de que tendría que estar en otro sitio, pero ya era tarde. Y, de todos modos, la técnica de la paciencia acabaría funcionando. Era el cálculo de probabilidades: tarde o temprano todo el mundo gana algo. Hace falta muy poco.

—*Scheisse!* —exclamó una mujer a su lado—. ¡Esta noche pasa algo raro!

Tenía un acentazo alemán de Suiza, el pelo recogido en un pañuelo decorado con motivos florales y flores por todas partes: rosas amarillas en la blusa y la falda, margaritas de cristal en las orejas, los ojos fríos como dos crisantemos.

Lina la miró. Por lo general, los jugadores de tragaperras no hablan entre ellos, pero quizá la buena educación se impusiera a la superstición en el casino de Lugano, así que Lina se atrevió a esbozar una leve sonrisa.

—Pues sí... ¡Está siendo una noche de pena!

—*Was sagst du?* ¡Tú no dejes de jugar! —le soltó la mujer con un acento duro como un pico—. Ya hay uno que trae mala suerte, *oder?*

Al seguir su mirada, Lina vio, dos o tres máquinas más allá, a un joven trajeado. De unos treinta años, con ojos penetrantes y pelo rubio corto. El joven no jugaba; se limitaba a mirar hacia ellas. Lina se estremeció: «¿Y si estuviera aquí por mí?».

—¡Al casino se viene a jugar! —soltó la mujer florida, mirando primero al joven y luego a Lina—. ¡No se viene a hacer el amor!

Y bajó la palanca de golpe. Los simbolitos corrieron ante sus ojos, como los colores en un caleidoscopio, y la mujer volvió a concentrarse en la máquina. Con cada tirada, un soplo de esperanza a buen precio. Un franco, bajas la palanca y todo es posible... Lina miró para otro lado. En los grandes casinos, como en los pequeños, jamás hay que mirar fijamente a otro jugador.

—¡Una nunca puede tener un ápice de suerte! —refunfuñó la mujer florida—. ¡Una nunca puede jugar tranquila!

Lina le dio la espalda a la zona de las tragaperras. La interrupción le había cortado el ritmo y los ojos de ese rubio la ponían de los nervios.

Llevaba mucho tiempo fuera de Suiza. En los últimos meses había jugado por todos los rincones del mundo: de las grandes metrópolis a los casinos de las localidades turísticas, pasando por las casas de juego semiclandestinas donde se apuesta fuerte y los profesionales van a la caza de presas. Al final había decidido volver a buscar la suerte en su país.

Sin embargo, basta con pensar en la suerte para que se esfume. Ahora Lina tenía un piso en Lugano, unos cientos de francos y una montaña de deudas tan grande que se retroalimentaban: las primeras deudas generaban otras, que a su vez se multiplicaban, y así de manera sucesiva. Hasta que la montaña se te derrumba encima y dejas de jugar.

Se sentó en el bar, al lado del ventanal que mira a la ciudad, y pidió un agua mineral. Lo más preocupante era que no se sentía infeliz: resultaba sorprendente su capacidad para no pensar ante el precipicio. Ahí estaba, con su elegante vestido rojo intenso, maquillada, bien peinada, joven y segura de sí misma. A un paso de la riqueza.

«Todo depende de cómo se miren las cosas», pensó.

—¿En qué piensa? —dijo una voz masculina.

Lina se sobresaltó; el joven rubio también había entrado al bar. En efecto, intuía: sus preocupaciones la habían seguido, trajeadas, dispuestas a borrar de un plumazo todo rastro de sueño que le quedase.

—¿Qué quiere?

—Me llamo Matteo. ¿Puedo sentarme?

Y, sin esperar a que respondiese, se sentó frente a ella. Llevaba una copa de líquido oscuro.

—No lo conozco —dijo Lina, procurando conservar la calma.

—¿Cómo que no? Acabo de presentarme, ya no hay secretos entre nosotros.

—Oiga...

—Yo sé que usted se llama Lina Salviati y que necesita ganar.

El joven hizo una pausa y bebió un sorbo de su bebida oscura. Lina imaginó que sería *whisky*.

—Mire —continuó Matteo—, estoy al tanto de sus apuros porque tengo muchos amigos, pero soy más amigo suyo que de los demás, así que no se preocupe.

Lina había contraído deudas con gente poco recomendable. Sabía que tarde o temprano tendría que rendir cuentas a alguien y ya había tenido más de un encuentro desagradable. Sin embargo, aquel joven rubio no se parecía en nada a los cobradores habituales, que casi siempre se limitaban a mirarle de reojo los pechos y a proferir oscuras amenazas.

—Yo conozco al señor Forster —dijo Matteo—. Sé que usted lo conoció en unas circunstancias singulares, gracias a la profesión de su padre.

—Pero ¿qué...?

—¡No diga nada! También sé que en los últimos años ha exprimido al bueno de Forster y le ha sacado un montón de dinero. Y a él le gustaría recuperarlo. ¿No nota su aliento en la nuca?

—Yo... Yo no...

Matteo se inclinó hacia ella y le rozó la rodilla.

La he seguido hasta el casino y la he visto perder quinientos francos en la ruleta y luego no sé cuántos en las tragaperras. ¿Qué diría Forster?

Matteo no esperó a que respondiese; se apoyó en el respaldo de su silla y concluyó:

—Forster también podría mandar que la vigilasen. No es tonto, ¿me explico? Él sabe que está usted en Lugano, tirando el poco dinero que le queda.

—Pero ¿cómo se atreve? —Lina optó por la línea dura—. ¿Quién le da el derecho de...?

Matteo la miró fijamente a los ojos.

—Tengo una idea en la cabeza; llevo meses dándole vueltas. Y en mi idea también hay sitio para usted.

Lina no sabía qué decir: el tipo tendría cuatro o cinco años menos que ella, pero le hablaba con tono paternal, sin alterarse lo más mínimo. Ella lo fulminó con la mirada y se puso de pie, lista para montar un número. Matteo se le adelantó:

—Tengo que irme ya. —Él también se levantó—. Pero volverá a saber de mí. Y, por favor, ¡deje de jugar!

Antes de que Lina pudiera responderle, se dirigió a toda prisa a la puerta.

En el bar todo seguía como antes. Los casinos son lugares eternamente idénticos a sí mismos: la mirada empañada de los camareros, las parejas que lanzan los dados cogidas de la mano, un grupo de chicos disfrazados de adultos y ese runrún de fondo, acompasado por las voces monótonas de los crupieres. A Lina le gustaban las cortinas rojo oscuro, la moqueta que amortiguaba los pasos y los cromados dorados de las mesas de juego.

«No tengo que ceder —pensó—. Esta es mi guerra, este es el único sitio en el que puedo solucionarlo todo». Todo lo que comenzó cuando... Ya ni se acordaba. Un día había empezado a jugar, en la Costa Azul, para matar el aburrimiento y para huir de su padre. Y ya no había parado: las noches y las tardes y las comidas y las vacaciones y la playa y el trabajo; todo engullido por ese instante de espera que precede al veredicto. Por ese momento de embriaguez en el que todas las posibilidades están abiertas.

Decidió volver a probar suerte con la ruleta. Tenía una relación especial con el 35. «Tarde o temprano saldrá —se dijo mientras iba a cambiar más fichas—. Quien se burla de estas cosas no sabe nada de la vida». Jugó sin descanso; ni siquiera paró un momento para ir al baño. En su cabeza todos los recuerdos se desvanecieron.

Aquella noche tampoco tuvo suerte. Puede que no consiguiera olvidarse de su necesidad de dinero; puede que el encuentro con el joven rubio la hubiese distraído. Al final, acabó dejándose en el casino otros doscientos francos y salió al paseo del lago.

La carretera que bordeaba el Ceresio estaba cerrada al tráfico. Lina paseaba con la mente en blanco, mientras a su alrededor bullía la muchedumbre de esa noche de verano: familias de paseo, chavales con ojos famélicos y muchachas que aparentaban ingenuidad.

En verano, los Prealpes juegan a ser el Mediterráneo. Lina pasó por delante del Tropical Lounge y vio un destello de camisas blancas y tatuajes. De fondo, la silueta oscura de las montañas, mientras el ritmo de la salsa y el merengue se perdía en el lago. Lina paró a beber un mojito en una silla de madera de la terraza. Al lado había un quiosco que vendía refrescos y helados; y, un poco más allá, una tarima de madera con bailes latinoamericanos.

Lina intentó volver a la normalidad. Esa noche se lo había jugado todo, ya solo le quedaban los gestos habituales: llegar a casa, ducharse, dormir luchando contra el bochorno y, al día siguiente, otra vez a buscar trabajo. Cerca de la tarima había una estatua: un hombre apuntando al cielo con el dedo. Lina se preguntó quién sería.

De repente, la gente y la música empezaron a molestarla. Y también las pantallas de los móviles, que brillaban en la oscuridad como luciérnagas en el campo. Notó que los hombres, desde la pista de baile, la miraban con curiosidad: en efecto, allí su elegante vestido estaba fuera de lugar.

Siguió por el paseo del lago hasta Piazza Della Riforma y se dirigió al edificio de aparcamientos del centro donde había dejado el coche.

En las calles que rodeaban Piazza San Carlo no había mucha gente. Las paredes gruesas de casas y tiendas evocaban un mundo sin incertidumbres. Un banco, imponente y oscuro, al otro lado de una tapia, le despertó un ápice de tristeza. «Estoy siguiendo una mariposa, un producto de mi imaginación. La auténtica riqueza, la auténtica seguridad —se dijo—, está ahí, detrás de esas paredes». Y, sin embargo, sabía que era demasiado tarde para cambiar de ruta.

No era una mera cuestión de dinero: cuando llega una crisis, el dinero le falta a todo el mundo. Pero Lina se lo había pedido a quien no debía. A medida que se acercaba al aparcamiento, comprendía su situación con mayor claridad. Forster y sus amigos eran profesionales, gente que no podía permitirse una excepción, dispuestos a hacerle daño: si se lo proponían, podían llegar a ser muy peligrosos.

Y ¿pedir ayuda? ¿A quién? Lina pensó en su padre, pero rechazó la idea de inmediato. Él había renunciado a la vida, era como si estuviese muerto. Y, sin embargo... Lina lo vio todo en una suerte de fulgor: corría peligro, estaba sola. Pagó el tique del aparcamiento y mientras buscaba su coche en la oscuridad cayó en la cuenta, quizá por primera vez, de que para librarse no le bastaría con su habitual cara dura. Esta vez hacía falta una intervención especial, una suerte descarada, algo que borrase el pasado, más poderoso que las palabras del crupier *Rien ne va plus*.

2

El jardinero

La vieja señora Augustine se recostó contra el respaldo. Entrecerró los ojos al sol, cada vez más bajo en el horizonte, y se alisó el borde de la falda mientras, disimulando, escuchaba el canto de las cigarras. A la señora Augustine le encantaban las cigarras.

El camarero se acercó con una bandeja y la dejó en la mesita de hierro forjado. La señora le dio las gracias con un ademán de la cabeza y dijo:

—Gracias, Georges. Tómese algo usted también.

Agradecido, Georges sirvió dos vasitos de pastís. Luego se sentó y contempló el jardín. Las tormentas de la semana anterior habían obrado milagros: el hibisco por fin había florecido y, al borde del camino de acceso, dos arbustos de verbena demostraban que el verano provenzal también sabe lucir colores intensos.

—Hoy no hace viento —dijo la señora Augustine.

—Es verdad —respondió Georges—. Eso es que ya no volverá a llover.

Las tormentas a principios de verano eran algo insólito pero bienvenido, porque traían una reserva de agua con la que aguantar hasta finales de agosto. La señora le preguntó a Georges si ese año iría a cazar.

—Hombre —contestó Georges con una mueca—, voy a intentarlo. El año pasado las perdices estaban escondidas, pero cacé un par de liebres.

—Ah, ¡qué bien!

—Aquellas las vendí, pero las siguientes se las traigo.

—No, déjese de...

—Claro que sí. Se lo prometí también a Jean... Mire, ¡ahí sigue trabajando!

Georges saludó al jardinero, que estaba regando una parcela cultivada de romero, tomillo y mejorana. La señora Augustine le pidió a Georges que le ofreciese un vasito, y Jean aceptó, disculpándose por las manos sucias de tierra.

—¡A cambio me trae la fragancia del romero! —dijo la señora Augustine con una sonrisa.

Los tres bebieron un trago de pastís, mientras las cigarras seguían con su concierto incesante en el jardín. La villa se remontaba a principios del siglo XX. Era un gran edificio de color amarillo, con celosías verdes y estucos de escayola encima de las ventanas. Faltaba un poco de pintura aquí y allá, y la madera de la balaustrada del porche parecía cada vez más frágil; pero, como decía la señora Augustine, más vale acostumbrarse a la fragilidad.

Cuando acabó su vasito, el jardinero se excusó: aún le quedaba algo de trabajo y tenía que hacer un encargo en el pueblo, así que la señora Augustine lo invitó a no perder tiempo.

Antes de irse, regó dos arbustos de cornejo macho y varios viburnos particularmente necesitados. Luego se dirigió al lado este del jardín, donde unos días antes había plantado un joven olivo: los primeros días eran decisivos para su supervivencia.

Era un jardín de estilo antiguo, sin geometrías demasiado estrictas, pero con una división exacta de senderos, arboledas, arbustos y parterres floridos. El paseo principal atravesaba un prado en pendiente suave y se bifurcaba: a un lado el huerto de verduras, y al otro el vergel. El jardinero cogió una azada del cobertizo, cerca de los huertos, y cruzó el frutal.

El olivo estaba empezando a agarrar. El jardinero se había encargado de acumular tierra alrededor del tronco, creando una especie de dique, para que el agua se quedase en ese cuenco y no se desperdiciara ni una gota. Trabajó la tierra con la azada para reforzar el dique y luego regó el árbol con una regadera.

Después se lavó a toda prisa, se cambió y bajó al pueblo antes de que cerrasen el banco y la oficina de correos para despachar varias cuestiones burocráticas: pagar dos facturas pendientes, cobrar su sueldo y enviar tres órdenes de compra de semillas y plántulas de rosa.

Paró a tomar una copa en el restaurante de Marcel. Delante del local había una plaza a la sombra de tres enormes plátanos, con varias mesas y un campo de petanca. Marcel tenía una clientela variopinta: turistas que querían degustar alguna *spécialité*; gente de la zona, que pasaba a tomar el aperitivo; y cazadores que se consolaban con un tanque de cerveza después de una jornada poco provechosa.

El jardinero se dejó enredar para echar una partida de petanca. Era un jugador notable: certero en los lanzamientos de aproximación y, sobre todo, un buen apuntador. Solía jugar en pareja con Georges, el camarero, que era un excelente tirador (golpeaba una media de cinco de cada seis bolas), y con un mecánico del pueblo, que hacía de medio.

Sin embargo, aquella tarde se limitó a unos pocos lanzamientos para no perder práctica. La plaza empezaba a abarrotarse mientras el sol se ponía detrás del campanario. Tres jóvenes en moto aparcaron debajo de un plátano. Los ancianos estaban ahí al lado, observando de reojo a los transeúntes desde sus bancos.

También había algunos turistas, y uno sacó varias fotos de la partida de petanca, aunque eso no le hizo ni pizca de gracia al jardinero. Estaba profundamente enamorado de las cosas sencillas de la vida: el jardín, el aperitivo, las salidas a pescar, los días de mercado y la misa de los domingos. Aunque no siempre había sido así, ahora había enfilado el buen camino. Tenía varios amigos veraneantes, pero los turistas escandalosos no eran santos de su devoción; y aparecer en una fotografía le hacía aún menos gracia.

Justo cuando se disponía a tirar, desde el círculo de lanzamiento, Marcel fue a llamarlo.

—Eh, Jean, ¡preguntan por ti al teléfono!

—¿Por mí? —respondió el jardinero, sorprendido—. Y ¿quién me llama a mí aquí?

Entraron en el restaurante.

—Tiene que ser una pariente tuya —dijo Marcel—. Me ha preguntado si conocía a Jean Salviati y me ha dicho: «Pregúntele si quiere hablar con Lina Salviati».

Marcel pronunciaba el apellido con el acento en la última *i*.

—¿Lina Salviati? —preguntó el jardinero.

—Exacto. ¿Es familia?

Jean Salviati asintió, llevándose el auricular a la oreja, pero no dijo nada. Esperó a que Marcel se alejase y habló en voz baja.

—¿Sí?

—Buenas tardes —respondió un hombre en italiano—. ¿Hablo con el señor Salviati?

Esta vez el acento caía en la segunda *a*.

—Sí, soy yo —dijo el jardinero.

—Soy el encargado del bar La Pergola de Lugano —continuó la voz masculina—. Su hija lo ha llamado, pero ha tenido que irse. Me ha pedido que lo avise. Buenas tardes...

—Pero ¿cómo puedo ponerme en contacto con ella? —preguntó Salviati.

—Y ¿yo qué sé? ¡Ni siquiera la conozco!

—Claro, claro... Disculpe. Pero ¿no ha dicho nada...?

—Solo ha marcado. Luego se ha excusado y se ha ido. Pero imagino que sabrá usted dónde encontrar a su hija, ¿no?

—Por supuesto —murmuró Salviati, mientras colgaba—, por supuesto.

Se quedó apoyado en la pared, sin mover un músculo. Pasó unos segundos escuchando los sonidos que llegaban de la plaza y pensó en su hija. ¿Cuánto tiempo hacía que no hablaba con ella? Seis meses, por lo menos.

A Jean Salviati le entró miedo: aún conservaba el instinto para esas cosas; sabía reconocer las llamas mucho antes de que oliese a quemado. Su hija se había enfrentado a muchas dificultades sin aceptar jamás la ayuda de nadie. ¿Habría cambiado de opinión? Pero ¿por qué? ¿Qué le había pasado o estaba a punto de pasarle?

3

Ante todo, valor

A veces hacemos algo por el motivo banal, pero sin duda eficaz, de que no tenemos nada que hacer. Por más que Lina valorase las alternativas e ideara planes en su cabeza, no dejaba de ser una noche de sábado sin blanca.

No podía ir al casino y no tenía ofertas de trabajo a la vista... ¿Qué le quedaba? La invitación a cenar que había encontrado en el buzón. Al principio no reconoció al remitente, quizá por el apellido, pero luego se acordó del joven rubio del casino.

> Soy Matteo, ¿se acuerda? El amigo que compartió con usted las zozobras de una noche de azar. Pues bien, si su situación no ha cambiado y no ha encontrado nada mejor que hacer, me gustaría proponerle un plan. ¿Qué le parece si nos vemos a las ocho en el bar de la playa de Lugano? Luego, si acepta, será un placer invitarla a cenar.
>
> ¡La espero esta noche!
>
> MATTEO MARELLI

¿Cómo puede una fiarse de alguien que habla de «zozobras»? «De todos modos —se dijo Lina mientras elegía vestido—, no pierdo nada por ir a descubrir sus cartas». Al final, a pesar de haberlo intentado, no había tenido cuerpo para pedir ayuda a su padre. Desde su retirada, la relación entre ellos se había tensado: Lina no entendía la elección de vivir en ese pueblucho de mala muerte, con un triste trabajo de jardinero.

Pensándolo bien, tampoco estaba en una situación tan desesperada. Si encontrara trabajo, si pudiera pasar un tiempo sin descarriarse o si la idea de ese rubito no estuviera mal...

Decidió no exagerar: descartó los vestidos escotados y las faldas demasiado cortas. Unos vaqueros, tacones y una camiseta de seda negra. Se dejó el pelo suelto sobre los hombros y optó por un maquillaje discreto. A fin de cuentas, no la había invitado a un restaurante de lujo.

La playa de Lugano tiene dos almas: de día, a orillas del lago y alrededor de las piscinas se acumula una multitud de chiquillos, madres con niños y abuelas tocadas con enormes sombreros de paja. Por la noche, en cambio, se encienden las luces del bar, y las camisas ceñidas, las uñas pintadas de lila, la música y los *gin tonics* entran en el campo de batalla.

Matteo, que también iba en vaqueros y camiseta, había conseguido hacerse con dos huecos en un rincón.

—Es un placer volver a verla —la saludó, invitándola a sentarse—. ¿Podemos tutearnos?

—Me decías que tienes una idea —dijo Lina.

—Ahora te cuento. ¿Quieres beber algo?

Pidieron dos martinis y volvieron a mirarse a los ojos, circunspectos. Lina aún no podía descifrar a ese joven. Mostraba una actitud agresiva, combinada con un interés que no parecía fingido. «A lo mejor solo quiere acostarse conmigo», pensó.

—Veo que te estás relajando —comentó Matteo.

—Hay bastante gente aquí —respondió ella.

—Sí, no está mal. La música, el lago..., y se puede hablar tranquilamente, ¿no?

—Claro.

Cada uno bebió un trago de su martini: fin del primer asalto.

La música y las voces no impedían la conversación, pero había que estar cerca para hablar. Los dos tenían los codos en la mesa. A cambio, el estruendo creaba una barrera, una suerte de intimidad.

—Sé quién eres —dijo Matteo—; me he informado sobre ti.

—Pues yo no sé quién eres tú. ¿Me puedes decir...?

—Puedo decírtelo todo, pero vamos poco a poco. Estás metida en líos, y más graves de lo que imaginas. Un día de estos Forster vendrá a buscarte, por las buenas o por las malas.

—Si me has llamado para decirme eso...

—Decenas de miles de francos. ¿O cientos? ¿Cuánto le debes?

Lina se dispuso a levantarse.

—Ya está bien. No...

—¡Espera! —la detuvo—. Yo puedo ayudarte. Y no hagas movimientos demasiado bruscos... ¡Mira allí!

Lina observó al hombre que Matteo le había señalado: fuera de lugar, ajeno al ambiente de la playa y a todo lo demás. Enorme, musculoso, pero sin la camiseta negra de los seguratas del bar. Llevaba un horrendo traje de raya diplomática y una gorra de béisbol.

—¿Quién es ese? ¿Qué me quieres...?

—¡Espera, que te lo presento!

Mientras el coloso se acercaba, Lina se preguntó si habría metido la pata. Primero el rubito con sus miradas insinuantes, ahora ese gorila que se plantaba a su lado con semblante serio, le estrechaba la mano y se sentaba a su mesa.

—Él es Elton —explicó Matteo—, un amigo de Forster. Y, si estás pensando que «Elton» es un nombre ridículo, ya somos dos.

—¿Qué queréis? —preguntó Lina.

Por suerte, estaban rodeados de gente: tenía que estar preparada para huir a la mínima señal de peligro.

—Relájate —dijo Matteo—, no vamos a hacerte nada. Yo he hecho de mediador, ¿verdad, Elton?

—El señor Forster sostiene que, en líneas generales, no le parece mal —respondió Elton.

El gorila tenía un acento refinado y una voz suave.

—¿No le parece mal el qué? —preguntó Lina, a la que empezaba a resultarle absurda la situación, pero que sabía que no podía subestimar a ninguno de sus dos interlocutores.

—Un acuerdo —respondió Elton—. Entre otras cosas, porque el señor Forster está al corriente de su difícil situación económica.

—Es decir, que no te queda ni un franco —apuntó Matteo, antes de que Elton siguiese:

—Hasta ahora, el señor Forster ha esperado, también por consideración hacia su padre. Sin embargo, ahora que su padre se ha retirado, la única solución es la sugerida por el señor Marelli, aquí presente.

—¡Ese soy yo! —dijo Matteo con una sonrisa—. A Elton le gustan las expresiones rimbombantes, pero la cuestión es la siguiente: tú necesitas dinero, el señor Forster quiere recuperar el suyo, y tu padre era un profesional, uno de los más habilidosos.

—Pero...

—Bancos, supermercados, oficinas de correos y hasta villas y mansiones privadas. Siempre sin violencia, con la información necesaria y...

—¡Basta! —Lina se atrevió a interrumpirlo—. Mi padre ha cambiado de vida.

—Pero sigue teniendo buenos contactos. Además de experiencia, ¿me entiendes?

—Estoy convencido de que lo entiende —respondió Elton, que entretanto se había pedido una botella de cerveza—. La idea de Matteo se basa en una información que se ha procurado sobre unos movimientos bancarios harto delicados.

«Una mala noche en el casino —pensó Lina— y aquí estoy». Elton, inclinado hacia ella, apenas movía los labios al hablar, como si lo recitase de memoria. Lina se preguntó qué había hecho mal: en las otras mesas, las chicas flirteaban y se emborrachaban; ¿por qué ella estaba hablando de dinero?

—Sería una buena ocasión para todos; pero, por desgracia, nos faltan un par de contactos que su padre, no nos cabe ninguna duda, puede ofrecernos.

—Pero, a ver —dijo Lina—, Forster puede conseguir todos los contactos que quiera, ¿no? ¿Qué pretendéis...

—El señor Forster no tiene por costumbre...

—... que haga?

—... trabajar en este campo concreto. Nosotros...

—¡Compañeros! —intervino Matteo, sonriendo—. Vamos por partes. En el fondo, solo se trata de desvalijar un banco, ¿no?

Más adelante, Lina volvería varias veces a esa conversación: el gorila de verbo florido como un académico, los ojos brillantes de Matteo, el olor a alcohol y sudor, la música *dance* que salía de los altavoces. ¡Desvalijar un banco! La expresión parecía sacada de una película.

Aunque... Aunque quizá la idea de Matteo no estuviese mal del todo. ¿Cuántas veces le había pedido Lina a su padre que le hablara de su profesión? Pero él siempre se había negado, siempre. Hasta que se escondió en la Provenza y se puso a cultivar lechugas. Y no se había hecho rico, eso seguro.

En cambio, Matteo quería trabajar con ella.

Y quería secuestrarla.

—Piénsalo bien, Lina, es la única forma de ablandar a tu padre. Sin él no podremos acceder al sistema informático. Además, necesitamos a alguien capaz de organizarlo todo.

—Y ¿no puedo preguntarle si quiere echaros una mano?

—¿Tú qué crees que nos respondería?

En efecto, Jean Salviati jamás habría aceptado volver a su antigua vida. Pero si Forster le decía que tenía secuestrada a su hija, que estaba hasta las cejas de deudas, y le pedía información para un atraco...

—En honor a la verdad —precisó Elton—, no se trata tanto de ofrecer información cuanto de llevar a cabo el propio atraco.

Entre el alboroto y los colores del bar de la playa, las palabras de Elton y Matteo estaban fuera de lugar. Pero Lina no tardó en darse cuenta de que hablaban completamente en serio. Apartó su martini y se volvió hacia el lago, buscando alivio en la oscuridad. Querían fingir un secuestro para que su padre robase el dinero; luego se repartirían el botín. ¿Y ella? Ella saldaría sus deudas.

—Y ¡puede que tú también te lleves algo! —le dijo Matteo, guiñándole un ojo.

—¿Puede?

—Hombre, depende de lo que saquemos...

—Como es natural —intervino Elton, con un leve carraspeo—, también depende de otra variable: el señor Forster confía en una pronta liquidación de la deuda.

Lina sabía que su padre se dejaría la piel para echarle una mano, pero jamás habría cometido un atraco, eso no. Ya no.

Así pues, si no quedaba más remedio que engañarlo...

—Como es natural —volvió a decir Elton—, la decisión ha de tomarse con cierta premura.

Al final se lo acabaría contando todo. Se echarían unas risas; puede que el engaño sirviese incluso para reconciliarlos. Como un juego; una idea original, un truco para librarse de sus apuros.

Pero ¿y si su padre se asustaba? ¿Y si iba a la policía? Bueno, al menos eso podía excluirlo.

Lina intentó valorar rápidamente los pros y los contras.

—Pero ¡mi padre también tendrá que ganar algo!

—Mire, señorita Salviati —respondió Elton—, su padre ganaría la cancelación de las deudas de su hija. Como es natural, si la cantidad robada fuese sustanciosa, cabría la posibilidad de añadir un porcentaje.

—Pero ¿cómo voy a fiarme de vosotros?

—Tenemos que fiarnos todos —dijo Matteo—, los unos de los otros. Si quieres, podemos firmar un contrato, pero ya me dirás qué valor tendría...

—Ninguno —respondió Elton.

—Tenemos que fiarnos —repitió Matteo—. Si no, el plan no funciona...

Lina arqueó las cejas.

—Y ¿vale la pena correr el riesgo?

—¡Ante todo, valor! —exclamó Matteo—. Y confianza. Si estamos unidos hasta el final, podemos conseguirlo... Estoy hablando de un buen golpe, créeme, Lina. ¡De los que salen en la tele!

Lina lo creyó. Por lo demás, no tenía elección. Sin embargo, no bajaría la guardia: valor y confianza eran meras palabras, pero Lina sabía que, cuando el dinero entra en escena, las palabras se las lleva el viento.

Elton se despidió haciendo gala de toda su cortesía y se marchó.

Lina le pidió a Matteo más detalles de su información sobre el banco, pero él quería cambiar de tema: de pronto volvía a ser un joven normal que disfrutaba de la noche del sábado, y no tardó en convencerla para hablar de otra cosa.

—¡Ya hemos trabajado bastante esta noche!

—¿Cómo que «trabajado»? Pero si...

—Yo tengo hambre, ¿tú no?

Cenaron en un restaurante a orillas del lago, en Castagnola, y Lina notó que estaba mucho más tranquila. La idea de mentir a su padre la preocupaba, pero ya no tenía miedo de Forster. Ya no corría peligro. Por el momento.

—Por ahora, vamos a olvidarnos del asunto —dijo Matteo—. De hecho, mira lo que te digo, ¿por qué no vamos a algún sitio a bailar? ¿No estás hasta la coronilla del casino?

—Pues...

—Venga, mujer, ¡si solo hay viejos! ¡Vamos a quedarnos con los jóvenes por una vez!

Lina sonrió. ¿Le gustaría de verdad? El secuestro no era una excusa, claro; eso sería un auténtico disparate. Pero a lo mejor, en el fondo, aunque fuese por diversión...

—¿Qué me dices? —la acució Matteo—. Yo iría al Vera Cruz: es un sitio especial, con encanto, y además conozco al dueño. ¿Qué te parece?

Estaban en una mesa de madera, en la esquina de la terraza, lejos de los demás clientes. El lago era un ojo oscuro, iluminado por alguna que otra motita dorada: barcos de turistas o pescadores furtivos.

—¿Por qué no? —respondió Lina, con las manos entrelazadas debajo de la barbilla, repasando al rubito de arriba abajo.

A él se le dibujó una sonrisa de oreja a oreja.

—¡Pues andando! ¡La noche es nuestra! O ¿tienes algún compromiso mañana?

—Nada urgente. Bueno, sí, tengo que organizar un atraco...

—Pero ¿qué me dice? A lo mejor puedo ayudarla, señorita: ¿necesita uno grande o le basta con un modelo pequeño?

Los dos se echaron a reír.

Lina era incapaz de disipar por completo sus dudas, pero no se sentía así de aliviada desde hacía mucho tiempo: sin la inquietud, sin el cargo de conciencia. El remordimiento por sus acciones llevaba años asfixiándola; a cada época de ligereza la seguía otra de plazos vencidos, de amistades rotas, como un círculo vicioso. Pero ahora todo el mundo sonreía, todos estaban con ella.

Por lo menos aquella noche.

Y, si jugaba bien sus cartas, puede que la suerte acabase echándole una mano.

4

Vino y cháchara

En esa zona de la Provenza, en vacaciones, el tiempo a veces se distrae: el sol se queda colgado en el cielo de media tarde y vuelves a ver tus veranos de antaño, que se cuelan por las celosías y dan vueltas con el polvo suspendido de un salón en penumbra. Casi los oyes zumbar cuando una moto pasa por la carretera.

Jean Salviati estaba atento a las señales de los veranos sepultados, entre otros motivos, porque no había vivido demasiados. Pasaba el año en Suiza y, en los meses de vacaciones, iba a casa de sus abuelos, en Francia, donde había aprendido muchas cosas, de esas que no eres consciente de haber sabido hasta que se te olvidan.

—Se está a gusto aquí, ¿eh? —dijo Filippo Corti.

—¡Ni que lo digas! —exclamó su mujer Anna—. ¡Yo no volvería a casa!

Salviati se limitó a asentir. La lentitud de aquel oscurecer tenía algo que le recordaba a su padre: sus gestos meticulosos, la minuciosidad para preparar los golpes. Cuando lo acompañó por primera vez a desvalijar un piso, sus abuelos llevaban un par de años muertos. Así, sin dramas, fue como Jean Salviati le dio la espalda a la infancia.

—Jean, ¿al final has podido curar tu pino? —preguntó Filippo.

—Hombre —contestó el jardinero—, podría decirse que he descubierto el problema.

—Tenía una... *chenille*. ¿Cómo se llama en italiano? Procesionaria, creo.

—¿Un parásito? —preguntó Anna.

—Más o menos. Luego se convierten en mariposas. Pero antes pasan el día en sus nidos de seda y por la noche salen en fila para comerse las agujas de las copas de los pinos.

—¡Qué dices!

Estaban en la terraza de los Corti, copa de vino tinto en mano. Al otro lado de las montañas, más abajo, resplandecía la costa. Y, al fondo, estaba el mar. Sin embargo, a esa hora ya no se veía; las siluetas se iban difuminando.

—Luego se convierten en mariposas oscuras con manchas amarillas —añadió Salviati, dando lentas bocanadas de su pipa—. También son peligrosas si las tocas: pican como las medusas.

—¿Y antes se comen las agujas de los pinos marítimos? —preguntó Anna.

—Es un pino carrasco, pero me parece que a ellas les da igual. El caso es que he comprado fumigante.

—Es interesante eso de que salgan a alimentarse por la noche, ¿eh? —observó Filippo—. Igualito que los animales salvajes.

—O que los ladrones —apuntó Anna, con una sonrisa.

Salviati se quedó impasible: ya ni siquiera sentía tensión. En su momento, esas palabras habrían activado una alarma interior, pero ahora vivía otra vida. Se quitó la pipa de la boca y dijo:

—Exactamente... Como los ladrones... Duermen de día y atacan de noche.

Los Corti vivían en el cantón del Tesino. Él era profesor de ciencia, ella trabajaba a media jornada en una biblioteca, y llevaban años veraneando en la Provenza. Alquilaban siempre la misma casa, no muy lejos del pueblo, pero ya en la montaña. A Salviati le encantaba cenar con ellos, con esa sensación de estar apartados del mundo.

—Pensándolo bien —dijo Filippo, girando la copa de vino en la mano—, en el fondo no estaría mal llevar la vida de un ladrón de lujo. Como Cary Grant en *Atrapa a un ladrón*: una vida plácida en la Costa Azul, con mujeres hermosas, coches deportivos...

—La casa en la Provenza ya la tenemos —intervino su mujer—, ¡no me digas que echas en falta a las mujeres hermosas!

Filippo sonrió. Era un hombre delgado, de cuarenta y pico años, con una barba y un pelo tupido y rizado.

—A lo mejor echo en falta los atracos: tiene que ser apasionante organizar el golpe, estudiar los horarios, planear la fuga...

Salviati conocía de sobra ese juego de sociedad, al que cada cierto tiempo recurría alguien: una noche de verano, unas horas ociosas que hay que llenar, la imaginación que echa a volar. ¡Imagina cómo sería atracar un banco! Y él, sin decir ni mucho ni poco, jugaba.

—¿Por qué no? —dijo, esbozando una sonrisilla—. Si queréis, podemos probar.

—¡Cuenta conmigo! —exclamó Filippo.

—Ideamos un buen golpe y así os trasladáis aquí todo el año.

—Pero ¡hoy en día ya es imposible! —protestó Anna—. Al final acaban pillándolos a todos, incluso a los que consiguen escapar con el dinero.

—Hombre, a todos tampoco —dijo Filippo—. El otro día leí en el periódico la historia de Ronnie Biggs, ese tipo que en los años sesenta atracó el tren correo y huyó con... ¡Creo que fueron casi cuatro millones de libras esterlinas! Que por aquel entonces era una cantidad exorbitante.

—¿Y nunca lo pillaron? —preguntó Anna.

—Más o menos.

A Filippo le encantaba contar las historias que leía en los periódicos. Se estiró en su butaca, esperando la pregunta. Salviati saltó:

—¿Más o menos? ¿En qué sentido?

—Eran dieciséis y tardaron más de un año en preparar el golpe —dijo Filippo—. El jefe era un tal Reynolds. Él y Biggs se habían conocido en la cárcel, donde descubrieron que tenían mucho en común: su pasión por el *jazz*, por Hemingway y por Steinbeck...

Salviati sonrió en la oscuridad. ¡Cuántas veces había oído la historia del gran robo del tren!

—... y así, manipulando la luz del semáforo, consiguieron parar el tren —continuó diciendo Filippo—. Un grupo inmovilizó al maquinista y al fogonero, otro soltó la parte posterior del tren, y la locomotora siguió su viaje con el vagón del dinero: a poco más de un kilómetro, un tercer grupo esperaba al tren mutilado. Ya lo tenían hecho: cogieron el dinero y huyeron.

—¿Adónde?

—Se escondieron en una casa de campo que habían comprado en previsión del golpe. Después de repartir el botín, casi doscientas mil libras por cabeza, se escondieron en Londres.

Filippo se quedó callado; todos guardaron silencio. Respiraban, satisfechos, el aire tibio de la noche provenzal, siguiendo el sueño de un atraco millonario. Pero Salviati decidió romper el hechizo y preguntó:

—Y luego ¿qué?

—Cometieron un error —respondió Filippo, dando un suspiro—. El miembro de la banda encargado de prender fuego a la casa de campo cogió su parte y se largó, dejándola tal cual, con todas las huellas dactilares. Las de Biggs las encontraron en un tablero de Monopoly.

—Así que es verdad: al final siempre los pillan —dijo Anna.

—Eso parece... —comentó Salviati.

—¡A ver, tranquilidad! —dijo Filippo—. A algunos miembros de la banda nunca los identificaron, y disfrutaron de su dinero sin contratiempos. A Biggs lo atraparon, pero consiguió escapar de una prisión de máxima seguridad con una escalera de cuerda, ¡manda narices!, y huyó a Sudamérica.

—Y ¿la policía inglesa no volvió a dar con él?

—¡Y tanto que dieron con él! Se hizo famosísimo, cantaba en grupos de rock, viajó, tuvo hijos..., pero no había un acuerdo de extradición con Brasil, así que nunca pudieron pillarlo.

—¿Y ahora? —preguntó Salviati en voz baja.

—Ahora está en la cárcel.

—Ah.

—Volvió al Reino Unido para tratarse una enfermedad: tiene casi ochenta años, está ya muy mal. ¡Pensad que llevaba casi cuarenta huido de la justicia!

—Pero lo acabaron pillando —dijo Salviati.

—Hombre, dejó que lo pillaran. Y vendió su historia a los tabloides. Pero vete a saber cuántos ladrones consiguen dar un golpe y desaparecer...

—¡Nosotros! —exclamó Anna—. ¡Idearemos un plan perfecto! Solo hay que estudiar bien los horarios de los trenes...

—Sí, pero ¿cómo vamos a parar el tren?

—No lo paramos: ¡lanzamos las bolsas con dinero por la ventanilla!

—¡Y que haya alguien para recogerlas!

—¿Qué pasa con los vigilantes?

—Solo tenemos que sustituir las bolsas antes, mientras estén cargándolas en el tren.

—Si tuviésemos un uniforme de ferroviario...

—Y ¿por qué no de policía? Así entramos en el vagón del dinero.

—¿A ti no se te ocurre nada, Jean? —preguntó Anna.

Salviati sonrió. Los ojos de la mujer resplandecían en la penumbra. «Qué poco hace falta —pensó—, qué poco hace falta...».

—¿A mí? No, a mí estas cosas no se me dan muy bien... —dijo, acercando una cerilla a la pipa—. No sé si podría ayudaros.

—Te buscaremos un papel a ti también —dijo Filippo.

—¡Yo seré el cerebro de la banda! —exclamó Anna—. Tú, Filippo, te encargarás de los horarios y de organizar los tiempos. Y tú, Jean, podrías ocuparte de la información: preguntar cómo van los turnos en la estación y esas cosas.

—Perfecto —murmuró Salviati.

—Tendremos que ser fríos y estar preparados para todo —dijo Filippo.

—No sé yo —dijo Salviati, negando con la cabeza—. Creo que no tengo madera de atracador...

—¡Nosotros te enseñamos! —apuntó Anna, sonriendo—. ¡Somos como Bonnie y Clyde!

—¡Mírala! —exclamó su marido—. ¡Habla como si se hubiera pasado la juventud atracando bancos!

Los tres se echaron a reír, e incluso la de Salviati fue una carcajada auténtica: la carcajada de un jardinero en una antigua villa provenzal; la carcajada de alguien que jamás ha infringido la ley. A lo lejos, sobre el mar, la luna impregnaba la noche, profunda y llena de cigarras, de aromas. De vez en cuando, un soplo de viento movía las ramas del jardín y subía a perderse en la terraza.

—Se está a gusto aquí, ¿eh? —dijo también Anna.

Su marido asintió. Después de lanzar una bocanada de humo, Salviati añadió:

—Hace una noche preciosa, sí.

Más tarde, mientras volvía a casa en su viejo escúter, Salviati pensó otra vez en la cháchara de la terraza: el juego de sociedad siempre acababa con una vuelta a la paz, al ritmo de las vacaciones.

Por suerte. Si todo el que soñara con cometer un atraco lo hiciese de verdad, las cárceles acabarían por reventar. Salviati estaba fuera, y se alegraba mucho: había cumplido casi diez años en total. El dinero se había esfumado a toda prisa, con la pasión por el riesgo. Y tampoco quedaba ni rastro de esa sensación de aventura que precedía al atraco, de la satisfacción perezosa que lo seguía.

Salviati atravesaba la noche cálida, densa de humores y olores, conduciendo a toda velocidad por las calles poco iluminadas. De pronto, mientras bajaba la colina, se acordó de su hija —luego se preguntaría si fue una especie de premonición—: ¿acaso no era culpa suya que a su hija le gustase tanto el juego? ¿No le había contagiado esa pasión por el azar, por los golpes de efecto?

No le dio tiempo a responderse, porque en cuanto entró en casa llegó la hora de pasar a la acción.

Salviati vivía en una casa anexa al jardín. Era un edificio sólido, de paredes macizas, pequeño pero bien construido. Al lado había una fuente que aseguraba agua fresca todo el año. Después de aparcar el escúter, encendió la luz del porche y pasó al vestíbulo. La carta estaba en el suelo, a los pies de la puerta. Salviati supuso que la habría dejado ahí Gilbert, el aprendiz que trabajaba con él de vez en cuando.

Entró en la cocina, aún tenía hambre: se comió una rebanada de pan y un poco de queso. Luego bebió un trago de agua y, al fin, abrió el sobre. En ese instante todo se confundió: los años de los atracos, el arrepentimiento, el cielo de la Provenza, el recuerdo de su hija y la certeza de que la partida no había terminado. Aún no podía abandonar.

Jean Salviati:

Tengo un proyecto que te interesará. Sé que querrías decirme que no, pero, habida cuenta de que Lina será mi huésped por un tiempo indeterminado, creo que podrías reconsiderar la cuestión.

Respóndeme al apartado de correos 4980, 6900 Lugano. Y adjunta esta carta a tu respuesta.

Un cordial saludo,

Luca

Luca Forster. Pocas palabras, ningún detalle. Pero Salviati no necesitaba más: la partida seguía abierta, y punto. Y él iba a tener que pedirle unos días de permiso a la señora Augustine.

5

Vuelta a Lugano

Hay quien dice que los lugares tienen memoria.

Pero Salviati no estaba de acuerdo. La memoria reside en las personas, en su mirada. O en sus posesiones. El piso de Lina era pequeño y olía a cerrado. La cama deshecha, un cartón de leche en la mesa de la cocina, una funda de cuadros rojos y amarillos en el sofá. Vasos abandonados en la mesita de cristal del salón.

Un disco de John Coltrane, un libro de meditación, un DVD protagonizado por Hugh Grant tirado en la alfombra, delante de la televisión. La mirada de Salviati pasaba despacio de una habitación a otra, buscando algo raro, algún elemento fuera de lugar.

Pero era simple y llanamente desorden. Nada especial.

Muchos papeles en el escritorio: cuentas, facturas pendientes, tarjetas de visita y programaciones de cine y de conciertos. No había dinero, aparte de veinte francos en el cajón de la mesilla.

Salviati se sentó a la mesa de la cocina. El piso no presentaba señales de violencia, aunque tampoco de una marcha voluntaria. La leche, eso sí, estaba caducada. Y los geranios del balcón, marchitos. Lina tenía previsto volver.

Así pues, ¿le habría hecho algo Luca Forster?

«No nos precipitemos a la hora de sacar conclusiones», pensó Salviati mientras salía del piso. Se había llevado las herramientas para forzar la puerta, pero no estaba cerrada con llave. La dejó como la había encontrado y volvió a la calle. En la entrada del edificio no había nadie vigilando. Para colarse, Salviati había seguido a una inquilina cargada de bolsas de la compra, a la que saludó y ayudó con la puerta del ascensor.

Enfiló la calle que bordea el río Cassarate. Llevaba años sin pisar la Suiza italiana, pero al pasar por ellas reconocía las calles, el olor de la ciudad. Había más coches, más acentos y más caras extranjeras. «Incluida la mía», se dijo. Paró a mirar el río. Una pelota roja había caído al agua, a los pies de una pequeña cascada: el flujo y el reflujo de la corriente la mantenían inmóvil en un mismo punto.

Salviati se dejó hipnotizar: se quedó mirando la pelota hasta tener la mente en blanco.

Luego se sentó a tomarse una cerveza en la terraza de un restaurante, a pocos metros del Cassarate. Las cosas estaban bastante claras: Forster tenía la sartén por el mango. Y, hasta que no descubriese dónde estaba Lina, Salviati tendría que bailar al son de la música que eligieran los demás.

Era un día caluroso; la humedad pesaba sobre el asfalto. En el aparcamiento del pabellón Conza, el sol abrasaba la carrocería de los coches.

Salviati giró en el cruce que había al final de Via Cassarate y siguió andando hacia el centro. Había respondido a la carta de Forster con un sencillo: «Estoy en Lugano». Y Forster lo había citado esa tarde a las seis en un apartamento de Paradiso.

Cuando llegó al centro eran las cuatro. Se fijó en que habían puesto una marquesina nueva en la parada de autobús: una construcción moderna, de plástico y geométrica. Miró los horarios y eligió una ruta para estar en Paradiso a las cinco. Luego mató el tiempo dando un paseo por las calles peatonales del centro, procurando tranquilizarse. Las calles no estaban abarrotadas: algún que otro turista rubio y varias parejas helado en mano. Chanclas, bermudas, gafas de sol. Chavales y monopatines. Trabajadores sudados, con la corbata a modo de correa.

Al cabo de un rato, cuando llegó al edificio que le había indicado Forster, Salviati aún estaba tranquilo, con la cabeza despejada. Había dado con el estado anímico idóneo: los sentidos alerta y las emociones controladas.

El edificio estaba en la colina y daba al lago, y Salviati cruzó una pasarela sobre un jardín con hipéricos y rosas *polyantha*. La puerta del apartamento se abrió de inmediato. Salviati reconoció la cara simiesca de Elton y lo saludó cordialmente. En otra vida, habían negociado operaciones de tráfico y blanqueo de capitales.

—Señor Salviati, es un placer volver a verlo —dijo Elton—. Llega con adelanto.

—Sí.

—Voy a ver si el señor Forster está disponible para...

—¡Dile que pase! —gritó la voz de Forster desde dentro.

El estudio tenía tres paredes completamente blancas. La cuarta era un ventanal que se asomaba al lago. El sol obligaba a entrecerrar los ojos, pero casi parecía falso, pues el aire acondicionado helaba el apartamento.

—Salviati —dijo Forster—. Cuánto tiempo.

Era un hombre imponente, con el pelo negrísimo y un bigote que le daba un aire señorial. Salviati lo recordaba más delgado.

—Has adelgazado —le dijo Forster al estrecharle la mano.

Aunque eran casi de la misma edad, Salviati tenía las sienes canosas y parecía unos años mayor.

—¿Qué es esta historia de mi hija?

—Siéntate y te explico. —Forster esbozó una sonrisa con los labios apretados. Tenía un tono de voz agradable, sin el más mínimo acento.

En el estudio solo había una mesa y dos sillas; ni un mueble más, ni un adorno. En la mesa, una pila de folios blancos, un lápiz y una pluma estilográfica. Salviati se sentó y repitió:

—¿Qué es esta historia de mi hija?

—Sé que te has retirado del negocio... —empezó Forster.

Salviati se limitó a mirarlo.

—¿Sabías que tu hija ha contraído una deuda conmigo de...? ¿Elton?

Elton se había quedado al lado de la puerta. Antes de hablar dio un paso al frente, para entrar en el campo visual de Salviati.

—Doscientos veintitrés mil francos, creo recordar, sin intereses.

—Viajes —apuntó Forster—, juegos de azar, hoteles y casinos y...

—Forster —dijo Salviati.

Forster levantó la mano.

—Voy al grano. Es inútil fingir que voy a liberarla por las buenas. La cuestión es que tú y yo hemos hecho más de un negocio. ¿Te acuerdas?

Salviati no respondió. Tenía los ojos entrecerrados, parecía a punto de adormecerse; pero Forster lo conocía de sobra y se apresuró a seguir:

—Esta vez tengo información sobre un golpe que no está nada mal, pero no estoy en condiciones de organizarlo. A diferencia de ti. Así pues, tú nos haces el trabajo y nosotros nos olvidamos de la deuda de tu hija. ¿Vale?

—¿Dónde está mi hija?

—Eso no te lo puedo decir.

—¿Qué le habéis hecho?

—Nada. Digamos que será mi invitada hasta que concluyamos nuestro negocio.

—¿Y si voy a la policía?

Esa vez fue Forster quien guardó silencio. Al cabo de unos segundos, Salviati dijo:

—Eres un cabronazo.

—Ya lo sé. Pero quiero mi dinero.

—¿Qué garantías me das?

—Somos hombres de negocios. Yo solo quiero el dinero.

—¿Y si Lina te denuncia cuando la liberes?

—Sabemos de sobra que no lo hará.

—No puedes tener la certeza de que consiga hacer lo que me pidas.

—No, pero tú inténtalo. Mira, Salviati, yo no quiero engañarte. De hecho, teniendo en cuenta la cantidad, al final tú también sacarás tajada, además de...

—Que te den por culo —murmuró Salviati, como quien habla del tiempo.

Forster agachó la cabeza, un gesto de disculpa. Luego cogió la pluma de la mesa y la observó con calma.

—En cualquier caso —dijo al fin—, es un plan excelente. De este asunto se encarga Elton, que es quien está en contacto con la persona que ha tenido la idea. El antiguo Salviati no habría dudado ni un segundo.

—El antiguo Salviati no trabajaba con los planes de otra persona. Ni aunque lo chantajeasen.

—Podrás estudiar el plan personalmente. Nosotros te pasamos la información.

—¿Y qué pretendéis que haga?

—Que robes diez millones de francos al Junker Bank.

Silencio. Forster levantó la cabeza y dejó la pluma. Salviati lo miró a los ojos. Parpadeó.

—Diez millones de francos... —murmuró—. Diez. Millones. Al Junker. ¿Ese es tu plan? ¿Por eso has secuestrado a mi hija?

—Escucha, Salviati, es un plan viable. Mi informador...

—Por favor. —Salviati levantó las manos—. Por favor, no digas nada más.

—Pero...

—¡Basta!

Silencio. Salviati cerró los ojos. Y, en su fuero interno, a medida que pasaban los minutos, tenía cada vez más claro que no le quedaba otra.

6

Lejos de los ojos del mundo

Era un tipo que trabajaba para una empresa productora de sistemas de seguridad para bancos y cajas registradoras. Se acordaba perfectamente de Matteo. Recordaba sus ojos brillantes e inteligentes, recordaba ese tic suyo de peinarse cuando se veía reflejado en un escaparate.

«Creo que hoy nos estamos abriendo a un nuevo concepto —repetía con frecuencia—: la banca como experiencia».

¿La banca como experiencia? Y ¿por qué no? Depende de cómo se mire...

Aquel seminario de formación para encargados de seguridad acabó resultando más útil de lo previsto. En primer lugar, Matteo se había dado cuenta de que el campo de la seguridad y la vigilancia no era para él. Y, además, había entablado amistades muy valiosas.

A Matteo Marelli jamás se le habría pasado por la cabeza desvalijar un banco: por lo general, se ocupaba de estafas a pequeña escala, pero no le habría molestado dar un golpe a lo grande. Por eso se estaba tomando una cerveza en el Clayton Pub de Viganello con Jean Salviati.

—Yo no puedo ayudarlo —le dijo Salviati—, ya no conozco a nadie.

—Aun así, tiene que echarme una mano —respondió Matteo.

Salviati lo fulminó con la mirada.

—Al final no se arrepentirá —continuó Matteo—. De todos modos...

—Basta. Dígame qué quieren que haga.

Matteo estaba maravillado. Ese viejo, curtido por el sol y duro como un roble, aguantaba estoicamente, sin caer en ningún momento en la tentación de insultarlo o coserlo a bofetadas. Y, sin embargo, parecía un tipo de sangre caliente... Pero ¿acaso no es así como tiene que ser todo buen ladrón?

—Es muy sencillo, señor Salviati. Yo tengo muchos amigos en el mundillo y puedo recabar mucha información, pero no soy capaz de sacarle provecho, mientras que usted sí.

—Yo soy jardinero.

—No me venga con eso, señor Salviati.

Silencio. Salviati sacó la pipa y empezó a llenarla de tabaco.

—Dígame qué quiere.

—Ojo, no se puede fumar en los espacios públicos.

—No estoy fumando; estoy llenando la pipa.

—Entiendo.

«Más me vale no llevarle la contraria al viejo», pensó Matteo. Se puso el tanque de cerveza delante, se acercó al borde de la mesa y, bajando la voz, dijo:

—No queremos atracar una sucursal importante del Junker, en Zúrich o Lugano. Ahí sería imposible o, cuando menos, demasiado arriesgado.

Guardó silencio un momento, esperando algún comentario, pero Salviati se limitaba a presionar el tabaco en la cazoleta de la pipa. El Clayton era un local oscuro y ruidoso. Estaban al lado de la mesa de billar, pegados a una ventana que daba a la calle.

—Elegir una sucursal menor nos permitiría... ¿Cómo dice?

—Diez millones —masculló Salviati—. ¿Quiere usted sacar diez millones de francos de una sucursal menor?

—¡Ahí voy, precisamente! Me he enterado de que hará un movimiento de dinero. El Junker acaba de contratar a un importante asesor, un banquero privado que se está llevando su cartera de clientes con él. Por supuesto son el tipo de clientes que mueven mucho efectivo. Hay un empresario del norte de Italia...

—¿Un empresario?

—Un hombre de negocios, por así decirlo, sea lo que sea lo que se entiende por «negocios». Para seguir a su asesor de confianza, el empresario ha dejado su banco y va a trasladar sus títulos y su dinero al Junker.

En la mesa de billar, un billar de esos que aún funcionan con monedas, estaban en plena partida. Uno de los jugadores tenía una risa fragorosa, que se levantaba por encima de las otras voces y, de cuando en cuando, llegaba a su mesa.

—El dinero tiene un origen desconocido. Por lo general, un banco no podría recibirlo así como así, sin más; pero ya sabe que el Junker no siempre pide explicaciones demasiado exhaustivas. Quieren crecer rápido y están dispuestos a correr riesgos. Por si fuera poco, Salviati, escuche bien lo que le digo, ¡nosotros elegiremos la sucursal del atraco!

Salviati tenía los ojos clavados en su pipa con el ceño fruncido, pero al oír esas palabras levantó la mirada y no disimuló su estupor:

—¿Podemos elegir? ¿Qué quiere decir?

—Se hará una serie de movimientos; es un cliente que vale mucho más de cien millones. Casi siempre efectivo, euros y francos, que trasladan a distintas sucursales del Junker: en cada movimiento, el equivalente a una cifra que oscila entre los cinco y los diez millones de francos. Solo tenemos que elegir la sucursal ideal, coger el dinero y escapar. Así de fácil.

Silencio. Salviati dejó la pipa en la mesa.

—Fácil, ¿eh?

—¡Claro! Podremos prepararlo todo por adelantado, y así...

—Es genial, ¿verdad?

—Sí. La cuestión es que...

Matteo notó que las palabras languidecían en su boca. Una carcajada llegada de la mesa de billar rompió el silencio.

—Mire, Marelli, yo estoy obligado a tener paciencia, aunque nunca ha sido mi punto fuerte. Cederé al chantaje, ya lo sabe. Pero lo decido todo yo, ¿estamos?

—Yo... ¡Claro que sí! Yo solo quería...

—Usted deme toda la información que tenga y yo me encargaré de estudiar el asunto. Luego me pondré en contacto con el cabrón de Forster y veremos qué hacer.

—Estoy de acuerdo, pero...

—Pero ahora, antes de empezar nada, quiero hablar con mi hija.

—¿Ahora?

—Eso le he dicho, sí.

—¡No puede ser! Yo no sé dónde la tienen, ¡no sé nada!

Salviati empezó a levantarse: apoyó las manos en la mesa y se inclinó hacia Matteo.

—¿De verdad espera que robe diez millones de francos para ustedes sin hablar siquiera con mi hija?

—¡Claro que no! Le prometo que voy a organizarlo. Diré que lo llamen mañana a primera hora. ¿Tiene un Natel?

—¿Un qué?

—Un teléfono, un móvil.

—Me he comprado uno. —Salviati hurgó en un bolsillo, luego en el otro, y palpó también los de la camisa—. Pero ¿dónde...?

Al final lo encontró en el estuche de tabaco. Era un modelo blanco y rojo.

—También me han dado una tarjeta con el número —dijo Salviati—, pero no quiero recibir llamadas de ningún número que no esté limpio.

—Yo también sé hacer mi trabajo, señor Salviati.

Se intercambiaron el número casi a escondidas, como dos adolescentes, y Matteo pagó la cuenta. Luego dijo:

—Me voy. No tendrá intención de seguirme, ¿verdad? Le advierto que sería inútil: me he encargado...

—¡Váyase al diablo y déjeme en paz, hombre!

Salviati pidió otra cerveza y se quedó en la penumbra del Clayton, rodeado del vocerío, de los golpes secos del billar. Matteo, por su parte, lanzó un suspiro de alivio en cuanto pisó la calle.

Viganello está formada por unas cuantas calles en cuesta, con pocas farolas y algún que otro bar en los cruces. La mayoría de los locales había sacado las mesas a la acera. Matteo andaba a paso ligero, volviéndose de vez en cuando para cerciorarse de que nadie lo seguía.

¿Sería capaz Salviati de no perder la paciencia? Fingió que se ataba los cordones delante de un local de comida para llevar. «Si Salviati se las arregla para seguirme, se va todo a la mierda», pensó. Sin embargo, la calle estaba desierta. Matteo giró a la derecha y se encaminó a la zona alta de Viganello, donde había dejado el coche.

Durante el viaje pensó en los diez millones del Junker Bank. ¡Era una cifra descomunal! Aunque se la repartiese con Forster, aunque restaran los costes. Salió a la autopista en dirección norte. Solo tenía que estar atento para no cometer errores. Salviati era muy bueno en su época, pero ¿cómo se las apañaría con los avances tecnológicos?

Eran las diez y media de la noche. Matteo tenía un largo viaje por delante: de las luces de Lugano a los caminos oscuros del valle del Bavona. Salió de la autopista en Bellinzona, cogió la nacional de Locarno y siguió hacia el valle del Maggia. Cuando llegó a Sonlerto era casi medianoche. Sumido en sus pensamientos, se encaminó por el sendero entre los matorrales. Miró hacia arriba y vio una luz en la ladera.

«Bien —pensó—, Lina aún está despierta».

Por encima de esa casa de montaña no había nada. Era el lugar habitado más remoto de uno de los valles más salvajes del cantón del Tesino. Matteo siguió el tenue sendero con la ayuda de una linterna hasta que el rastro también se perdió y tuvo que atravesar el bosque.

El pico Corói llevaba años abandonado. La naturaleza iba ganando terreno y la casa estaba asediada por todos los flancos;

hasta tal punto que, si se apagaba la lámpara de gas que había en la puerta, desde abajo era casi invisible: para llegar había que saber dónde estaba.

La idea de que Lina se escondiese ahí había sido de Forster, que la tenía preparada para cualquier contingencia. Matteo prefería no preguntarse para qué la habría usado antes. Forster temía que Lina cambiara de opinión y le había ordenado a Matteo que no la perdiese de vista. Al principio insistió en asignarle a otro hombre de guardia, pero, por suerte, Matteo había conseguido disuadirlo con la excusa de que Lina habría estado incómoda.

—¿Dónde estabas?

—He quedado con Jean Salviati.

Lina estaba leyendo delante de la chimenea, en suéter y vaqueros. En su pelo castaño, suelto sobre los hombros, se reflejaba la luz. Al oír el nombre de su padre levantó de golpe la cabeza. Matteo le contó el encuentro con todo lujo de detalles.

—Pero ¿cómo ha reaccionado? —preguntó ella al final—. ¿No ha preguntado por mí?

—Le he dicho que estás bien.

Lina miró a su alrededor.

—Si tú lo dices...

Esa casa de montaña no era el súmmum de la comodidad: suelo de piedra, una mesa de madera con varias sillas, un par de catres y una estufa de leña. En otra pequeña sala, separada por dos tabiques de yeso, había un lavabo y un váter.

—Pero ¿qué te ha dicho él? ¿Para cuándo es el dichoso atraco?

—La cosa va bien. —Matteo se quitó la chaqueta y se acercó a la chimenea, frotándose las manos—. Todo en orden.

—¿Qué quiere decir que la cosa va bien? ¿Tendremos que quedarnos aquí mucho más?

—Bueno, vamos a tomárnoslo como unas vacaciones —respondió Matteo con una sonrisa—. ¿No te apetecen unas vacaciones?

—¡Vacaciones, dice! Pero ¿mi padre no te ha dicho nada de mí?

—Quiere hablar contigo por teléfono.

—¿Por teléfono? Y ¿qué le digo?

—Tranquila. —Matteo le puso una mano en la rodilla—. Tú no te preocupes; mañana o pasado lo llamas y le dices que estás bien.

—Pero ¿cómo? ¡Tendría que contarle un montón de mentiras!

—No tienes...

—Mi padre no es tonto, ¿sabes?

—No tienes que hablar mucho rato: dile un par de cosas y ya está.

—¡No voy a poder! Se va a dar cuenta inmediatamente de que...

—Lina. —Matteo la miró a los ojos—. ¿Tú crees en nuestro proyecto?

Las llamas de la chimenea eran lo único que se oía, lo único que se movía en la sala oscura, impregnada del olor a madera. Hasta que Lina agachó la cabeza.

—Tengo miedo.

—Es normal.

—Estamos aquí, lejos de todo, aislados...

—Estamos lejos de los ojos del mundo, Lina. A solas con nuestros sueños.

—A mí no me hace ni pizca de gracia.

—Pero ¡si lo digo en serio!

—Estamos hablando de apostar fuerte, Matteo, ¡de atracar un banco! Y encima engañando a mi padre...

—Ya lo sé, Lina; es complicado. Pero ¿sabes qué? Es nuestra oportunidad y tenemos que aprovecharla.

—Y, mientras tanto, aquí estamos, encerrados en la choza de Forster.

—¿Cómo te endeudaste tanto con él?

Matteo le hablaba en voz baja, casi monótona. Las respuestas parecían un monólogo interior de Lina, como si solo estuviera ella delante de la chimenea, hablando consigo misma.

—No hay mucho que contar —dijo, colocándose el pelo detrás de los hombros sin apartar la mirada del fuego—. Yo no sabía hacer nada: tengo un título de secretaria y trabajé en un estudio legal de Niza, pero me aburría.

—¿Tu padre qué hacía?

—Al principio seguía en el mundillo, aunque tardé años en enterarme. Siempre estaba por ahí; siempre llegaba o se iba a algún sitio.

—¿No te contaba nada?

—Cuando me enteré de que era un ladrón, no me lo creía. A mí me parecía algo bonito; no pensaba en los riesgos ni en la ley. Era... Era algo que hacía que me sintiese diferente.

—¿Diferente en qué sentido?

—No sé..., me transmitía una sensación de libertad, como si fuera una especie de juego secreto, algo entre nosotros. Evidentemente, le pedí que me llevara con él, que me enseñase. Pero siempre se negó.

—Hasta que lo dejó todo...

—¡Para ser jardinero! ¿Será posible? ¡Con cincuenta años! Va y se retira a ese pueblucho de mala muerte, en medio del campo...

—Pero tú no.

—Yo no. Yo me quedé en Niza. E intenté conocer a sus viejos amigos. Los hombres, las noches en el casino... Gastaba demasiado. Forster tiene muchos intereses en el sur de Francia y lo conocí. No en vano, era hija de mi padre. Además...

Silencio.

—¿Además? —murmuró Matteo.

—Nah, es una historia aburrida.

Silencio. Matteo dijo:

—La mía también. Por eso tenemos que resistir, ¿entiendes?

—Sí. Yo... Yo no soy de las que se echan atrás.

—Ya lo sé.

Le acarició el pelo, lentamente, con un gesto hipnótico. Ella siguió mirando el fuego y él le sonrió. Entonces Lina levantó los ojos y le devolvió la sonrisa. Las sombras jugaban en sus caras. En ocasiones, una ráfaga de viento bajaba por la chimenea, levantaba un enjambre de chispas, un poco de ceniza, y se calmaba.

7

El investigador

Elia Contini era un hombre que, cuando te daba un beso, parecía tener la cabeza en otro sitio.

Y quizá fuese así.

Francesca ya tendría que estar acostumbrada, pero sus amigas no desaprovechaban ni una ocasión para recordarle lo absurdo que era que compartiese su vida con Contini. No obstante, Francesca le devolvió el beso y lo abrazó. Él le dio una palmadita en el hombro antes de separarse.

—¿Qué tal el viaje? —le preguntó.

—Muy bien.

Llamar «viaje» a cada desplazamiento entre Milán y la Suiza italiana también era algo bastante *continiano*. Francesca sonrió y cogió el bolso.

—Voy a ducharme.

Contini asintió. Estaban en el porche delantero de su casa, en Corvesco. En el aire flotaban los olores y crujidos llegados del bosque. En el pueblo se veían más luces de lo habitual, como a veces ocurría en las noches de verano.

El detective volvió al sillón de mimbre y abrió el libro por donde lo había dejado. La luz del porche era tenue, pero Contini nunca pasaba demasiado tiempo leyendo. Y siempre un mismo libro, como un homenaje al pasado («¡Oh, sombras vanas, salvo en la apariencia! Tres veces hacia él tendí mis brazos y otras tantas volvieron a mi pecho»). Los versos del *Purgatorio* le recordaron a Contini lo difícil que era llegar al meollo de las cosas («Creo que el estupor tiñó mi rostro, porque la sombra sonrió apartándose y yo, tras ella, continué avanzando»).[1]

Abrazar el vacío y seguir a una sombra.

A veces Contini se preguntaba si su trabajo era algo parecido. ¿Cuándo podía responder de verdad a una pregunta? Últimamente, cada vez con más frecuencia, su trabajo de investigador privado lo decepcionaba. Sin embargo, era lo único que sabía hacer y, como le gustaba recordarse a sí mismo, había cosas peores. En el fondo, era una forma como otra cualquiera de ir tirando y de pagarse sus pasatiempos. Por suerte, fotografiar zorros no es una afición cara.

Más tarde, esa misma noche, llevó a Francesca al bosque: quería enseñarle el progreso de los dos zorros nacidos en primavera, que ya habían crecido y eran autónomos. Aunque la madre los dejaba a lo suyo, los dos seguían buscando la compañía del otro.

Se recostó en el sillón de mimbre y cerró el libro. Decidió concederse el último cigarrillo del día.

A veces pasan años sin que ocurra nada, hasta que algo te hace comprender que todo ha cambiado. Sin que te des cuenta. En los últimos tiempos, Contini había vigilado al retoño de una rica familia luganesa al que le gustaba eludir el control de sus padres: el detective lo había seguido por una vorágine infernal de locales nocturnos, hasta que los padres decidieron que ya era suficiente. Luego indagó en el pasado de varios trabajadores de una empresa de seguros. Y ahora esperaba el siguiente encargo.

Dio una larga calada. El gato gris salió dando un brinco de un matorral y, antes de entrar en la casa, se restregó contra las patas

[1] Versos 79-84 del canto II del *Purgatorio* de la *Comedia* de Dante Alighieri, trad. de José María Micó, Acantilado, Barcelona, 2018. *(N. del T.)*

del sillón. «Te veo amargado, Contini». «¿Qué quieres, gato? Ya no sé qué inventarme...».

No pensar... no era fácil. El invierno anterior había empezado a ajustar cuentas con su pasado: al final, su vida le pareció un evidente escondite. A sus casi cuarenta años, Contini sabía que de las largas tardes de verano pueden nacer reflexiones peligrosas. Había aprendido a bajarlas con una copita de vino, a dispersar sus pensamientos en el humo del cigarrillo.

Sin embargo, la mayoría de las veces basta con pensar en el pasado para acabar metido en un lío.

El invitado no se presentó tocando el timbre, ni anunciándose desde lejos: se materializó a dos pasos del porche e hizo que el gato gris se erizase. Contini parpadeó, dejando el cigarrillo.

—¿A quién busca?

—A Elia.

Silencio. ¿Quién podía llamarlo Elia? El detective se puso de pie y escudriñó la cara del hombre en la penumbra. Incluso Francesca lo llamaba Contini. Ese nombre, Elia, y esa voz eran una señal del pasado. Señal de que algo no iba bien.

—¿Quién eres?

—¿No te acuerdas? Jean Salviati.

Contini no respondió. Volvió a sentarse y, después de coger el cigarrillo, expulsó una nube de humo, como si quisiera ocultar su respuesta.

—Jean —murmuró—, sigues vivo...

—Eso parece. ¿Puedo sentarme?

Salviati acercó otro sillón de mimbre al de Contini y se sentó con las manos apoyadas en las rodillas.

—Estoy en un lío, Elia. Lo había dejado, pero he tenido que volver.

—¿Vives en Francia?

—Sí.

—Y ¿qué...?

—Soy jardinero.

—Ah.

Antes de continuar, Salviati respiró hondo.

—Mira, Elia, sé que quizá me haya equivocado al venir a tu casa. Sé que llevamos años sin vernos, que me presento aquí sin previo aviso y que..., que tú eres policía y yo...

—Policía privado. No me encargo de robos.

—Yo tampoco. Yo tampoco había vuelto a...

Las últimas palabras de Salviati se apagaron en su garganta y los dos hombres se quedaron callados. Hasta que Salviati carraspeó, sacando la pipa y el tabaco.

—¿Quieres beber algo? —le preguntó Contini.

—¿Tienes vino?

Contini sacó media botella de merlot y, mientras cargaba la pipa, Salviati le habló del secuestro de Lina y del chantaje de Forster.

—¿Te acuerdas de mi hija? No sé si llegasteis a conoceros.

—De pasada.

—Tiene más de treinta años. Pero lo que me preocupa no es Lina, sino que Forster me ha enredado.

—¿Por qué no organiza el secuestro por su cuenta?

—Querrá que le saque las castañas del fuego. Además, Lina le debe un montón de dinero.

—Y, sobre todo, así tendrá a alguien al que echarle la culpa.

—¿Crees que quiere engañarme?

Contini bebió un sorbo de vino y dijo:

—Ha secuestrado a tu hija.

—Pero si el atraco sale bien... Forster no es tonto. Entenderá que lo mejor es repartirse el pastel y si te he visto no me acuerdo.

—¿No tiene miedo de tu venganza?

—¡Qué venganza ni qué niño muerto! Forster sabe que lo único que quiero es que mi hija esté bien. Sabe que ahora soy jardinero.

Contini y Salviati se miraron a los ojos. A la luz de la lámpara apenas se distinguían las pupilas.

—De acuerdo —dijo Contini—, a ver qué podemos hacer.

Salviati le habló de su encuentro con Matteo Marelli.

—No es un profesional, pero es quien tiene la información para el atraco.

—¿Te ha dicho algo de tu hija?

—Nada, pero mañana me pondrán en contacto con ella.

Salviati le explicó a Contini el plan de Marelli: hacerse con el dinero durante un movimiento de efectivo, aprovechando que la operación se desarrollaría con la máxima discreción.

—Discreción, vale —dijo Contini—, pero ¿no te parece un poco arriesgado? Si son diez millones, procurarán llevar cuidado.

—Al parecer, Marelli tendrá toda la información sobre horarios y seguridad. En total harán una decena de movimientos en euros y francos en efectivo, de varios millones de francos cada uno, y cada vez a una sucursal distinta. Solo habría que elegir la sucursal idónea.

—Una especie de atraco a la carta...

—Más o menos.

Contini vació el vaso y lo dejó en la mesita del porche. Luego miró a Salviati a los ojos.

—Pero ¿tú has decidido ceder al chantaje?

—Casi —respondió el viejo atracador. Contini lo miró con expresión interrogante—. Digamos que me gustaría intentar descubrir dónde está mi hija y liberarla. Si no lo consigo..., ¿qué puedo hacer?

Silencio. Contini ya sabía lo que iba a pedirle Salviati, así que se adelantó respondiendo:

—Yo puedo ayudarte a buscar a tu hija.

Salviati asintió lentamente; luego murmuró:

—Y si no lo conseguimos...

—Y, si no lo conseguimos, ya veremos. No soy policía, ya te lo he dicho. Pero es arriesgado, Jean... Es muy arriesgado.

—Si no quieres...

—Eso ni lo digas.

—Mmm...

La conversación se apagó con el último gruñido de Salviati. Los dos se quedaron sumidos en sus pensamientos. Aunque no hablaran, había comunicación entre ellos: los dos hombres, en cierto modo, estaban contándose los últimos diez años de su vida.

Fue así como los encontró Francesca: dos figuras esculpidas por los reflejos de la lámpara, inmóviles en el porche. Se detuvo en el umbral, carraspeando. Ninguno de los dos se sobresaltó, como si esperaran la interrupción.

—Francesca —dijo Contini—, te presento a Jean Salviati, un viejo amigo.

Salviati se puso de pie.

—Encantado. —Hizo una leve reverencia—. Elia no me había dicho... Perdone que me presente a estas horas.

Elia.

Francesca no dijo nada, pero notó el uso del nombre. También la sorprendieron las palabras «un viejo amigo». Contini tenía pocos amigos, y Francesca creía conocerlos a todos. Él, que adivinó su perplejidad, dijo:

—Llevamos diez años sin vernos, más o menos.

—En efecto —añadió Salviati con una sonrisa—, un montón de tiempo...

Francesca comprendió que los dos hombres estaban hechos de la misma pasta: a pesar de llevar años sin verse, parecían dos compañeros de trabajo en un descanso para el café. ¡Francesca estaba convencida de que ni siquiera se habían dado un abrazo! Sonrió para sí y dijo:

—¡Estaréis contentos de volver a veros! ¿A qué se debe, después de tanto tiempo?

—Es una larga historia... —masculló Salviati.

—Mira, Francesca. —Contini se le acercó y le rozó el hombro—. Voy a tener que ayudar a Jean a hacer algo importante.

«Jean»: Francesca estaba cada vez más sorprendida.

—¿Algo importante? —preguntó, abrazando a Contini por la cintura—. ¿Se puede saber qué es?

Contini se volvió para mirarla a los ojos y Francesca comprendió que no estaba de broma. Él habló en voz baja, lentamente.

—Han secuestrado a su hija. Si no la encontramos, Jean tendrá que robar un dinero.

8

Excursión al lago

Luca Forster no era suizo, ni estadounidense, ni inglés, ni tampoco italiano. En realidad, tenía más de un pasaporte: solo los auténticos expertos distinguían el verdadero. Y puede que ni siquiera el propio Forster supiese cuál era la lengua materna de su madre.

Su trabajo consistía principalmente en el tráfico y blanqueo de capitales. Mientras conducía por la carretera de curvas cerradas que baja de Corvesco, Contini intentó hacerse una idea del personaje. Era un hombre con muchos contactos en muchos países, aunque se conformaba con prosperar a la sombra de organizaciones más poderosas.

Contini subió la ventanilla antes de entrar en la autopista. Vivía en Corvesco, en la zona de Sopraceneri, pero todos los días iba a trabajar a Paradiso, un pequeño municipio pegado a Lugano. No muy lejos de allí, en la colina, estaba el despacho de Forster.

Forster. Preferiría no verlo ni en pintura, pero no podía echarse atrás. Había conocido a Salviati hacía quince o veinte años; parecía otra vida. Salviati, un ladrón y estafador, aún no había entrado en la cárcel. Contini trabajaba para un periódico y había empezado a investigar en algún que otro caso para completar el sueldo. Un buen día, mientras vigilaba una villa de Ascona, se vio metido en un buen lío, para variar. Aunque aquella vez, de no ser por la intervención de Salviati, Contini habría acabado de mala manera...

Pero ya estaba bien de recuerdos. Contini puso un casete de Jacques Brel e intentó pensar en el presente. Sin embargo, las viejas canciones francesas son como esponjas. *Ni ces départs, ni ces navires, ni ces voyages qui nous chavirent...* Contini comprendió que era inútil intentar borrar los recuerdos: nunca olvidamos nada. *On n'oublie rien de rien, on s'habitue, c'est tout.*

Aparcó a orillas del lago, en la puerta de su despacho de Paradiso, que en otros tiempos fue casa de pescadores. Justo enfrente había un pequeño muelle, con una barca de remos que disfrutaba de su jubilación después de años de fatigas. El detective se puso una cazadora y se caló un sombrero de paja. Luego echó una botella de cerveza, un salchichón y algo de pan en una mochila, empujó hasta el agua la barca de remos y comenzó la caza.

Era la una de la tarde de un día soleado y el viento barría del cielo un rebaño de nubes deshilachadas. Contini se remangó la camisa y se abrió paso entre los veleros y las lanchas motoras. Después de adentrarse unos cientos de metros en el lago, se dejó mecer por las olitas veteadas de espuma. Al cabo de unos minutos, sacó unos pequeños prismáticos y contempló el cielo. Recorrió el entorno con la mirada: primero la cima del monte Brè, luego los muelles de Paradiso, y de ahí subió a los cristales resplandecientes del Hotel Splendide y los edificios de la colina.

Luca Forster. Cuando entró en el estudio, Contini lo reconoció por el bigote oscuro. Forster se sentó a la mesa, de espaldas al ventanal. Al otro lado, un cliente —árabe, a juzgar por su aspecto— con gafas de sol.

Contini los vio conversar, levantarse, sentarse y firmar documentos. Un tipo les llevó una bandeja con el té. Al final, Forster y el árabe se estrecharon la mano y se despidieron con gran efusividad. Luego llegaron más hombres de negocios, más té y más despedidas cordiales.

El investigador recordó el aspecto de los dos ayudantes de Forster. Según le había dicho Salviati, el alto y corpulento se llamaba Elton. El otro era más viejo y estaba encorvado. También tomó nota de los distintos clientes: aspecto, posible edad y actitud.

Al cabo de un rato, Forster se puso de pie y se acercó al ventanal. Contini se inclinó hacia atrás instintivamente: parecía que estaba mirándolo de verdad. Sin embargo, Forster se limitó a mover los labios. Justo después, alguien empezó a bajar las persianas mientras Forster salía del estudio. Entonces Contini apuntó con los prismáticos al cruce que llevaba al centro. Pasó veinte minutos observando todos y cada uno de los coches que pasaban por allí, hasta que tuvo casi la certeza de que Forster se había dirigido a la autopista.

Al día siguiente, cuando Forster salió de su estudio hacia las siete de la tarde, Contini lo esperaba en la entrada de la autopista de Lugano Sur. Lo siguió hasta la salida de Lugano Norte, y luego por la carretera cantonal que llevaba a Tesserete.

Esa noche, Contini llamó a Salviati.

—Es poco —le dijo el antiguo ladrón—. Sabemos demasiado poco. Tenemos que acercarnos más.

—Tranquilidad —respondió Contini—. Acuérdate de que tiene a tu hija.

—Sí —dijo Contini con un suspiro—, tienes razón. Pero no me resulta fácil quedarme en el piso de Lina sin hacer nada. ¿Qué te parece si mañana voy contigo?

—Forster te conoce.

—Llevaré cuidado. Tiene secuestrada a Lina y aún no he hablado con ella, ni siquiera por teléfono... ¡Quiero enterarme de algo!

Contini intentó tranquilizarlo.

—Hay que tener paciencia: vamos a ir paso a paso.

—Ya, ya lo sé, perdona. Es como cuando se prepara un golpe.

—Eso, exacto.

—Mira, Elia, tú me tomarás por tonto, pero...

—Jean.

—¿Qué?

—Jean, no pasa nada. Te llamo mañana.

—Vale, gracias.

—Adiós.

Salviati colgó y sonrió con los labios apretados.

Unos días antes era el jardinero de una villa provenzal, preocupado por los ácaros y las cochinillas, y ahora colaboraba con un investigador privado para liberar a su hija de las garras de un mafioso.

Salviati no había vuelto a pensar en Contini en los últimos años, pero después de su encuentro con Marelli, al volver al piso de Lina, comprendió que yendo por su cuenta no conseguiría absolutamente nada. Estaba rodeado de sus cosas, la última compra de su hija seguía en el frigorífico y solo podía agarrarse a esa promesa, a una llamada que no llegaba.

Era demasiado para él, le faltaban fuerzas. Por suerte, se acordó de Elia. Siempre habían vivido en el margen de dos universos muy alejados entre sí, pero Salviati supo desde el principio, desde su primer encuentro, que sus destinos quedarían vinculados en cierto modo. Observó a aquel joven huraño y se dijo: «Este me deparará alguna sorpresa».

Y, sin embargo, sería él quien le deparase una sorpresa: el ataque desesperado contra Luca Forster, uno de los peores canallas de la Suiza italiana.

Salviati salió al balcón a fumar su pipa mientras contemplaba las luces de la ciudad y la mancha oscura del lago. Sabía que esa noche no podría dormir: se sentía culpable de haber involucrado a Contini y, en lo más hondo, también se sentía culpable de haber dejado escapar a Lina, de haberla perdido en una estela de apuestas y deudas.

Hasta que, como una araña, Forster la atrapó.

Salviati se quedó allí parado un buen rato, levantando de cuando en cuando una mano para presionar el tabaco. Sin quererlo, sin pararse a pensarlo de verdad, en su interior ya se estaba fraguando el plan para robar ese dinero del Junker Bank.

9

Malas sensaciones

Suiza tiene miedo de su belleza: esas aceras sin basura, esos jardines y setos bien podados. Hasta que un domingo, cuando vas a lavar el coche, te asalta una duda angustiante: ¿Y si alguien quisiera engañarnos?

Sin embargo, también el engaño se presenta con discreción: sin gritos ni violencia. Son pasos amortiguados en la moqueta de un banco, millones de francos depositados para que maduren como el buen vino. Es Forster, con su té y sus sonrisas, transformando el trapicheo y el tráfico ilegal en la rutina baladí de un trabajador cualquiera.

Es un país difícil de comprender, y a Contini le encantaba precisamente por eso: apreciaba la candidez y la sabiduría de Suiza, pero también sus numerosos secretos. Detrás de cada cosa se esconde otra, como en aquel Mercedes de lunas tintadas. Contini solo tuvo un instante para entrever a Forster al lado del chófer. El coche estaba matriculado en el cantón de Appenzell; al volante, el tipo que el día anterior había llevado el té y había bajado las persianas.

El detective arrancó; luego miró a Salviati y le dijo:

—Ya lo sabes...

Salviati asintió:

—Tú mandas.

Siguieron al Mercedes hasta Tesserete, donde se detuvo en una plazuela a los pies de la iglesia. Forster se dirigió a una vieja casa de tres pisos, anexa a los otros edificios.

En cuanto Forster abrió el portón, el Mercedes se alejó. Contini y Salviati aparcaron en las inmediaciones y esperaron un par de minutos; luego bajaron del coche y dieron un rodeo para acercarse a la casa de Forster sin que pudiesen verlos por las ventanas. Contini notó que había un gran trasiego de coches por las calles.

Un son de flautas y panderetas llamó la atención de los dos hombres. Venía de más arriba, no muy lejos de la iglesia. Contini y Salviati se acercaron y, al doblar una esquina, se encontraron en pleno festival irlandés.

Había chavales en camiseta verde y chicas con moños trenzados, degustaciones de *whisky* y postales de Dublín. En un pequeño escenario improvisado, una niña con traje tradicional tocaba la flauta mientras un hombre orondo con bigote se encargaba de la percusión. Contini y Salviati se abrieron paso entre la multitud como dos haraganes: Salviati miraba a su alrededor con las manos en los bolsillos; Contini se tomó un vaso de Guinness, la mejor cerveza negra de Irlanda, o eso decía el tipo que la vendía. No obstante, a pesar del contexto irlandés, seguían viéndose las típicas chanclas y seguía oyéndose el típico acento tesinés en las típicas conversaciones: «El coche nuevo de...», «¿Se te han acabado ya las vacaciones o...?», «Este año la liga empieza pronto porque...».

Contini le hizo un gesto a Salviati, al que no le hicieron falta palabras: en una esquina de la plaza había un punto perfecto para vigilar la casa de Forster.

A Salviati se le había ocurrido una idea. Mientras Contini iba a comprar algo de comer, observó las ventanas, la gente que entraba y salía por la puerta principal. Por desgracia, no había mucho tiempo: tenía que actuar rápido, cuando aún no se lo esperasen.

Como un ladrón en plena noche, como mandan los cánones.

Esa noche se dieron el relevo, anotando cada movimiento alrededor de la casa. A eso de las dos, todas las luces se apagaron. Según lo que habían podido ver, allí vivían tres personas: Forster, uno de sus colaboradores y una mujer que cocinaba. Salviati también había descubierto cuáles eran sus habitaciones. Para su suerte, además, Forster dormía con la ventana entreabierta.

Cuando la fiesta irlandesa tocaba a su fin, Salviati le dijo a Contini:

—Espérame aquí.

Entonces se acercó al edificio, observando las fachadas de las casas como si buscara una en concreto. Las calles del pueblo estaban casi desiertas, pero de vez en cuando pasaba un coche a toda velocidad. También vio una furgoneta cargada con mesas de madera y carteles de viejos *pubs* irlandeses: Old Trapper, The Red Lion, The Gardener And His Friends.

Salviati echó un vistazo a la alarma que había encima de la puerta principal. La idea que se le había ocurrido se iba concretando.

—¿Qué quieres hacer? —le preguntó Contini volviendo a Lugano.

—Nada.

—Que sepas que me he dado cuenta de cómo estudiabas la casa...

—Has dicho que por ahora hay que esperar, ¿no? ¡Pues entonces espero!

—Te conozco, Jean. Estás preocupado por tu hija y tienes prisa. ¿Qué pretendes hacer, entrar en casa de Forster y amenazarlo?

—No, no, tranquilo. No voy a amenazar a nadie.

—¿Seguro?

—Segurísimo.

—Esperemos —zanjó Contini.

Luego metió una cinta de Aznavour en el radiocasete y siguieron en silencio, con el coche a rebosar de antiguas canciones francesas.

10

Dulces sueños

Al día siguiente, Salviati alquiló una casa.

Estaba harto del piso de Lina: los vecinos podrían empezar a sospechar. Además, siempre había diseñado sus golpes en silencio, lejos de las ciudades y el dinero.

Lina había dejado su coche en el garaje y las llaves colgadas en la entrada de la casa, por lo que Salviati podía moverse con total libertad por el cantón del Tesino. Hojeando un ejemplar de *Busca y encuentra* había dado con una casita al norte de Rivera, en la ladera del monte Ceneri. Era un edificio moderno, rodeado por una arboleda de alisos y avellanos que lo ocultaban a la vista. No había indicios de la mano de un arquitecto, y el constructor, a todas luces, desconocía la existencia de un plan urbanístico.

Salviati ni siquiera se fijó en el mobiliario; se limitó a lamentar el estado del jardín. El agente inmobiliario le explicó que había estado alquilada hasta finales de junio y llevaba vacía desde principios de julio. Salviati pagó tres meses por adelantado y, en cuanto se despidió del agente inmobiliario, se sentó delante de la puerta principal y, como había hecho los últimos cuatro días, llamó a Matteo Marelli. Le pidió hablar con Lina de inmediato.

—Ah, de eso no sé nada —respondió Marelli—, no sé nada. ¡A mí no me pregunte!

—Entonces, ¿a quién? Quiero saber cómo está Lina. Si no...

—Está bien, está bien —lo interrumpió Marelli—. Mire, le prometo que mañana la pongo en contacto con usted, ¿de acuerdo?

—Te lo advierto, Marelli: ¡es tu última oportunidad!

—¡Claro! Y, hablando de nuestro negocio, yo...

—¿Quieres hablarlo por teléfono?

—No, claro —Marelli carraspeó—, pero, en fin, le he preparado una lista de todas las sucursales de la empresa que lleva el asunto. Sin duda le servirá para...

—Antes quiero hablar con mi hija.

Salviati colgó. Estaba cada vez más preocupado. Aunque, tenía que reconocerlo, parecía una buena oportunidad. Sobre todo, porque podía apostar, sin riesgo de equivocarse, que en una sucursal secundaria encontraría diez millones. Aunque, claro está, había que resolver numerosas cuestiones que...

«Pero ¿qué hago?». Notó que empezaba a aceptar la idea del atraco en su fuero interno. Eso era lo peor de la barrabasada que le había hecho Forster: Salviati había invertido años en escapar de aquel mundo e inventarse un trabajo. ¿Y ahora? Aunque todo saliese a pedir de boca, no sabía si después tendría el valor de volver a casa de la vieja señora Augustine.

—Estoy convencido —dijo Renzo Malaspina— de que Marelli es un lobo solitario.

—Pero no un especialista —respondió Contini.

—No, no lo parece. Digamos que es un tipo con empeño.

Estaban en el despacho de Contini, con la ventana que daba al lago abierta de par en par. El detective le había servido a su colaborador una copa de vino blanco, despejando un poco de espacio en el escritorio abarrotado de chismes. Oficialmente, Malaspina estaba en paro, pero hacía mil cosas. Entre ellas, cuando se presentaba la ocasión, echar una mano a Contini. Apuró la copa y dijo:

—También he preguntado entre los traficantes, Marelli no me parece un ladrón. Alguna que otra estafa, un intento de fraude bancario... Poca cosa.

Malaspina y Contini, uno a cada lado de la mesa, casi dañaban la vista con esas pintas: el detective iba con chaqueta y pantalones de lino blanco. Malaspina, por su parte, llevaba unos pantalones cortos lilas y una camiseta adherente naranja, que a duras penas contenía sus abultados músculos.

—De todos modos —dijo Contini—, el punto débil de esta historia me parece justo Marelli. Es difícil atacar a Forster directamente.

—¿Tu amigo Salviati qué quiere hacer?

—No lo sé. Espero que se quede tranquilo hasta que consiga echarle el guante a Marelli. Creo que puede llevarnos a la hija de Jean.

—Me he enterado de que vive en Massagno —dijo Malaspina, apoyando la copa en el escritorio con cuidado, entre una maceta de cactus y una navaja—. Pero llevan un tiempo sin verlo por el barrio. Dicen que debe de traerse algo gordo entre manos.

—¡Ya lo creo! ¿Quieres más vino?

—Gracias. —Malaspina le acercó la copa—. El caso es que seguiré buscando: seguro que tarde o temprano asoma. No habrá desaparecido de la faz de la tierra, ¿no?

—No —respondió Contini, negando con la cabeza—. Pero este secuestro es raro...

—¿En qué sentido?

Marelli tiene la información sobre los movimientos bancarios, pero ¿por qué delegar en él la gestión del secuestro de Lina? ¿Por qué Forster no ha buscado a alguien con más experiencia?

Al otro lado de la ventana, el lago se quebraba en una infinidad de reflejos y destellos bajo el sol del mediodía. Contini guiñó los ojos mientras seguía con su razonamiento.

—Marelli es un estafador, no un secuestrador de mujeres. ¿A santo de qué esta operación? ¿Por qué Marelli parece saber dónde está secuestrada Lina y tiene la potestad de prometer llamadas de teléfono?

—Hombre —Malaspina se rascó la cabeza—, llamadas propiamente dichas tampoco es que haya habido...

—Eso también es raro. Jean se está impacientando. ¿Por qué no le dejan hablar con su hija?

Malaspina no respondió. Una lúgubre posibilidad pasó por la cabeza de los dos hombres, como si una nube hubiera oscurecido el lago.

—Basta con que Lina esté bien —dijo Contini, poniéndose de pie—. ¿Te vienes a almorzar?

Malaspina asintió. Era un hombre de pocas palabras, como el propio Contini, y puede que precisamente por eso lograra recabar información en los bajos fondos tesineses. Aunque también ayudaba, claro está, que midiese dos metros y pesara más de cien kilos.

Comieron en el restaurante de Piero, un local discreto en el centro de Lugano. A Contini le gustaba esa atmósfera casi rural, con manteles a cuadros y vino de la casa servido en jarras. Pidieron el plato del día, una pasta con salsa de pimiento y cebolla, condimentada con un poco de tofu y pesto. Piero les aseguró que era un almuerzo ligero.

—¿Ligero? —dijo Contini abriendo la servilleta—. Si tú lo dices...

Malaspina se sirvió una copa hasta el borde de merlot y miró el plato con el ceño fruncido. No dijo ni una palabra, pero, antes de hincarle el diente a Luca Forster, de un modo u otro, se habría zampado un señor filete, como poco. Porque Malaspina ya llevaba muchos años en ese mundillo y conocía a los que cortaban el bacalao. Forster no era uno de los grandes jefes, y justo ahí radicaba el peligro: los tiburones pequeños son los más agresivos.

Ni una llamada.

Lina parecía haberse desvanecido en la nada.

Salviati no podía seguir esperando. Esa noche pasaría al ataque en Tesserete.

Por la tarde fue a ver a su antiguo contacto: se llamaba Giovanni, aunque lo apodaban Gengio, y tenía un almacén en el barrio de Molino Nuovo. Era un tipo enclenque y ágil, que daba la impresión de poder estar en dos sitios al mismo tiempo y en tres conversaciones a la vez.

—¡Veo que vuelves a tu vieja vida! —exclamó cuando Salviati le dijo lo que quería—. Y veo que vuelves con una técnica nueva, porque este no era tu estilo, ni mucho menos, ¿no?

—No —Salviati miró a su alrededor—, pero tengo que cambiar de estilo.

—Pues voy a explicarte un par de cosas, ¡ya verás como te resultan útiles!

Bajo la luz tenue, el almacén parecía más profundo. Los utensilios apilados ocupaban filas y filas de estanterías, así como las máquinas cubiertas con sábanas.

Hay varias posibilidades —le dijo Gengio—, pero me imagino que querrás ir sobre seguro. Entre otros detalles, hay que ver cómo es la vía de acceso, si habrá que forzar una segunda...

—Gengio.

—¿Qué?

—Vamos en orden. Ante todo, no quiero correr riesgos. Es decir, no quiero que la víctima sufra una reacción.

—¿Qué te crees, que soy un aficionado? El único peligro está en la sobredosis y..., hombre, podría haber una reacción alérgica, claro, pero te darías cuenta.

—¿Qué gas es, monóxido de nitrógeno?

—De ese también tengo, si quieres, pero hoy en día ya no es el mejor. La concentración con respecto al aire para causar la narcosis es demasiado alta, se necesita casi un setenta por ciento. No, por lo general yo recomiendo cloroctano, ciclopropano, halotano, enflurano o isoflurano.

Mientras enumeraba los narcóticos, Gengio se había dirigido a un rincón del almacén. Había varios estantes de madera cubiertos con una vieja sábana. Gengio la apartó y Salviati vio una serie de bombonas blancas al lado de pequeñas botellas de buzo y varios vaporizadores eléctricos de batería, de los que usan los asmáticos.

—Yo te puedo vender la botella con un vaporizador —le explicó Gengio—. Primero difundes el gas en la sala con el vaporizador. Eso no dormirá del todo a la víctima, pero se quedará un poco anestesiada. Luego, cuando entres, le acercas una gasa a la cara y la duermes del todo. Solo tienes que acordarte de ventilar, porque si no corres el riesgo de dormirte tú también. Me acuerdo de un tipo al que una mañana lo encontraron a los pies de la cama de...

—Gengio.

—¿Qué?

—Vamos en orden. ¿Cómo puedo saber la concentración exacta?

—¡Eso es lo mejor! —Gengio casi dio un saltito de emoción—. Con estos anestésicos líquidos solo necesitas una concentración de entre el 0,5 y el 1,5 por ciento. Además de asegurarte de que surten efecto, la víctima no se enterará de nada. En cuanto al suministro... Voy en orden, ¿no?

Gengio le guiñó un ojo a Salviati, que asintió esbozando una leve sonrisa.

—En cuanto al suministro, en vez del vaporizador, usa una de estas botellas. Son como las que usan los buzos para las inmersiones breves. Mira. —Gengio cogió una botella de unos veinte centímetros—. Normalmente, los submarinistas aspiran el aire comprimido directamente de la boquilla, pero hay un botón que libera el gas así, solo con...

Salviati intentó memorizar toda la información. Los golpes con narcóticos nunca habían sido lo suyo: demasiado directos, demasiado agresivos. Pero ahora estaba en guerra, tenía que luchar con todos los medios. Compró una botella llena de anestésico, con un tubo de reserva. Y en el último momento compró también una escalera extensible: por poco se le olvida que la ventana estaba en el segundo piso.

—Muy bien, ya solo me quedan las recomendaciones —dijo Gengio, mientras lo acompañaba a la puerta—: si hay una reja en la ventana, acuérdate de empezar a forzarla en cuanto hayas difundido el gas, porque el efecto es inmediato. Luego, cuando entres, pones la boquilla en la boca de la víctima y...

—Gengio.

—¡Vale, vale! Apuesto a que la ventana no tiene reja.

Salviati sonrió.

—Gengio, ¿sabes qué?

—¿Qué?

—Reconozco que te he echado de menos todos estos años.

Contini cruzó Via San Gottardo, bajó una escalinata y llegó a Via Motta. La recorrió a paso lento, como si fuese un turista que había acabado en Massagno sin querer. Estaba cada vez más convencido de que la clave del secuestro era Matteo Marelli, y tenía prisa por hablar con él.

Veía a Salviati cada vez más inquieto, pero robar diez millones para recuperar a Lina era un disparate, y Contini lo sabía. La Suiza italiana no es un sitio donde el sueño de desvalijar un banco pueda hacerse fácilmente realidad.

Massagno está unido al municipio de Lugano; de hecho, no se distingue el paso de uno a otro. No obstante, Massagno no es Lugano. Y, en el fondo, se enorgullece. Las calles en pendiente, los jardines bien cuidados, el Ayuntamiento que vela por sus seis mil habitantes como un padre protector... «Sin embargo —pensó Contini, girando en Via Foletti—, Matteo Marelli vive aquí. Un estafador que aspira a secuestrador. Un secuestrador de mujeres. ¿Qué pinta entre estas casitas bifamiliares y estos centros deportivos inmaculados?».

Algo no cuadraba. Se paró a observar el instituto, inmóvil en el corazón de las vacaciones de verano. En una esquina, dos chavales intentaban saltar una tapia sin levantar los pies del monopatín. A veces Contini se sentía oprimido por la normalidad: el sol contra el cemento, los gritos de los chicos, el césped verde. ¿Cómo se podía vivir en las dos caras de una misma moneda? ¿Cómo casar esos monopatines con los murmullos de los traficantes, con los chacales que se lanzan a las sobras de la banca privada?

Puede que la respuesta estuviera detrás de la fachada de un edificio anónimo de dos plantas en Via Dei Sindacatori.

—Ay, ¡pobre de mí! Hoy me toca limpieza, perdone las pintas —le dijo la vecina de piso, una setentona en bata y chanclas—. ¿Busca usted a Matteo?

—Sí, soy Contini.

—Anita Pedrini, encantada. Matteo lleva un tiempo sin aparecer por aquí...

—¿Cuánto exactamente?

—Si quiere, puede dejarme el recado a mí.

—No, no hace falta. Es que lleva unos días sin dar señales de vida y en la familia estamos un poco preocupados... Yo soy su cuñado, por cierto.

—¿Cuñado? —repitió la vieja, con los ojos como platos—. Pobre de mí, ¡no tenía ni idea de que Matteo estuviera casado!

Contini suspiró.

—Divorciado, por desgracia. Su exmujer es mi hermana.

—Ah.

—Es muy buen amigo mío; nos llevamos de maravilla. No sabrá usted, que lo conoce bien, si se ha metido en algún lío, ¿no?

—¡Qué va! ¿Matteo? Casi nunca sale de casa, a no ser que tenga por ahí alguna amiga... Ay, pobre de mí, ¡perdone!

—No pasa nada, mujer. Al fin y al cabo, están divorciados.

—El caso es que Matteo es muy buen muchacho. Muy amable, muy atento. Yo creía que estaba de vacaciones.

Eso era lo que no cuadraba. Un joven que vivía en esa zona tranquila, un tipo servicial, casero... Quizá fuese un delincuente de tres al cuarto, eso no podía descartarlo; pero Contini no se lo imaginaba aliándose con Forster para organizar un secuestro. Y, sin embargo...

—¿No os dijo a los familiares que se iba de vacaciones? —preguntó la vieja, con un ápice de recelo en la voz.

—No, le gusta vivir su vida, ir a lo suyo. Pero nosotros estamos un poco preocupados. Es un solitario, pero a lo mejor tendría que salir más, no sé, verse con alguien...

La vieja, con risa socarrona, respondió:

—Mmm... Pobre de mí, ¡ya le digo yo que Matteo no tiene esa preocupación! Poco antes de irse quedaba con alguien. Lo sé porque las paredes son de papel. Aunque no quiera, una acaba oyéndolo todo, usted ya me entiende...

—¡Claro! —Contini intentó seguir esa pista—. A lo mejor su chica sabe adónde ha ido. No oiría por casualidad cómo se llamaba, ¿verdad?

La vieja se mosqueó.

—¡Yo no soy una cotilla! Además, no es su chica. Será una conocida, una amiga...

—Ah, claro, claro.

Contini le dio las gracias a la vecina de piso de Marelli y ya se disponía a bajar las escaleras, pero era evidente que a la vieja no le gustaba quedarse con los chismes en la punta de la lengua. Antes de cerrar la puerta, volvió a hablarle:

—El caso —dijo con un brillo desafiante en la mirada—, el caso es que la chica que lo llamaba se llama Lina. Lo oí una vez por casualidad, pobre de mí. Ya le digo que las paredes...

—¿Lina?

—... son de papel y... ¿Cómo?

—¿La chica se llama Lina?

—Lina —repitió la vieja—. Ya se lo he dicho, ¿no?

—Claro. Muchas gracias. Y ¡buenos días!

La vieja se despidió con un gesto de la cabeza y cerró su puerta.

«Qué raro —se dijo Contini mientras subía hacia Via San Gottardo para coger el autobús—. Qué cosa más rara: un secuestrador que habla por teléfono con la persona secuestrada. Pero ¿se puede saber en qué historia me he metido?».

11

Un ladrón en plena noche

A lo largo de su carrera como ladrón y estafador, Jean Salviati había aprendido a no dejar que el nerviosismo se adueñara de él. Sin embargo, esa tarde notaba la inquietud crecer en su interior.

Examinó el material y comprobó un par de veces que las botellas de Gengio funcionaban. Luego se ocupó del jardín de su nueva casa, arrancando las malas hierbas y cortando las ramas de los avellanos. Por último, se sentó en la entrada a fumar su pipa mientras esperaba una llamada de Lina. Pero el teléfono seguía mudo.

Se dirigió a Tesserete después de cenar, preparado para una larga espera. Primero vio a Forster volver a casa y luego el comienzo de la fiesta irlandesa. Se dio un paseo, se tomó algo en un par de bares y, al final, como un turista cansado, se sentó en un banco y se quedó contemplando la Piazza Motta.

Llevaba ropa oscura, pero con un mínimo de elegancia, por si se veía obligado a hacerse pasar por alguien: traje gris, camisa negra y zapatos negros. Esperó hasta las tres de la mañana. A esa hora, Tesserete era un auténtico pueblo fantasma: ni rastro de irlandeses, ruidos ni coches. Claro, siempre hay alguien que vuelve a casa bien entrada la madrugada, pero Salviati tenía que correr el riesgo. Dejó el coche al lado de la casa y sacó del maletero un caballete con un cartel que decía: CALLE CORTADA POR OBRAS. Lo dejó al final de la calle, por donde entraban los coches que venían de Lugano. Esperó otro par de minutos y cogió la escalera extensible que le había comprado a Gengio. Cerrada medía poco más de un metro, pero podía llegar a tres. Después de abrirla por completo, la apoyó en la fachada de Forster. Se enganchó la botella de gas al cinturón y empezó a subir con cautela. Al llegar arriba le faltaba casi un metro hasta la ventana, pero Salviati consiguió encaramarse al alféizar.

La ventana, como la noche anterior, estaba entreabierta. Con movimientos lentísimos, Salviati se soltó la botella de gas y la apoyó en el alféizar; luego encajó el tubo y vaporizó el gas.

El peligro, llegado a ese punto, eran las alarmas. Salviati tenía controlada la de la puerta principal y sabía que no sería un inconveniente; lo problemático sería que hubiera sensores de movimiento en el interior de la casa, pero era poco probable que estuviesen en la habitación.

No obstante, solo había una forma de descubrirlo.

Salviati franqueó el alféizar y entró, tapándose la nariz con un pañuelo. Ningún sensor. Bien. Abrió la ventana con sumo cuidado para que saliese el gas. Luego se acercó a la cama, en la penumbra, y apoyó la boquilla en la cara de Forster para que inhalase el anestésico.

Se había reencontrado con los gestos del delito sin titubeos: se movió con lentitud y seguridad, controlando su frecuencia cardiaca. Como si no hubiesen pasado los años. Quitó la escalera de la ventana y, después de cerciorarse de que Forster estaba dormido, salió al pasillo y cerró la puerta.

Era fundamental no despertar a la empleada doméstica o, aún peor, al colaborador de Forster. La noche anterior había memorizado la posición de sus habitaciones: estaban en otro piso, por lo que tenía libertad de movimiento. El despacho estaba pegado a la habitación de Forster.

Se puso manos a la obra de inmediato. No esperaba encontrar una hoja con el nombre del sitio en que tenían secuestrada a Lina; se conformaría con mucho menos: indicios vagos, cartas, recibos. O algún documento con el que chantajear a Forster.

El despacho era amplio y estaba abarrotado de cartas. En las paredes, grandes cuadros y numerosas estanterías con fruslerías, adornos y estatuillas. Parecía el despacho de un profesor.

En las estanterías había principalmente volúmenes de derecho, libros ilustrados, alguna que otra novela en inglés, catálogos de arte y muchos diccionarios. En el escritorio, facturas pendientes de pago, catálogos de antigüedades y, por lo general, nada comprometedor. Sin embargo, en los cajones, en especial en uno cerrado con llave, Salviati encontró material más interesante.

Estimado señor Forster:

Me permito recordarle que ya no se puede aplazar más el pago por la mercancía que se le entregó el pasado 6 de marzo. De hecho, a mi cliente le gustaría cobrar antes de volver a los Estados Unidos. Así pues, le ruego que ingrese el dinero en la cuenta antes de finales de mes. Agradeciendo su comprensión, le envío un afectuoso saludo.

MAURIZIO PANTANI, ABOGADO

El abogado Pantani le pedía dinero en nombre de varios clientes, con fórmulas cada vez menos amables. Salviati se puso alerta: al parecer, Forster tenía problemas de liquidez. Por eso quería que Lina pagara sus deudas. Pero si de verdad...

Su razonamiento se interrumpió de golpe.

Un levísimo toque en la nunca inmovilizó a Salviati. Un objeto metálico, duro. No tenía ninguna duda de lo que era. Salviati dejó caer las cartas al suelo y bajó los brazos.

Alguien le estaba apuntando a la cabeza con una pistola.

12

Los ojos de los zorros

A veces Lina imaginaba que el mundo se había acabado.

Matteo y ella estaban allí, acampados en una casa de montaña, y mientras tanto el ser humano había desaparecido de la faz de la tierra. Todos muertos: hombres, mujeres, ancianos y niños. Matteo y ella eran los únicos supervivientes, pero no lo sabían.

Podría ser verdad: el mundo podría acabarse y ellos no se habrían dado cuenta. Los días transcurrían con una lentitud exasperante, mientras en el valle del Bavona el verano florecía a su alrededor. Detrás de la casa, en lo alto, la cima blanca del Basodino; a sus pies, solo bosques y peñascos enormes donde crecía la hierba.

Por las noches era aún peor. Lina se despertaba de repente, sin recordar dónde estaba. Luego la cama estrecha y las mantas gruesas le devolvían a la memoria los últimos días. Estoy en la montaña. Apartada del mundo. Estoy preparando el atraco de un banco. Estoy engañando a mi padre. Soy prisionera.

¿Prisionera?

Pero ¿de quién, de qué? Y, sobre todo, ¿por qué? Lina salió a tientas de la habitación. En la chimenea brillaban las últimas brasas. Se acercó a la puerta y la abrió una rendija. El aire frío se coló como un mal recuerdo. Estoy en la montaña. Apartada del mundo.

—¿Qué buscas?

La voz de Matteo. Lina se sobresaltó.

—Nada.

—¿Quieres escaparte?

El aire frío se deslizaba por debajo de su pijama. ¿Prisionera?

—Pero ¿qué dices? —Lina abrió la puerta de par en par—. ¿Escaparme de quién?

—Lina, no...

—Además, ¿por qué iba a querer escaparme?

Matteo no respondió, pero dio un paso hacia ella. Lina salió a la oscuridad. La luna apenas iluminaba la silueta de la casa. Matteo se quedó en el umbral, en bóxer y camiseta, recortándose, como una figura espectral.

—Lina, ¿qué te pasa?

—No lo sé.

—Son las tres de la madrugada. Hace frío.

—¡Sí, ya lo sé! —Se volvió de golpe para mirarlo—. Pero ¿no te das cuenta de que pasan los días y aquí sigue todo igual? ¿Mi padre ha aceptado o no?

—Ya sabes que...

—¡Te digo que no sé nada! Sé que llevamos aquí una semana, sin ver a nadie, y ya... ¡Ya empiezo a sospechar que Forster te ha engañado a ti y a mí también!

Lina estaba gritando, con la cara a pocos centímetros de la de Matteo. Él le puso las manos en los hombros y Lina se calló. A su alrededor, la noche guardaba silencio. Solo se oía el murmullo ocasional de un torrente perdido entre los bosques.

—Ya te dije que hay que tener paciencia, Lina. Si mañana llamas a tu padre, él nos echará una mano y...

—Pero es que no puedo, ¡no puedo! ¿No ves que no soy capaz?

Lina rompió a llorar. Se zafó de las manos de Matteo y se alejó de la casa de montaña.

—No llores, Lina, no... El plan es perfecto, ya verás como funciona. Tu padre es un profesional y...

—¡Lo he engañado! Y ahora ya no puedo irme de aquí... Y ¡tú tampoco! ¿No te das cuenta de que ya estamos en manos de Forster?, ¿eh? Aquí estamos aislados, ¿no lo ves?

Matteo abrió la boca para responder, pero volvió a cerrarla. Lina lo miró, intuyendo que él también había caído en la cuenta. Habría querido insultarlo, coserlo a golpes, pero no podía dejar de llorar.

—No lo entiendes —repetía en voz baja—, no entiendes que ese es capaz de matarnos, que nos va a matar... Nos ha engañado; nos ha...

Las últimas palabras de Lina se extinguieron en un susurro. Matteo se la quedó mirando, con el frío calándole los huesos. Ya ni siquiera oía el murmullo del arroyo del bosque.

Como si en un instante el mundo hubiera desaparecido.

Salviati analizó a toda prisa la situación.

Lo habían pillado con las manos en la masa. No tenía posi bilidad alguna de escapar. Ellos llevaban toda la ventaja, incluso sin pistola, pues tenían a Lina.

Además, en ese momento también tenían pistola.

Detrás del arma, Salviati entrevió en la penumbra la cara de Elton, que le quitó la linterna y le apuntó con ella a la cara: Salviati ya no veía absolutamente nada.

—Tengo que deducir que has decidido no seguir las reglas —dijo Elton.

Hablaba en tono apacible, como un padre que sorprende a su hijo haciendo trampas.

Salviati no respondió; no había nada que decir.

—¿Qué buscabas?

Ninguna respuesta. Elton lo sacó del despacho de un empujón.

—Vamos a despertar al señor Forster. Estoy convencido de que querrá hacerte más de una pregunta.

—Lo he dormido —farfulló Salviati.

—Ah, ya veo. Ha sido una auténtica suerte que me haya tocado pasar aquí la noche. Por aquí, por favor.

Salviati vio que lo estaba llevando a uno de los baños. Durante un par de segundos se preguntó qué tendría en mente, hasta que Elton le propinó un puñetazo encima del pómulo. Salviati se dio un golpe en el lavabo y cayó al suelo.

—¿Qué buscabas? —repitió Elton.

Y, sin esperar respuesta, antes de que Salviati recuperase el aliento, le dio otro puñetazo. En el mismo sitio.

El dolor en la sien pareció estallar mientras la nuca rebotaba en el borde de la bañera y la espalda se estrellaba contra las baldosas. Salviati se puso a cuatro patas. Y respiró. Luego se levantó, lentamente, y dijo:

—No buscaba nada en concreto.

Elton le propinó un puñetazo en la barriga. A Salviati le pareció que le había extraído el aire de los pulmones. Mientras se doblaba de dolor, sintió una patada en las costillas. Se arrastró por el suelo para refugiarse en un rincón, acurrucado como un erizo. A lo mejor estaba demasiado viejo para ese trabajo.

—A lo mejor estoy demasiado viejo para... ¡Ah!

Una segunda patada en el hombro estrelló su cabeza contra la pared. Elton se abalanzó sobre Salviati, que aún no había perdido la conciencia: desde joven se le había dado bien encajar golpes, pero, tal y como estaban las cosas, le convenía recurrir a las palabras para detenerlos.

—¡Para!

—¿Qué buscabas?

—Ya te he dicho que nada en concreto. Buscaba algo relacionado con Lina.

—Y ¿qué pretendías hacer con eso?

—Mmm... —Salviati se incorporó, apoyándose en el borde de la bañera—. Quería liberar a mi hija.

—Eres un idiota, viejo. —Elton lo agarró bruscamente de la solapa—. Y ahora voy a explicártelo con el método Elton.

Salviati estaba seguro de que el «método Elton» dolería mucho.

—¿Cómo voy a robar el dinero para vosotros si me matas?

—Pero, hombre, ¡si yo no quiero matarte! —Elton sonrió, como un trabajador ansioso por satisfacer a un cliente—. Digamos que te daré unos días de convalecencia.

Salviati intentó parecer más maltrecho de lo que estaba, pero no se hacía demasiadas ilusiones. Sin soltarlo de la solapa, Elton lo sacó a rastras al pasillo.

—Pero antes vamos a ver al señor Forster. En cuanto se despierte, le gustará decirte un par de cosas.

Matteo le pasó el brazo por los hombros y la acompañó a la casa. No dijo ni una palabra. Los sollozos habían parado; Lina intentaba recuperarse: sorbió con la nariz y le lanzó una mirada fugaz a Matteo. Había cambiado, estaba segura. Ahora él también se sabía prisionero; ya no tenía cara de estar jugando.

—No me hace falta ayuda.

—Lina, lo siento. Yo...

—No pasa nada, ya he montado mi numerito.

—¿Ya estás mejor?

Era imposible hacer una pregunta más idiota. Pero se lo veía preocupado de verdad, por lo que Lina evitó responderle mal. Parecía un auténtico chiquillo, con esa camiseta holgada y el pelo rubio alborotado tapándole la frente.

—En serio, Matteo, perdona por el numerito. Sé que somos socios en este asunto. Te prometo que...

—¡No se trata de eso!

—Te prometo que cumpliré con mi parte. Ahora me gustaría volver a la cama.

—Claro, yo... ¡Claro!

—Lo hablamos mañana, ¿vale?

—Claro.

Unos minutos después, en la cama, Lina se preparó para una noche de insomnio.

El silencio era sofocante, sobre todo si pensaba en los kilómetros de bosque que la rodeaban. Sabía que, para librarse de aquellas montañas, para volver al mundo, tenía que tomar una decisión. Esas casas de montaña encaramadas a la roca le daban miedo, como los senderos en vilo entre los precipicios, pero el paisaje amenazador la había ayudado a aclarar las ideas.

Lina se revolvió bajo las mantas. Solo podía hacer una cosa: escapar y ponerse en contacto con su padre. Decidió que lo hablaría con Matteo: «Tenemos que morder a Forster antes de que él nos muerda a nosotros». Los muelles de la cama chirriaban cada vez que cambiaba de postura. «Espera, Lina, ten paciencia. Aún puedes remediarlo, aún hay tiempo. Aún hay tiempo».

Luca Forster dormía.

Salviati estaba a los pies de la cama, preguntándose si tendría todos los huesos intactos. A su espalda, Elton, con el arma enfundada en el cinturón.

—¿Cuándo se despertará? —preguntó Elton.

—Falta un rato —respondió Salviati—, pero el anestésico no era potente.

—¿Podemos despertarlo de golpe?

—Estará atontado.

Elton empezó a zarandearle la cabeza, llamándolo a gritos sin cesar, hasta que Forster, asombrado, con los ojos como platos, dijo:

—¿Qué? Pero ¿qué diablos...? ¿Quién es?

—Soy yo, Elton.

—¿Elton? ¡Elton! ¿Qué...?

—Y este es Jean Salviati.

Elton lo agarró de la solapa y lo empujó a la cabecera de la cama. Forster necesitó unos minutos para entender qué había pasado. Elton se encargó de escoger concienzudamente las palabras hasta conseguir esbozar un resumen de la situación, y Forster se acercó a Salviati, negando con la cabeza.

—Está claro que eres un imbécil de cuidado...

Salviati no respondió, ni bajó la mirada.

—¿Qué pretendes hacer? ¿Quién te crees que eres? ¡El gran ladrón y sus somníferos! ¿Te crees que tenemos ganas de jugar? Tu hija me debe un montón de dinero, ¿te enteras?

Salviati asintió, llevándose la mano a la sien donde lo había golpeado Elton. Se sentía como si tuviera un martillo neumático en la cabeza.

—Quiero ese dinero, que me lo devuelva. Y, como ella no lo tiene y tú tampoco, ¡tienes que atracar ese banco de los cojones! ¿Estamos?

Forster le dio un tortazo a Salviati con el dorso de la mano.

—¿Estamos?

—Si no veo a mi hija... —empezó a decir Salviati.

Pero no le dio tiempo a acabar la frase: Forster le dio otro par de bofetadas y lo empujó hacia Elton. A Salviati le latía la cabeza y tuvo que agarrarse al gorila para no desplomarse.

—¡Habrase visto! ¡Si es que hay que ser imbécil! —exclamó Forster—. Mira, Elton, si él no lo entiende, se lo explicas tú, ¿vale? ¿Vale?

A Elton le faltó tiempo para asentir.

—Muélelo a palos hasta que entienda que... Pero ¿qué...?

Elton y Salviati siguieron la mirada de Forster para descubrir qué lo había interrumpido. En el alféizar, detrás de las cortinas, se recortaba una silueta oscura. Una voz dijo:

—Vale, chavales; ahora, tranquilidad. Sobre todo tú, el de la pistola.

Las cortinas se abrieron justo cuando Elton se llevaba la mano al cinturón.

—Eh, ¡que te estés quieto! ¡Quieto!

En la alfombra, delante de la ventana, había un hombre enorme, con unos increíbles pantalones cortos rojos y una camiseta ceñida verde guisante. En la mano llevaba una SIG Sauer P220, arma de dotación del Ejército suizo.

—Señor Salviati —dijo el hombre—, usted no me conoce, pero soy amigo de un amigo suyo. Ahora vamos a salir de esta casa.

Salviati aún notaba un zumbido en la cabeza y cada vez que respiraba le dolían las costillas, pero se acostumbró rápidamente a la situación. El hombre de la camiseta verde también había llegado a la ventana con una escalera extensible, que usaron para bajar después de haber encerrado en el baño a Elton y a su jefe. Luego el hombre acompañó a Salviati a su coche.

—Tardarán unos minutos en salir del baño. ¿Puede conducir?

—Sí. —Salviati respiró a pleno pulmón—. Ahora estoy mejor.

—Me llamo Renzo Malaspina y trabajo para Contini. Me ha pedido que le vigile. Disculpe el retraso.

—Faltaría más... No sabía que Elia...

—Mejor que lo hablemos con él. ¿Sabe dónde vive?

Salviati asintió.

—Pues nos vemos en Corvesco.

Contini se frotó los ojos y dijo:

—Me parece que nos hará falta café.

—Yo me encargo —respondió Malaspina—. ¿Queréis también algo de comer?

Contini asintió.

—Trae un poco de pan. Hay jamón en el frigorífico.

A pesar del dolor, Salviati notó que tenía hambre. Al fin y al cabo, se había saltado la cena. Luego se disculpó por el follón que había montado.

—Soy consciente de que habría tenido que avisarte —le dijo a Contini mientras el detective se ponía una camisa.

—Ya es tarde.

—Me ha ido mal.

—Sí.

—Menos mal que le has pedido a tu hombre que me vigile.

—Mmm.

Silencio.

—¿Y ahora? —preguntó Salviati.

Silencio.

Malaspina llegó con el café y el jamón. Contini estaba adormilado, lo habían despertado en plena la noche. Se esperaba que

Salviati intentara alguna ocurrencia, pero, cuando lo vio en su puerta con la cara amoratada, supo que las escaramuzas habían acabado: ahora empezaba la guerra... y Contini no quería echarse atrás. En su día, Jean estuvo dispuesto a arriesgarse por él.

—Forster está pasando apuros económicos —dijo Salviati—. Por eso insiste tanto en el atraco. Quiere esos diez millones, pero no sé, no sé. Aunque el tal Marelli tenga buenos contactos, yo... no sé. A lo mejor tengo miedo.

—No hay otra salida —respondió Contini después de apurar su taza de café—. Tendremos que robar esos diez millones.

Salviati se sobresaltó.

—¿Tendremos? —Miró a Contini a los ojos—. Tú no eres un ladrón, Elia.

Contini negó con la cabeza, vacilante. Jean tenía razón: el sentido de la legalidad está profundamente arraigado, aunque uno no se pare a pensarlo. No es fácil estirar el brazo para coger la hucha y huir con el dinero.

—No, no soy un ladrón.

Todo el sistema está construido para defenderse: la propiedad privada, la protección del ciudadano. La estructura de la sociedad, del Estado, de la Confederación y del universo.

—Pero tú tampoco, Jean; ahora tú tampoco eres un ladrón.

¿Cómo que no? Intenté cambiar, pero mira dónde estoy.

—No es culpa tuya.

—Hemos sorprendido a Forster en Tesserete. A lo mejor, si en vez de escapar...

—¿Qué querías hacer, torturarlo? ¿O secuestrarlo?

—Un intercambio, por ejemplo.

—El secuestro es peor que el atraco. Y Forster tiene muchos amigos.

—Tienes razón —coincidió Salviati—. Con todo, sigues sin ser un ladrón.

Malaspina, con la taza de café en las manos, miraba a los dos hombres sin decir palabra. Parecía una esfinge pintada de rojo y verde guisante.

—No pasa nada. —Contini se sirvió otro café—. No pasa nada.

Los tres se quedaron unos segundos callados. Contini levantó la mirada y observó el bosque, intentando escuchar los susurros, las imperceptibles presencias nocturnas. Pensó en los zorros, en sus zorros, al acecho en la espesura del verano. En sus ojos. Adaptados para ver en la oscuridad, antes del ataque o antes de la fuga.

—No pasa nada —repitió Contini—, no soy un ladrón, pero puedo robar.

Salviati lo observó con atención.

—Quieres decir que...

—¡Que vamos a atracar ese dichoso banco! Sabrás cómo hacerlo, ¿no?

Salviati dejó la taza de café. Detrás de los moratones y las heridas, entre las arrugas de su cara, se dibujó una lenta sonrisa.

13

Cuando acaba la libertad

Contini lanzó las balsas al riachuelo. Una tras otra quedaron envueltas por las salpicaduras y los remolinos del Tresalti y, golpeteando las rocas, empezaron su viaje valle abajo.

Cerca de la casa de Contini, más abajo, el riachuelo formaba una poza. No todas las balsas llegarían allí sanas y salvas: algunas se perderían en el trayecto, varadas en la arena o encalladas entre las rocas. Contini construía las balsas con madera, clavos y cuerda; luego lanzaba unas cuantas al Tresalti y contaba cuántas llegaban a la poza donde las recogía: a partir de ese número, obtenía augurios y sensaciones.

¿Una manía, una superstición? Contini no se lo preguntaba; para él era un pasatiempo; no más ridículo que jugar al golf, ni más inútil que coleccionar sellos.

Aquel día lanzó cinco balsas al agua, pensando que pronto tendría que explicarle a Francesca toda esa historia del atraco. En los últimos días se habían visto poco. Francesca había pasado unos días en Milán: acababa de graduarse en Letras y aún tenía un piso cerca de la universidad, pero a partir de otoño volvería al Tesino y buscaría trabajo de profesora.

Después de lanzar las balsas, volvió a casa. Era primera hora de la mañana, pero del valle, al sur, ya subía la niebla del bochorno estival.

Contini y Francesca ya llevaban varios años juntos, con sus altibajos. Quizá porque ser detective no ayudaba a las relaciones sentimentales. «Y desvalijar bancos tampoco», pensó mientras rellenaba el cuenco del gato gris.

«Pero estás en la pista, Contini, y tienes que bailar». El detective miró al gato. «Ojito, no te pases de gracioso». «¿Qué se le va a hacer? Ya sabes que, para los gatos, el robo es vida... Detective, ¡estás dando un paso al frente!». Y el gato empezó a comer mientras ronroneaba.

¿Un paso al frente? Contini lo dudaba. Atracar un banco, para algunos, era una lucha contra el sistema. O quizá un arranque de vitalidad, una reivindicación de libertad. Sin embargo, él no lo veía así. Para él la libertad no era una fuga o una ruptura, sino la posibilidad de buscar y encontrar.

El salón estaba abarrotado de objetos. Para llegar al teléfono, Contini tuvo que apartar el cuadro de una bicicleta lila, un enorme mapamundi y un orangután de terracota. Luego levantó el auricular y se tumbó en la hamaca colgada al lado de la ventana. La voz de Francesca respondió al primer tono.

—¿Sí?

—Soy Contini.

—Hombre, Contini, ¡hola! —exclamó Francesca—. ¿Qué haces hoy?, ¿te quedas en casa?

—Estoy trabajando para el amigo al que conociste la otra noche.

—Ah, sí.

Contini esbozó una sonrisilla. Francesca había aprendido a no decir demasiado por teléfono. Pero se lo explicaría todo de viva voz. Aquel día tenía programada una reunión en Locarno, con un tipo que conocía a otro tipo que decía que había visto a Marelli en los últimos días. Sí, había que cometer el puñetero atraco, pero a Contini su instinto le decía que no estaba de más tener vigilado a Marelli.

—¿Tú estás en Locarno? —le preguntó a Francesca.

—Sí, estoy ordenando mis cosas.

—Puedo pasar a verte.

—¿Quieres venir a comer?

Francesca vivía en Locarno. De vez en cuando se quedaba en casa de Contini, pero a veces prefería dejarlo a su aire. Contini aceptó la invitación y quedaron en Piazza Grande a las doce y media.

Al colgar, Francesca miró a su alrededor. El piso parecía un campo de batalla: cajas repletas de libros apiladas por doquier; montañas de platos y vasos en la mesa. Lo que siempre pasa cuando los objetos de dos casas coinciden en una.

En la cocina había un par de paquetes de pasta, tomates, una coliflor, zanahorias, lechuga y un poco de queso: se las apañaría para preparar algo de comer. Al vivir entre Milán, Locarno y Corvesco, a veces se sentía una nómada. Y, sin embargo, todo se concentraba en pocos kilómetros.

«Pero en Milán ya he acabado», pensó, mientras apilaba los platos antes de guardarlos en el aparador y se secaba el sudor de la frente. Solo llevaba unos pantalones cortos y una camiseta, pero estaba sudando. A finales de agosto, las semanas más asfixiantes ya habían pasado, pero Locarno, exhausta después del festival de cine y la oleada de turistas, seguía cociéndose a fuego lento en aquellos días de calor.

Cuando despejó la mesa, sacó un mantel del fondo de un armario. Puso cubiertos para dos y arrastró las cajas a un rincón del salón. Al final, la casa recuperó un aspecto habitable. Francesca se duchó y se puso una chaqueta fina amarillo claro, de manga corta, y una falda por la rodilla.

Las palmeras que bordeaban el lago parecían algo resignadas, como si ya sospechasen la llegada del otoño, pero los turistas seguían moviéndose en tropel por las calles del centro. Después de dejar atrás la playa Zorzi, Francesca enfiló Via Delle Panelle y luego giró en Via Della Gallinazza. Le gustaba llegar a la plaza desde arriba, pasando por esa maraña de callejuelas que le recordaban la tensión y la alegría entre bastidores de un gran teatro.

Portones entreabiertos y patios interiores en silencio, apenas animados por el hilo de agua de una fuente. Tiendas de curiosidades y productos artesanales étnicos, restaurantes que se las ingeniaban para poner una mesa más, hasta debajo de los canalones. Rincones adornados para engatusar a turistas, y joyerías en los soportales. A Francesca le encantaba curiosear, escuchar retazos de conversaciones y robar pedacitos de vida cotidiana. Puede que también ella fuera una fisgona, como Contini. Quizá por eso se entendían tan bien.

Bajó por Via Marcacci y lo vio esperándola en un bar al lado del Ayuntamiento; o, mejor dicho, hablando con un tipo al que no conocía de nada. Francesca esperó a que terminase la conversación y se le acercó por detrás.

—¿Está libre?

—Puede —respondió él antes de volverse—. ¿Usted está libre?

Francesca sonrió y se inclinó para besarlo antes de sentarse. Contini llamó al camarero con un gesto.

—¿Con quién hablabas? —le preguntó.

—Con un amigo de Matteo Marelli —respondió Contini—. ¿Qué quieres tomar?

Pidieron un cuarto de litro de merlot rosado. Ante ellos, Piazza Grande resplandecía bajo el sol. Más que una plaza, era una playa, un inmenso claro abierto en el corazón de la ciudad. Y los habitantes de Locarno, que no tenían muy claro qué hacer con ella, la usaban unas veces de aparcamiento y otras de sala de cine o de pista de patinaje. Mientras esperaban el vino, Francesca le preguntó:

—¿Al final has encontrado al tal Marelli?

—Aún no. Pero el tipo con el que estaba hablando trabajó con él y lo conoce bien.

—¿Sabe dónde está?

—No, pero me ha dicho que lo vio un par de veces en Locarno, así que le picó la curiosidad y preguntó por ahí. Creía que estaba organizando otra estafa. Pero nadie sabe nada...

—¿Se esconde aquí, en Locarno?

—En la zona. Al parecer, también lo han visto en el valle del Maggia.

—Y ¿crees que la hija de tu amigo también está ahí?

—A saber...

Llegó el camarero con el vino. Normalmente, Contini no le contaba nada de su trabajo, pero en aquel caso estaba haciendo una excepción. Al principio ella se había preguntado por qué. A lo mejor porque no se trataba de un trabajo, pues buscaba a la hija de un amigo.

Además, estaba esa historia del atraco de un banco.

Francesca no se lo creía; era incapaz de creérselo. Pero Contini le repitió:

—Lo digo en serio, Francesca.

—¡No puede ser!

—No puedo dejar tirado a Jean, ¿lo entiendes? No puedo.

—Pero ¡él quiere robar dinero! ¡Robar!

—Si pudiera evitarlo...

—Pero... Pero ¡si tú no eres un ladrón!

—No. —A Francesca le pareció que Contini, a pesar del semblante serio, sonreía—. No soy un ladrón. Tengo que ayudar a Jean.

—¿Cómo os conocisteis?

Por fin: se lo había preguntado directamente. En los días anteriores había dejado caer alguna pregunta de pasada, pero Contini era un maestro en evitar las preguntas de pasada.

—Fue hace un montón de tiempo. ¿Sabes qué no me convence? —También se le daba de maravilla evitar las preguntas directas—. Marelli no me parece de esa clase de personas que pueden secuestrar a una mujer. Quizá se le ocurriese la idea de dar el golpe, pero ¿por qué Forster le encargó también que se ocupase de la relación con Salviati?

—A lo mejor es porque se fía de él.

—¿Fiarse? Forster no sabe lo que es eso. La mujer del otro día me dijo que Marelli hablaba por teléfono con una chica que se llamaba Lina. ¿Y si es la hija de Salviati?

—¿Qué significaría eso?

—Que a Lina no la han secuestrado. Que entre Lina y Matteo Marelli hay algún tipo de relación que me gustaría entender...

Francesca suspiró. La historia se complicaba. Contini parecía abonado a las historias complicadas.

—Y ¿qué piensas hacer? —le preguntó.

—Lo malo es que hay poco tiempo. —Contini vació su copa y miró la cuenta—. Forster está nervioso; quiere su atraco.

—¡No me lo creo! ¿Cómo se atraca un banco en Suiza?

Contini dejó el dinero en la mesa. Se abrieron paso entre las otras mesas de la terraza y se encaminaron por los soportales.

—Yo tampoco sé cómo se hace —respondió Contini al cabo de un rato—. Jean encontrará la forma.

—Y ¿nosotros queremos estar involucrados?

—Jean me ha pedido... Eh, ¿cómo que «nosotros»?

Francesca se volvió y lo miró fijamente a los ojos.

—Contini, no pensarás que voy a echarme atrás, ¿no?

—Francesca...

—¡No quiero que me toque llevarte naranjas a la cárcel!

—Pero es un asunto peligroso y...

Francesca le dio un beso en la mejilla con semblante serio.

—Si atracas un banco, aunque solo Dios sabe cómo lo vas a hacer, yo estoy contigo. ¿Te enteras?

Contini asintió. Los dos guardaron silencio. Al cabo de unos segundos, Francesca sonrió.

—¡Vamos a casa, anda, que te haga algo de comer!

Allí habían vivido hombres y mujeres. A Lina le costaba creérselo. Entre aquellos barrancos y rocas, rodeados de inmensas montañas que cerraban el cielo. Apretujados en casas de piedra, pared con pared, los habitantes del valle del Bavona habían pasado años cosechando heno, comiendo castañas y, en resumen, saliendo adelante como buenamente habían podido.

Ahora el valle parecía desierto. Lina sabía que no era así; que, más abajo, por la carretera, pasaban hordas de turistas. Sin embargo, allá arriba, Matteo y ella estaban a solas con sus miedos.

Por lo tanto, cuando oyó unos pasos a su espalda en el bosque, su reacción instintiva fue un arranque de pánico. No podía ser Matteo; acababa de dejarlo dentro de la casa, encendiendo la chimenea. Lina fingió haberse olvidado de algo y dio media vuelta.

El miedo impregnaba cada gesto suyo, cada palabra. Ni siquiera podía concederse un paseo. Pero ¿por qué dejaba que los nervios le jugasen esa mala pasada? ¡Le bastaba con oír el crujido de una rama para bloquearse! «A santo de qué va a haber alguien en medio del bosque —pensó—. Y, si lo hubiese, ¿qué?».

Aminoró el paso, intentando tranquilizarse. Pero justo en ese momento alguien le puso la mano en el hombro. Lina se detuvo en seco.

—¿Adónde vas? —No reconoció la voz, pero estaba segura de haberla oído antes—. No te esperabas encontrarme aquí, ¿eh?

Más que la voz, era esa forma absurda de hablar. Lina se volvió sabiendo qué cara vería: Elton, el gorila de Luca Forster. El miedo dio paso a la rabia.

—¿Qué haces aquí?

—Vengo por encargo del señor Forster. —Elton sonrió—. Me ha dicho: «Ve de excursión a la montaña y cerciórate de que nuestros dos muchachos están bien».

Elton escogía con cuidado las palabras; le gustaba oírse hablar. Sin embargo, Lina no se dejó engañar: detrás de ese tono apacible se ocultaba una amenaza. Forster quería recordarles quién mandaba. Había pillado una gallina de los huevos de oro y no tenía ninguna intención de que se le escapase.

Mientras subían por el sendero estrecho a la casa, Elton iba hablando en tono amistoso de esto y de aquello. Lina guardaba silencio. Porque estaba fatigada, pero también porque iba repasando mentalmente los últimos días. ¿Cómo había podido ser tan tonta?

Matteo recibió a Elton con una sonrisa de dientes apretados.

—¡No tenías que haberte molestado!

—¡Faltaría más! —El gorila sonrió de oreja a oreja—. ¡Pasear a esta altitud es bueno para la circulación!

Lina y Matteo tuvieron que confesar que aún no habían almorzado, así que se vieron obligados a compartir la comida con Elton. Un almuerzo tristísimo: espaguetis pasados y frases trilladas sobre lo sano que es el aire de los valles de montaña. Hasta que Elton les dijo que, después de comer, tenía por costumbre echarse una siestecita.

—¿Hay algún jergón libre? —preguntó levantándose de la mesa.

Pero ¿por qué diablos tenía que usar la palabra «jergón»? Lina estaba demasiado cabreada para responderle. Matteo le explicó que solo había dos catres, en los rincones de la sala, detrás de un biombo.

—Por ahora ruego me prestes tu yacija —le respondió Elton—. De cara al futuro, procuraremos disponer otra.

—¿De cara al futuro? —preguntó Matteo.

—El señor Forster me ha pedido que me quede unos días con vosotros. Confío en que no os displazca.

Ni Matteo ni Lina tuvieron ánimo para responderle. Mientras Elton dormía, salieron a la puerta. El olor de la hierba calentada por el sol hizo que Lina evocara, en un vago recuerdo, los veranos de su infancia.

—Tenemos que escaparnos —le susurró a Matteo.

Él asintió, con expresión grave. Lina se le acercó, buscando su mirada.

—¿Aún tienes dudas? ¿Crees que Forster compartirá con nosotros lo que saquemos en el atraco?

—Primero le pagas lo que le debes, pero luego hay que repartir a partes iguales todo lo que sobre: una mitad para nosotros, y la otra mitad para él.

—Y ¿tú te lo crees?

Matteo le puso las manos en los hombros.

—Lina, yo...

—¿Qué hemos hecho? ¡Mira cómo hemos acabado!

Se abrazaron con fuerza y se quedaron así un buen rato, apoyados en la pared de la casa. Lina sintió que conocía a Matteo de toda la vida; y, sin embargo, apenas habían pasado unos días juntos. La primera vez que lo había visto le pareció un joven dandi al que le gustaba deslumbrar a las mujeres, pero solo era un chiquillo asustado. ¿Quién lo habría dicho? Y ahora los dos se veían obligados a compartir unos pocos metros cuadrados con Elton. Ella, él y una especie de sicario ilustrado con traje de gala.

—Matteo, ¿por qué no huimos?

—Es demasiado arriesgado. Si nos pilla, ese nos mata.

—Y, entonces, ¿qué?

—Pues tenemos que esperar a que tu padre atraque ese banco.

—¿Y si no lo consigue?

—Si no lo consigue, me temo que Forster se pondrá de malas, de malísimas.

Lina se estremeció.

—¿Tú crees que...?

—Estoy convencido de que Salviati puede hacerlo.

14

Trabajar en el banco

A Reto Koller le encantaba la rutina. Y le encantaba a pesar de no haber tenido nunca un trabajo en puridad rutinario. Había empezado en Recursos Humanos, en la selección de personal. Al principio había intentado robar el trabajo de quienes tenía a su alrededor, y muy pronto aprendió a matar el aburrimiento: de la forma más sencilla, fomentando la competencia.

Lo más importante para quienes trabajaban en la selección de personal era que sus contratados se quedaran al menos un año, que otra empresa no se los llevara al acabar la formación. También era importante que no hiciesen carrera demasiado rápido y que no cambiasen demasiado de sección. En pocas palabras, como decía el jefe de Koller: fidelidad, humildad y las ideas claras.

Basándose en esa trinidad, Koller se había labrado una carrera. Una carrera lenta, naturalmente, pero sin tropiezos. Su porcentaje de nuevos contratados «idóneos», como decía su jefe, había ido creciendo, hasta que pasó a la sección de Gestión. Primero había trabajado en la sombra, ayudando a sus jefes a vender modelos de inversión para algunos clientes institucionales. Allí también intentó suplir la escasa libertad de movimiento con su curiosidad: trabajando con productos de bajo riesgo había aprendido a distinguir las señales de peligro, que, siguiendo la tradición helvética, nunca eran demasiado visibles. La banca privada suiza es de alto nivel y está regulada por mil controles: resulta difícil moverse en el límite de la legalidad sin encallar.

Lejos de encallarse, Koller había cultivado el estilo y la prudencia, los dos requisitos fundamentales. Así pues, con el tiempo, había pasado a la venta de fondos privados de alto riesgo. Es decir, con un alto rendimiento posible para el cliente, pero, por lo que a comisiones se refería, con un alto margen seguro para el banco. Y en ese campo había dado lo mejor de sí.

Al final, Koller había cambiado de banco. En un momento dado, uno se lo puede permitir: la fidelidad y la humildad tienen que plegarse ante las ideas claras. Ahora Koller ocupaba un despacho en esquina, en la tercera planta de la sede central del Junker Bank, en la Poststrasse de Zúrich, a unos pasos de la Paradeplatz. A esas alturas, su trabajo consistía principalmente en cuidar la relación con los clientes, ya que un grupo de jóvenes leones se encargaba de diseñar los planes de inversión. En aquella época, Koller estaba convenciendo a sus clientes más importantes para pasarse al Junker Bank, como él. Tenía un buen porcentaje; de hecho, el gran jefe lo había felicitado. Siempre se podía hacer mejor, claro, pero...

El timbre interrumpió sus reflexiones. La secretaria le anunció que el señor Belloni estaba al teléfono.

—¡Buenos días! —exclamó Koller, haciendo gala de su italiano—. ¿Cómo va la vida por el caluroso Tesino?

Belloni dirigía la sede del Junker Bank de Bellinzona, una de las dos sucursales tesinesas. Koller había programado un ingreso en Bellinzona y otro en la sede de Lugano, un par de meses después.

—Bueno..., menos mal que tenemos aire acondicionado —le dijo Belloni—, ¡porque llevamos unos días de un calor sofocante!

Koller sabía que era la respuesta estándar. Era tradición que los empleados del Junker que trabajaban en el Tesino hicieran siempre algún comentario sobre las altas temperaturas. No obstante, la alusión al aire acondicionado dejaba las cosas claras: estamos en el sur, pero eso no quiere decir que no trabajemos.

—Me ha llamado el director, el señor Fröhlich —dijo Belloni—, y me ha explicado la importancia de este... movimiento.

Belloni escogía con tiento las palabras. No era habitual que el gran jefe, Georg Fröhlich, llamase personalmente a los directores de las pequeñas sucursales.

—Por supuesto, señor Belloni —dijo Koller, cambiando al alemán para indicar que pasaban al quid de la cuestión—. Es una situación excepcional, delicada... En efectivo. Un gran cliente, ¿sabe? Un UHNW.

Koller notó que Belloni contuvo la respiración. UHNW: *ultra high net worth*. Unas siglas que se referían a los clientes con más de cincuenta millones.

—No puede entrar en los movimientos habituales de su sucursal, ¿me sigue?

—Sí, por supuesto.

—Es fundamental que todo se haga con discreción, así que hemos escogido un día concreto, que le comunicaremos a su debido tiempo. Será un domingo, para que basten dos personas para gestionar la situación: usted y un vigilante de seguridad. Por favor, señor Belloni, intente complacer a nuestro cliente en todo lo posible.

—Sin duda. ¿Vendrá en persona o...?

—Se presentará un emisario de confianza con el dinero. Usted tendrá que recibirlo, firmar el recibo e introducir los billetes en la caja fuerte. Luego habrá que hacer una transferencia. Me parece bastante sencillo, ¿verdad?

—¡Por supuesto! No se preocupe, señor Koller.

Koller no se preocupaba. Era un experto en esas operaciones. Se despidió del director Belloni, y se recostó contra el respaldo de su silla. Koller, robusto y con la cara redonda y bien afeitada, parecía un hombre sencillo: habría podido pasar perfectamente por el conserje manitas de un jardín de infancia.

Encendió el portátil, tecleó el nombre de usuario y la contraseña y abrió la carpeta de documentos personales. Desde ahí, con otra contraseña, tenía acceso a un disco duro externo con la información de las cuentas de algunos clientes. De hecho, el servidor al que tenían acceso sus más estrechos colaboradores tenía muchas zonas ocultas.

En la cuenta de Enea Dufaux no se leía por ningún sitio que era la cuenta de Enea Dufaux. E incluso en la sección reservada era, sencillamente, la cuenta 522.776.FK. Koller, el gran jefe y unos pocos escogidos sabían que detrás de esas cifras estaba Dufaux, un hombre de negocios ítalo-suizo que vivía en Lombardía y cuyos tentáculos se extendían por toda Europa.

Koller consultó los detalles de la cuenta. Entradas, salidas, directrices. Dufaux ya había trasladado casi todas sus operaciones principales al Junker. Había dejado algo en otros bancos —nunca hay que meter todos los huevos en la misma cesta—, pero, a cambio, estaba ejecutando un plan de ingresos extraordinario: dinero en efectivo, transportado en amplias mochilas negras y entregado en mano con un sinfín de precauciones. Dinero «delicado», según la jerga del sector, cuya aceptación había suscitado más de un debate en las plantas nobles del Junker.

Los ingresos de Dufaux eran arriesgados: Suiza estaba en primera línea en la lucha contra el blanqueo de capitales. Después de la crisis y los temblores financieros, los controles eran aún más escrupulosos. Sin embargo, el Junker era un banco sin prejuicios, y Koller, un experto en enturbiar las aguas. A cambio, Dufaux se había comprometido a apoyar algunos fondos de alto riesgo que gestionaría el equipo de Koller. Al final, el dinero siempre produce dinero, y las culpas del dinero padre nunca recaen en el dinero hijo.

En la ficha de la cuenta 522.776.FK había una sección con un ulterior nivel de privacidad a la que se accedía con otra contraseña. A veces Koller añoraba los viejos tiempos, antes de la informática. Cada mes las contraseñas cambiaban y él no conseguía memorizarlas hasta la tercera semana, así que le tocaba levantarse cada vez, ir a comprobar la contraseña y volver al ordenador. Una auténtica lata. Los únicos sitios en que se atrevía a guardar las contraseñas eran su caja fuerte particular, en casa, y su caja de seguridad del banco.

Pero aquel día era un miércoles de finales de agosto, la cuarta semana, y Koller se sabía las contraseñas de memoria. Actualizó la ficha añadiendo la referencia a la sucursal de Bellinzona. Luego apagó el ordenador y se levantó.

Eran las doce y veinte. Tenía que darse prisa: a las doce y media había quedado para comer con Fischer, de Seguridad Interna. Koller sabía por experiencia que había que tener satisfechos a los de Seguridad: si se les provoca, en muy poco tiempo pueden bloquear toda una sección.

La Paradeplatz estaba inundaba de sol y tranvías. Koller estuvo a punto de ser atropellado por uno de los nuevos modelos, que algún empleado creativo había bautizado como «Cobra». Los nuevos tranvías, modernos y silenciosos, no agredían los oídos de los ciudadanos, pero atropellaban a una media de tres jubilados al mes.

Por Bahnhofstrasse bajaba una riada de trabajadores en mangas de camisa, con la chaqueta doblada en el brazo. Muchos iban con el macuto, para pasar en el gimnasio la pausa del mediodía. Los bares y los restaurantes sacaban las mesas a las terrazas, pero quienes trabajaban en esa zona preferían buscar sitios más discretos, en las calles de los alrededores.

Koller se subió a la línea 9 hasta la parada de Bellevue. Allí también había un gran trasiego. Además de trabajadores, de los tranvías bajaban madres con niños y adolescentes que iban al paseo del lago. Koller levantó la mirada: detrás de los árboles, al otro lado del Quaibrücke, se entreveía el reflejo límpido del agua.

Fue en la otra dirección, atravesando Theaterstrasse. Thomas Fischer lo esperaba cerca de un puesto de comida para llevar, con una buena cola de gente, donde se asaban y se vendían salchichas *bratwurst* y *cervelat* y raciones de pollo. Fischer era un animal bancario: bajo, casi calvo, con dos ojillos atentos perdidos en su cara pálida. Saludó a Koller con un apretón de manos y le dijo:

—Comemos aquí, ¿vale?

Koller asintió y se pusieron a la cola. Cuando les tocó, pidieron una *bratwurst* envuelta en una servilleta, además de pan y una tarrina de mostaza. Alrededor del puesto había una docena de mesas a la sombra de los parasoles. Koller y Fischer buscaron un par de huecos y se sentaron al lado de una señora sesentona, envuelta en un enorme chal, que se estaba comiendo con las manos una ración de medio pollo.

Fischer fue a por dos cervezas, y Koller observó la escena: en las otras mesas había sobre todo trabajadores como ellos, parejas de jóvenes o jubilados. Un puesto de comida rápida típicamente suizo, con esas salchichas enormes y esa mostaza que te quema la garganta con solo mirarla.

—Entonces, ¿qué? ¿Cómo va la cosa con vuestros millonarios? —le preguntó Fischer después de dar un buen trago de cerveza.

—Van y vienen —respondió Koller—, pero nosotros nos quedamos.

Esa también era una respuesta estándar.

—¿Sabes qué? —Fischer se limpió la boca con la servilleta—. Me alegro de que trabajes en el Junker. Necesitamos a gente con huevos.

—Yo también me alegro. —Koller mojó su *bratwurst* en la mostaza—. En los grandes bancos tienes las manos atadas. Aquí es distinto.

—Nosotros también pasamos controles exhaustivos.

—Claro. —Koller reconoció con un gesto educado el trabajo de su compañero—. Pero donde trabajaba antes era un infierno: además de los controles normales, habían empezado a pasar test para evaluar la competencia de los trabajadores...

—Sí, hay empresas que lo hacen. Así pueden lavarse las manos si alguien resulta ser un inútil.

—Por suerte, en el Junker no hay inútiles...

—No. —Fischer bebió otro trago de cerveza y se limpió la boca—. Nosotros contratamos a gente que no tiene miedo de arriesgarse.

Después de comer, Fischer propuso dar un paseíto por la orilla del lago. Koller aceptó, le picaba la curiosidad por descubrir el auténtico motivo de aquella invitación a almorzar. Poco después de la plaza de Bellevue estaba la confluencia entre el río Limago y el lago de Zúrich, y Fischer y Koller enfilaron el paseo que bordeaba el lago.

—¿Sabes qué? —le dijo Fischer—. Cuando llegaste, hicimos una investigación meticulosa.

—Me lo imaginaba.

—Estás limpio; todo en orden. Además, fuimos nosotros los que te buscamos, ¿no?

Koller se limitó a asentir. El paseo estaba sombreado por una hilera de tilos, y los chavales pasaban como flechas por su lado, en monopatín o bicicleta. También los adelantó un tipo que corría acompañado de su perro con correa.

—Por eso quería hablar contigo. —Fischer bajó el tono de voz—. Eres una persona fiable.

Koller intuyó que casi habían llegado al quid de la cuestión, pero esperó con paciencia: sabía que en Zúrich el estilo aún era importante. No estaban en los Estados Unidos, donde se da una noticia y se pasa a otra cosa. No, en Suiza no se ha perdido el arte de los circunloquios.

—Siempre he creído que controlar a los trabajadores que se jubilan o que se van forma parte de mi trabajo —dijo Fischer—. Al menos al principio. De hecho, es lo que nos enseñan: la información no pierde valor, aunque a uno lo despidan.

—Sin duda —murmuró Koller.

—Y, de vez en cuando —continuó Fischer, mientras pasaban por un prado—, también me parece oportuno escuchar los rumores. No hay que desatender nada.

—Tienes razón.

El prado estaba repleto de cuerpos paliduchos que se tostaban al sol. Unos leían con una mano en la frente para hacerse sombra; otros dormían o jugaban a las cartas. Dos chicos se lanzaban un *frisbee*. «Pero ¿no habían pasado ya los años setenta?», se preguntó Koller.

—Así que pensé en hablar contigo —concluyó Fischer.

—Haces bien —dijo Koller, aunque se había perdido un par de frases—. ¿De qué se trata?

—A ver. —Fischer carraspeó—. Ya te digo que no estoy seguro..., pero parece que tiene que ver con uno de los clientes que has traído al Junker.

—Ah.

—He oído que un exempleado tuvo acceso a cierta información sobre una serie de movimientos. Son rumores, claro está, pero...

Fischer dejó la frase en el aire. Koller frunció el ceño: eso era lo último que necesitaba; una fuga de información en ese momento podía traducirse en una catástrofe. Sobre todo, si atañía a un movimiento de dinero delicado.

—Pero ¿no sabes nada más?

—Estoy en ello. —Fischer le dio una patada a una piedrecita—. Pero aún no tengo ningún nombre. Solo quería avisarte de que lleves cuidado..., ¿cómo te lo diría?, en cada paso de las operaciones.

Koller lo había entendido. Tenía que cuidarse de los peligros exteriores, pero también, y, sobre todo, de las puñaladas por la espalda.

—¿Crees que alguien está vendiendo información?

—Puede ser. No podemos saberlo con certeza.

Koller no necesitaba más detalles. No es muy habitual que en Suiza alguien intente jugársela a un banco. Pero, precisamente por eso, si alguien tiene buena información, no hay que descartar que pueda hacer daño.

Sin embargo, esa vez habían enseñado sus cartas demasiado pronto.

—No te preocupes. —Koller miró a Fischer y sonrió con los labios apretados—. Has hecho bien en avisarme. Prestaré atención y, si algún cabronazo juega sucio, le quitaré la careta.

15

El informático

Cuando estudiaba en el Politécnico de Zúrich, los amigos tesineses de Giotto Raspelli decían que era «una lumbrera», aludiendo a su tendencia a la lógica, al pensamiento abstracto. O quizá, simple y llanamente, fuera de esas personas a las que les encanta estudiar y pasan de las fiestas.

Pero, a pesar de ser un técnico informático, Raspelli se consideraba, ante todo, un creativo. Casi un poeta. Casi porque a los poetas, como a los matemáticos, les encantan las cosas inútiles; y, sin embargo, a Raspelli le encantaba consagrarse a objetivos concretos. Una pasión peligrosa que ya le había hecho perder tres trabajos por estafa, espionaje industrial y aprovechamiento de los recursos de empresa para fines ilícitos.

En todos los casos, las empresas habían optado por no perseguirlo penalmente. De hecho, eso habría desvelado que sus sistemas informáticos eran un coladero. En el último caso, en concreto, se trataba de un banco. Jamás habrían tenido que contratarlo: Raspelli era bueno, pero un banco era demasiado arriesgado. En cuanto estuvieron al tanto de sus peculiaridades, lo despidieron *ipso facto*.

Sin embargo, a Raspelli le había dado tiempo a aprender algún truquillo. Y, por supuesto, a ganar unos francos.

De ahí que fuese el afortunado dueño de Info 3000, una tienda de ordenadores con sede en Langstrasse, 32, Zúrich, con una clientela, cuando menos, variopinta. Las malas lenguas murmuraban que la tienda era una tapadera para reciclar ordenadores robados, pero Raspelli hacía oídos sordos; y estaba orgulloso de no tener antecedentes y de ser libre y poeta (casi).

—Mira, Karl —le dijo a un vejete con la cara de un topo que se ha despertado de repente—, la cuestión no es si yo puedo borrar todo lo que hay en el ordenador...

—No será un problema, ¿no? —farfulló el hombrecillo en su alemán de Suiza.

—No existen los problemas, Karl, sino solo las soluciones. Lo que yo quería preguntarte es si de verdad te conviene borrarlo todo. Aquí hay cosas buenas, ¿sabes?

—¿Cosas buenas? ¿De verdad? Cuando mi primo me regaló el ordenador no me dijo que...

—Mira, vamos a hacer lo siguiente: yo borro los archivos personales y el disco duro de... de tu primo, pero guardo los programas y las aplicaciones. Eso hará que el precio suba un poco, pero tú también podrás revender...

—¿Revender? ¿Quién te dice a ti que...?

—Podrás revender el ordenador, ya digo, por más dinero. ¿Vale?

El viejo topo asintió, resignado.

—Y ¿para cuándo lo tienes?

—Bueno, yo te llamo. Un día, una semana. Depende.

—Ah, claro. Gracias, Giotto. Pues entonces nos vemos.

Y el topo salió, desapareciendo de inmediato en el trasiego de Langstrasse. Raspelli se acercó a la puerta y observó la calle. Caía una tenue lluvia. Pasaban mujeres con chaquetas coloridas y hombres en bicicleta, protegiéndose del agua con un periódico doblado. Unos metros más abajo, un tranvía dio un frenazo brusco. Raspelli volvió la cabeza y vio a un hombre envuelto en un tabardo: parecía regresar del campo después de un chaparrón otoñal.

Se sorprendió al darse cuenta de que el hombre en cuestión era Jean Salviati.

—Pero, bueno, ¿en Zúrich tenéis verano? —masculló el hombre abrigado al llegar a la puerta de la tienda, como si no se dirigiese a nadie en concreto.

—*Also, du bist Salviati* —dijo Raspelli.

—Sí, el que no habla alemán.

—Y el que se ha comprado una villa en la Provenza.

—También podría decirse así. ¿Puedo entrar o te gusta estar bajo la lluvia?

Raspelli preparó té calentando el agua con un triste hervidor, que había ido a parar, quién sabe cómo, entre una impresora y un módem. Salviati envolvió la taza caliente con las manos y dijo:

—Vengo a pedirte ayuda.

—¿Has vuelto al trabajo?

—No exactamente. ¿Qué hora es, por cierto?

—Las doce menos cuarto. Estaba a punto de cerrar. Si...

Una melodía inundó la tienda de informática de repente. Raspelli arqueó las cejas y un par de viejos Macintosh parecieron sobresaltarse.

—Es mi teléfono —explicó Salviati, hurgando en el bolsillo en busca de su móvil—. No he sabido cambiar el tono.

Respondió la llamada, cubriendo el micrófono con la mano.

—¿Te importa?

—Por favor —respondió Raspelli, que aún no había bajado las cejas—, estás en tu casa.

—¿Diga? —dijo Salviati mientras Raspelli se alejaba con discreción.

—Hola.

—¿Quién...? Lina, ¿eres tú?

Silencio.

—Soy yo.

—¡Lina! ¿Cómo estás, dónde estás?

—Me tratan bien.

—¿Quién?

—No puedo decírtelo. Estoy con el altavoz, no quiero que...

—¿Dónde estás?

—No puedo decírtelo.

—Vale. ¿Estás bien?

—Sí. Oye, siento...

—¿Que sientes qué?

—Yo...

—No es culpa tuya, ¿no?

—¿Cómo?

—Digo que no tienes que sentir nada, que no es culpa tuya.

—Pero las deudas...

—Da igual. Si hubiera sabido que te habías metido en un follón con el cabronazo de Forster... Pero tú no te preocupes. Dentro de poco estarás libre.

—Pero, papá, a cambio quieren que tú...

—Ya lo sé.

—Es mucho dinero, ¡es un golpe gordo!

—Ya lo sé, no te preocupes. Es mi trabajo.

—¿Y si no lo consigues? Si esta vez no...

—¿Lina? Te he dicho que puedo. Oye, ¿seguro que te tratan bien? ¿Por qué no te han dejado llamar antes?

—Yo... No lo sé, pero nadie me ha hecho nada malo.

—¿Con quién estás? ¿Con Marelli?

—No puedo decírtelo.

Silencio.

—De acuerdo —dijo Salviati al cabo de unos segundos—. No puedes decírmelo. Pero quiero que vuelvas a llamarme manana. Esa es mi condición para hacer lo que quieren que haga. ¡Díselo!

—Sí.

—Y procura estar tranquila.

—Sí. Tengo que colgar ya.

—¡Adiós! Y acuérdate de lo que te he dicho.

—Adiós.

Salviati se quedó unos segundos en silencio. Nada. Ni una indicación. Ni una pista a la que agarrarse. Lina estaba lejos, en algún lugar seguro escogido por Forster. Y él tenía que bailar como una marioneta colgada de sus hilos. Pero al menos ella estaba bien, estaba viva. Quizá lograsen salir de esa sanos y salvos.

—¡Raspelli!

—Aquí estoy. —El informático volvió con su taza de té en la mano—. Estaba en el taller.

—Mira, la cuestión es...

—La verdad es que es la trastienda, pero ¿no te parece que llamarla «taller» queda más chic?

—Raspelli, la cuestión es que han secuestrado a mi hija y yo tengo que robar diez millones de francos.

Raspelli tragó un poco de saliva.

—Diez millones de... ¿Han qué a quién?

Salviati dio un profundo suspiro y le explicó a Raspelli el mecanismo de la trampa en la que había caído.

—¡Diez millones en efectivo! —exclamó Raspelli—. Pero... Pero ¿cómo los mueven? ¿En una maleta?

—No te haces una idea del dinero que cabe en una maleta: un fajo de mil billetes ocupa doce centímetros de espacio. El caso es que esta mañana he recibido un mensaje de Marelli y he venido a Zúrich de inmediato. Porque ahora todo depende de ti, Raspelli.

A Raspelli aún le quedaba un poco de saliva que tragar.

—¿En qué sentido?

—Vamos a comer y te explico.

El Mamma Mia Pasta & Pizza era un restaurante italiano cuyo nombre revelaba sus raíces zuriquesas. No obstante, si uno estaba dispuesto a pasar por alto la *mozzarella*, se comía bien. El letrero daba a la calle. Detrás, en un patio interior, había dos parasoles rojos y tres mesitas al lado de una pequeña fuente, de esas que lanzan un chorro hacia arriba; las predilectas de los tortolitos, pero dominada por las palomas.

—Harán dos movimientos a Tesino —le explicó Salviati—. El más interesante podría ser el de Bellinzona, porque es la sucursal más pequeña. Pero no sé cuándo se hará exactamente, ni cómo.

—Ah. Y ¿qué sabes?

—Sé que el movimiento se hará con discreción. Estarán solo el director de la sucursal, un vigilante y el tipo que lleva el dinero. Quieren hacerlo todo a escondidas, así que no debería costar demasiado hacer un trabajo limpio. Hay que pensar un buen plan.

Raspelli se rascó la cabeza. Tenía una buena pelambrera y cada pelo iba en una dirección, a lo suyo. Una vez, un compañero de universidad se había divertido describiendo el fenómeno con una ecuación.

—No veo qué pinto yo —dijo el informático—. Yo no sé nada de eso.

—Del atraco en Tesino me encargo yo —lo tranquilizó Salviati—, pero me falta información. Y esa información está en el Junker, bien guardada en los ordenadores.

—Tengo un contacto en el Junker —respondió Raspelli—. Todo depende de quién controla esta historia. Sin las contraseñas y los códigos de acceso no podemos hacer nada, eso está claro. Pero...

—¿Pero?

—Pero si me echas una mano podemos probar con el factor humano.

Salviati comía con parsimonia. Había pedido una pasta con aceite, ajo y cayena en la que, inexplicablemente, el ingrediente estrella era el perejil. Raspelli había optado por una *pizza* primavera: calabacín, berenjena, parmesano, jamón serrano y rúcula.

—El factor humano, ya —dijo Salviati—. Pero tengo que saber quién y qué, exactamente.

En la jerga, el «factor humano» eran los hombres y mujeres que siempre se escondían detrás de las contraseñas. Si era imposible forzar el sistema, había auténticos especialistas en forzar a las personas.

—Tendré los detalles dentro de una o dos semanas —dijo Raspelli, cortando la *pizza* en porciones idénticas, peleándose con la *mozzarella* chiclosa—. ¿Cuándo es el atraco?

—Esa es justo una de las cosas que quiero que me digas.

—Pues estamos apañados —dijo Raspelli con una risita maliciosa—: acabas de volver y ya me estás pidiendo milagros.

Más tarde, mientras esperaba el tranvía, Salviati pensó: «Ya ha empezado». Tenía una sensación extraña. La Provenza y el jardín de la señora Augustine parecían remotísimos en el tiempo, mientras que los últimos golpes que había dado antes de retirarse recuperaban cada vez más nitidez en su memoria. Salviati recordaba las caras, las palabras, la preocupación constante de que cada cosa estuviese en su sitio, de que todos los hombres compartiesen objetivo y medios.

Antes de subirse al tren para volver al Tesino dio un paseo por las calles que rodeaban la estación. Las mujeres altaneras y las corbatas pastel de la Bahnhofstrasse contrastaban con el barrio popular de Raspelli. Parecía otra ciudad, otro mundo.

Al llegar a la Paradeplatz, Salviati por fin cayó en la cuenta de que aquel mundo no estaba tan lejos de los ojos rápidos de Raspelli. Vio los letreros en los edificios, como estandartes en un campo de batalla medieval: UBP, VP Bank, Zürcher Kantonalbank, UBS, Crédit Suisse, Clariden Leu, Julius Baer. Murallas impregnadas de historia, edificios sólidos, austeros, que habían creado Suiza y la mantenían en pie.

Sin embargo, en todo gran himno hay una nota que desentona. Y por aquellos pasillos relucientes, entre plantas de hoja perenne y obras de arte contemporáneo, correteaban también los Giottos Raspelli. Sobre todo, en épocas de crisis. Siempre hay alguien al acecho, listo para abalanzarse sobre la presa cuando acude a la charca al caer la noche.

¿Y Salviati? Él buscaba a los hombres y a las mujeres; sabía reconocerlos detrás de sus ordenadores y sus sinergias, detrás de los gráficos y de las lluvias de ideas. Sabía captar las muestras de debilidad. Y atacar en el momento exacto. Justo entonces, mientras observaba a la gente subir y bajar de los tranvías, se le ocurrió una idea. Por primera vez en los últimos días, sintió alivio. Puede que lo consiguieran. Puede que hubiese una forma de liberar a Lina y salir limpio.

16

Un ataque nocturno de los pies negros

—Lina me llamó.

Contini se quedó mirándolo.

—¿Cuándo? —preguntó.

—Ayer —respondió Salviati—. Había ido a Zúrich a ver a un antiguo contacto y, cuando estaba en su tienda, me sonó el teléfono.

—¿Cómo está?

—Habló poco.

—¿Dijo algo de Matteo Marelli?

—Nada. Pero creo que está con ella.

—Mmm.

Contini bebió un trago de vino tinto. Estaban en una mesa de piedra de la taberna de Pepito, en Corvesco. El local estaba junto al bosque, a los pies de una ladera con numerosas bodegas excavadas en la roca. Allí siempre corría un soplo de brisa, incluso en los días de calor más sofocante, y se podía comer salchichón y queso con un chato de vino de la zona.

—No me acabo de fiar de Marelli —dijo Contini—. En este secuestro hay algo raro.

—¿Qué? ¡Lina me dijo que la tratan bien!

—Para mí que Forster ha engañado a Marelli o lo tiene pillado con algo. Creo que tu hija y él están en la misma situación.

—¿Secuestrados, dices?

—A saber... Es una sensación, más que nada. De todos modos, no renuncio a encontrarlos. Todas las pistas que he recabado apuntan al valle del Bavona.

—El valle... No es que sea enorme, pero ¡tampoco puedes escudriñarlo todo!

Entonces llegó el encargado. Se llamaba Giocondo Bottecchi y era el nieto de Pepito, el fundador de la taberna.

—Esto por aquí —dijo, dejando en la mesa un plato de fiambre y un salchichón—. ¿Queréis un poco más de vino?

Con su enorme bigote negro, Giocondo escrutó a los dos hombres e intentó hacerse una idea. Por lo general, Contini era un tipo solitario: se llevaba bien con los vecinos del pueblo, pero no se tomaba demasiadas confianzas. En cambio, trataba a ese tipo de cara arrugada como si fuera de su familia. ¿Serían parientes?

La gente de Corvesco es curiosa, pero no indiscreta. Giocondo no hizo preguntas y Contini pidió otro cuarto de litro de vino.

—Es muy bonito este sitio —dijo Salviati.

—Sí —respondió Contini, sirviendo el vino—. Yo vengo mucho.

—¿Sabes qué, Elia? Estoy pensando que, de no ser por esta historia, no habríamos vuelto a vernos.

—Eso nunca se sabe...

—De todas formas, ya fue raro cómo nos encontramos hace años, en aquella villa. Aquella vez nos arriesgamos de lo lindo.

—Y esta también —dijo Contini.

Salviati se abrió de brazos, como diciendo «¿Qué le vamos a hacer?».

Con el paso de los años, su relación había avanzado a trompicones. Se cruzaban de vez en cuando; de vez en cuando uno tenía noticias del otro. Pero había algo más fuerte entre ellos, que nunca se había extinguido: no era una semejanza, ni un entendimiento recíproco; se diría, más bien, que ambos miraban en la misma dirección.

—Estoy intentando atrapar al tal Marelli —dijo Contini—, y no hay que descartar que lo consiga.

—Esperemos. —Salviati cortó el salchichón con precisión—. Mientras tanto, lo mejor será que pensemos en el atraco.

Contini lo miró con una expresión interrogativa.

—Nosotros tenemos la información de Marelli y la que nos dará mi amigo de Zúrich. Eso nos permite empezar con ventaja: ellos no se esperan que haya alguien al tanto del movimiento de efectivo.

La taberna estaba sumida en el silencio. Eran las seis de la tarde de un día de agosto. Dos o tres parroquianos se tomaban un aperitivo, otros bebían una gaseosa, pero el grueso llegaría más tarde. Debajo de la cúpula de los árboles, rodeado de roca desnuda, a uno le parecía haber retrocedido en el tiempo en aquel local. Como si de un momento a otro el mismísimo Pepito Bottecchi, con su acento de tesinés emigrado a los Estados Unidos, pudiera salir de una de las bodegas. No era el mejor sitio para hablar de bancos, dinero, atracos... Contini se sentía prisionero en un mundo que no era el suyo, y dijo:

—Ellos no se esperan nada, pero el dinero lo tienen bien vigilado.

—Ahí radica el problema —dijo Salviati—: hay que encontrar un truco, la forma de actuar sin armas. En realidad, desde un punto de vista legal, no será un atraco, sino un hurto. No quiero correr ningún riesgo.

Contini asintió. Salviati siempre había sido un atracador desarmado: por un lado, porque el diseño de sus golpes se basaba en el engaño, no en la agresión; por otro, porque si te pillan con un arma te metes en un buen follón. Pero Contini sospechaba que era, sobre todo, porque Salviati ni siquiera sabía usar un arma.

—En resumen —concluyó el viejo ladrón—, hay que organizar una gran puesta en escena, con una precisión de segundos. No podemos dejar ni una huella: me ha llevado años salir de este mundo y tengo la firme intención de seguir fuera.

Contini se sorprendía a sí mismo: él era un policía, aunque fuese privado; un hombre de orden. ¿Cómo podía estar ahí hablando de hurtos y atracos? Sí, se trataba de robar un dinero cuyo origen era poco transparente y por una causa de fuerza mayor, pero ¿de qué servía buscar excusas? Puede que la línea fuese fina de verdad, que bastara con muy poco para derribar todas las murallas: prudencia, legalidad, costumbres... Ahuyentó esas reflexiones y le preguntó a Salviati:

—Y ¿tendremos que hacerlo solos? ¿No necesitaremos ayuda?

—Por eso se me ocurrió una idea un poco particular, aunque si mis antiguos colegas la escucharan les daría un ataque...

Salviati parecía un jugador de póquer a punto de desvelar un farol. A Contini casi le daba miedo mirar las cartas. Dejó pasar un par de segundos y se llevó a la boca un trozo de tocino con un poco de pan, antes de decir:

—A ver.

—Es muy sencillo. —Salviati bajó la voz—. Tendremos que recurrir a varios de mis contactos para las cuestiones técnicas: vendedores de material, informáticos, etcétera. Pero no quiero involucrar a nadie más; solo a ellos.

—Y ¿cómo lo haremos?

—Tendremos que involucrar a aficionados.

—¿Aficionados?

—Gente corriente. Civiles, como los llamamos nosotros. Así podremos actuar sin dejar rastro en determinados ambientes.

—¿Civiles?

—Gente que solo ha soñado con atracar un banco. Como tú.

—Pero si yo nunca he...

—Todo el mundo, en algún momento, ha soñado con atracar un banco.

Unas horas más tarde, Contini fue a contar las balsas. Antes de que se fuesen de la taberna, Lina había vuelto a llamar a su padre.

Jean había titubeado antes de responder, como si temiese recibir malas noticias. Sin embargo, Lina se había limitado a decir que estaba bien, sin añadir nada más. Pero Contini había notado el miedo detrás del tono sosegado de las preguntas de Jean.

¿Y si no aguantase el golpe? Al fin y al cabo, llevaba años apartado de ese mundillo. Ya no era más que un jardinero, desacostumbrado a la adrenalina de los atracos.

Contini inspeccionó las orillas de la poza, pero solo encontró dos balsas. Dos de cinco. ¿Una mala señal? No necesariamente. Dos balsas habían superado los rápidos y los bancos de arena, se habían deslizado entre las piedras del riachuelo y estaban ahí, a sus pies. Dos balsas. Bien pensado, también podía interpretarse como un buen augurio.

Volvió a casa y sació el hambre del gato gris. Luego salió al porche, con la última luz de la tarde, a fumarse un cigarrillo. Se fumaba unos diez al día: los liaba por la mañana, con un tabaco especial, y conseguía que le durasen hasta la noche. El sillón de mimbre crujió cuando el detective se puso de pie, para volver al poco con su libro y una cerveza fresca.

«Íbamos por el llano solitario como el que vuelve a la perdida senda con la impresión de haber andado en vano».[2] Contini cerró los ojos e imaginó el gran llano al despuntar el alba, y a dos hombres que se apresuraban al enfilar, por fin, la senda. Le parecía nadar en la imagen, estar ahí él también, perdido en ese mar de hierba, cautivado por el resplandor del rocío.

Luego bajó de las nubes. En cuanto se hizo de noche, cerró el libro y volvió a entrar en la casa para dedicarse unos minutos a sus cactus. Tenía un pequeño invernadero en la parte de atrás, donde crecían una veintena de especies variadas. Había sido precisamente Salviati quien, hacía muchos años, le había transmitido su pasión por los cactus. En aquella época estaba

[2] Versos 118-120 del canto I del *Purgatorio* de Dante Alighieri, o. c. *(N. del T.)*

injertando un *Astrophytum* en una joven *Opuntia*. Había tenido los injertos en la oscuridad una semana y ahora las plantas estaban listas para la tierra. La *Opuntia* parecía un poco débil, pero Contini confiaba en que se recuperase y floreciera al cabo de cuatro meses.

Había algo que lo reconcomía: por una parte, sentía que estaba haciendo lo que tenía que hacer. Jean estaba en apuros e iba a echarle una mano. Por otra, intuía la llegada de una catástrofe inminente, y Contini tenía instinto para esas cosas. Pero ¿qué podía hacer?

Podía intentar evitar ese atraco por todos los medios. Pero, al final, con independencia de cómo fuesen las cosas, tenía que estar al lado de Jean. Las premisas no lo tranquilizaban: ninguna idea y ninguna ayuda, a excepción del apoyo de Francesca y de esos dos amigos de Jean. Ninguno había robado nada: aficionados. ¿Cómo los llamaba Jean? Civiles.

Contini dejó la *Opuntia* y se quitó los guantes. Era incapaz de concentrarse, se sentía descolocado ante la insólita situación. Normalmente, como detective, inspeccionaba una serie de hechos o personas en busca de las conexiones, de algo que aclarase el sentido de la telaraña.

Sin embargo, en aquel caso le tocaba a él tejer la telaraña.

Decidió salir al bosque esa noche para echar un vistazo a sus zorros. En los últimos días, sumido en la búsqueda de información sobre Marelli, los había desatendido. Los cachorros estaban a punto de independizarse: era una época de descubrimientos y, por lo general, para él, de grandes fotografías.

Pero antes quería cenar algo. A pesar de los salchichones de la taberna de Pepito, seguía con hambre. Aunque el frigorífico no estaba a rebosar, se las apañó con cuatro huevos y un poco de leche: batió los huevos, sazonó la mezcla con una pizca de cebollino y preparó una tortilla que se comió en la mesa de la cocina, acompañada de otra cerveza.

Después de cenar, la inquietud no había pasado. Mientras esperaba la hora de los zorros, decidió ver una película, cosa que solo hacía cuando estaba preocupado. Introdujo en el vídeo una cinta del Oeste de los años cincuenta: la potencia de las imágenes lo hipnotizó por enésima vez. «Es un territorio inmenso —decía Kirk Douglas ante las llanuras de Misuri—. El cielo es lo único más grande».

Contini no conocía esas extensiones infinitas, la región de los Grandes Lagos, con esos ríos que se podían remontar durante una eternidad. Estaba acostumbrado a su territorio, encajonado entre montañas; a las historias que escondía en sus profundidades. Sin embargo, de vez en cuando añoraba una vida donde el peligro fuese un ataque nocturno de los pies negros.

El valle del Bavona tiene dos voces distintas. Una habla la lengua de los hombres: senderos al borde de despeñaderos, casas en lo alto de las crestas, pastos como respiros en la montaña. La otra es una voz que existe desde siempre: el fragor de una cascada, los relámpagos de una tormenta en el corazón de la noche.

Lina se despertó de sobresalto. La lluvia en el tejado resonaba dentro de la casa. El fuego se había apagado. Se acurrucó bajo la manta, aguzando el oído, intentando distinguir la respiración de los dos hombres, pero la lluvia ahogaba todos los ruidos.

Entonces salió del catre y, caminando lentamente, rodeó el biombo. Se detuvo unos segundos para acostumbrarse a la oscuridad. No tenía nada premeditado, pero decidió intentarlo: a veces hay que aprovechar la ocasión cuando se puede, sin pensar en los riesgos.

Elton había confiscado los móviles de Lina y Matteo. «Para guardároslos», les explicó con esa cara que pedía a gritos una bofetada. Además, para tener cobertura había que bajar al valle. No obstante, el propio Elton tenía un teléfono satelital y podía llamar sin salir de la casa.

Y si él puede...

Lina se acercó a la entrada. Ahí al lado, entre la estufa y la mesa de la cocina, había un pequeño armario donde Elton guardaba sus cosas. La lluvia cubría sus pasos. De vez en cuando entraba el reflejo de un relámpago por las ventanas, acompañado del estrépito de su trueno. Antes de cada movimiento, Lina aguzaba el oído. Si consigo llamar, estamos salvados. Si consigo huir de aquí, Forster ya no dominará la situación. Si consigo volver, volver a cuando mi único problema era una deuda, si consigo volver a ser libre, libre y...

¡Basta! Lina se obligó a no perder la lucidez. Se agachó delante del armario, extendió el brazo y tiró lentamente de la puerta. Nada. Tiró con más fuerza. El armario estaba cerrado con llave. «Mierda». Lina se detuvo y respiró hondo. «No dejes que el pánico se apodere de ti. La puerta está cerrada, pero no es una caja fuerte. Esta lluvia oculta los ruidos. Puedes hacerlo».

Lina no había viajado por los casinos de toda Europa para nada. Sabía estar tranquila en los momentos de mayor tensión. Fue a la cocina, cogió un cuchillo y volvió al armario. Introdujo la hoja por la ranura de la puerta, buscando el gancho de la cerradura. Se movía con sumo cuidado, y apenas se oyó el toque del metal contra el metal.

Un trueno resonó en la casa. Lina se quedó helada. Esperó unos segundos antes de intentar girar un poco el cuchillo para ensanchar la ranura. Por fin consiguió encontrar el gancho y levantarlo para que se soltase del engranaje. Lina oyó el chasquido de la cerradura. Abrió las puertas muy despacio para evitar que crujiesen. Había una pila de ropa, una bolsa de aseo con todo lo necesario para afeitarse y lavarse los dientes, la funda vacía de una pistola y... ¡ahí estaba, el teléfono! Lina lo cogió, decidida a llamar al número de móvil de su padre. Lo había memorizado y estaba segura de que él lo tendría siempre encendido, por si...

—¿Qué buscas?

Lina sintió que caía al vacío de repente. Como si se hubiese abierto un agujero en el suelo.

—Estamos destinados a encontrarnos así —dijo Elton—, en pleno bosque o sumidos en la oscuridad.

—Estaba buscando...

—Estabas buscando mi teléfono. ¿Por qué?

Lina negó con la cabeza y tragó saliva. Intentó balbucear una respuesta:

—No, es que... En realidad, solo quería...

Elton le dio un tortazo.

—Te he preguntado por qué buscabas mi teléfono. ¿No quieres responder?

Otro tortazo.

—¿Quieres irte? ¿No te gusta el acuerdo estipulado con el señor Forster?

Lina notó en la boca el sabor de la sangre. Los dos tortazos la habían dejado medio aturdida, y apoyó las manos y las rodillas en el suelo.

—¿Nuestro plan ya no te satisface? —la acució Elton.

Lina vio un movimiento con el rabillo del ojo. Matteo. Elton estaba concentrado en el interrogatorio y se había olvidado de él. Tenía que distraerlo.

—No, si tienes razón, yo... Es verdad, buscaba tu teléfono, pero ¿sabes por qué?

—Dímelo tú.

Matteo estaba a pocos pasos. Lina vio que llevaba un tronco en la mano y siguió hablando:

—La cuestión es que quería asegurarme de que tenías un teléfono satelital, de que podías llamar en caso de que...

Lina se calló porque Elton había dejado de escucharla. Se había girado de golpe cuando Matteo intentaba abalanzarse sobre él: lo detuvo con una patada en las rodillas y Matteo se desequilibró, pero braceó para intentar no caer al suelo. Lejos de ponerse nervioso, Elton le propinó un rodillazo en la barriga y un puñetazo en el pómulo y Matteo, sin tregua, retrocedió tres pasos. Aún tenía el tronco en la mano.

Entonces Lina atacó a Elton por la espalda. Le dio una patada en el gemelo y lo agarró de los hombros para intentar derribarlo. Elton se inclinó hacia delante, farfullando una imprecación. Se dio la vuelta y, poniéndole la zancadilla a Lina, la agarró con un movimiento de judo y la lanzó al otro lado de la sala, justo a tiempo para esquivar un nuevo ataque de Matteo y darle dos puñetazos rápidos en la cara.

—Basta, por favor —dijo, mirando los dos cuerpos en el suelo—. Vamos a acabar con este numerito.

—Tú estás loco —dijo Matteo—, estás completamente...

—¡Tranquilo! —lo interrumpió Elton—. Os pongo en situación: soy más fuerte que vosotros y tengo una pistola. Hasta ahora, nuestra convivencia se ha basado en unas pautas amistosas, pero en adelante van a cambiar las cosas.

Matteo se había arrastrado hasta la mesa de la cocina; Lina estaba apoyada en la pared, acurrucada en el rincón más oscuro de la casa. Elton los fulminó con la mirada.

—En adelante —zanjó—, podéis consideraros prisioneros.

Contini se preguntó cómo habría ideado Marelli toda la historia del secuestro. En la Suiza italiana, hacer desaparecer a una persona adulta no es coser y cantar. Las calles son cortas, los pueblos abundantes y las familias numerosas. Y, sobre todo, los rumores vuelan.

De hecho, había encontrado el rastro del paso de Marelli por el valle del Bavona.

Pero, recién aparcado en Roseto, Contini se preguntó por enésima vez cómo habría podido un estafador de tres al cuarto esfumarse por completo y, al mismo tiempo, organizar el atraco de un banco. Forster le había garantizado su apoyo, pero la idea original, además de la información y los contactos, era de Marelli.

Contini imaginó que se trataba del «gran desafío», del golpe de su vida. Y que, para ejecutarlo, Marelli se había puesto en manos de Forster. Pero si de verdad Forster estaba pasando apuros económicos, como demostraban las cartas que había encontrado Jean, no cabía la menor duda de que intentaría engañar a Marelli.

Roseto estaba entre la carretera, en la parte baja de la ladera, y el sendero que bordeaba el pueblo por arriba. Un puñado de casas apelotonadas una encima de otra. Contini se adentró en el laberinto de callejuelas y pasadizos, pasó por la pequeña iglesia y llegó a la parte alta del pueblo.

Los niños jugaban en los jardines delante de las casas; detrás de las cortinas, una vieja espiaba la llegada del forastero. Un hombre alto, vestido de lino blanco. «Será familia de alguien», resolvió la vieja, cuya mirada se deslizó a las montañas. Los tiempos en que se sabía todo de todo el mundo ya habían quedado atrás.

Contini, ajeno a los ojos que lo observaban, entendió que en el valle del Bavona había que tener paciencia. Empezó a preguntar por Marelli, casa por casa, enseñando su fotografía. Y eso haría en todos los pueblos del valle. Los iba repitiendo mentalmente, como una cantilena, mientras subía por el sendero, entre matas de ortigas y tapias de piedra: Cavergno Mondada Fontana Alnedo Sabbione Ritorto Foroglio Roseto Fontanellata Faedo Bolla Sonlerto Gannariente San Carlo. En algún sitio, en una de aquellas casas grises, se escondían Matteo Marelli y Lina Salviati.

17

Un atraco para aficionados

El mecanismo no estaba bajado, así que Contini y Francesca entraron por la puerta principal. El detective había instalado un dispositivo que le indicaba, desde fuera, si alguien había entrado en la sala de espera de su despacho de Paradiso.

Así pues, cuando vieron a Jean Salviati hojeando una revista no pudieron disimular su sorpresa. Francesca se sobresaltó, mientras que Contini, con una sonrisilla, le dijo:

—Veo que sigues en forma.

Salviati estaba en uno de los sillones de mimbre, con las piernas cruzadas. Dobló la revista y se levantó para saludarlos.

—Procuro no oxidarme. —Le estrechó la mano a Francesca, guiñándole un ojo a Contini.

El investigador dio un suspiro mientras entraba, seguido de ellos, en su despacho. Despejó tres o cuatro sillones, quitando todos los objetos que había acumulado encima, y sacó una vieja cafetera.

—Tengo un hornillo de gas —explicó mientras buscaba las tazas—. Y me parece a mí que lo que se necesita antes del plan de batalla es un buen café. ¿Cuándo llegan tus amigos?

—Ya tendrían que estar aquí —respondió Salviati.

Contini puso el café al fuego. Al cabo de unos segundos sonó el timbre. Salviati fue a abrir y volvió con una pareja. Él, cuarentón, tenía la barba y el pelo rizado. Ella, un poco más joven, era bajita y mona, con unas facciones que parecían cinceladas por un miniaturista.

—Os presento a Anna y Filippo Corti —dijo Salviati—. Trabajarán con nosotros en la Operación Junker Bank.

Al principio la situación era bastante incómoda. No era muy habitual que coincidiesen en una misma sala un profesor, una bibliotecaria, una recién graduada en Letras, un detective y un antiguo ladrón profesional reconvertido en jardinero. Los temas de conversación, después de las dos frases de rigor sobre el tiempo, empiezan a escasear.

Por suerte, la planificación del atraco a un banco es un gran factor de cohesión social. Los Corti explicaron que Jean Salviati se había presentado en su casa sin avisar.

—Quedábamos mucho en la Provenza —dijo Anna—, pero verlo allí, en casa...

—¡Creíamos que estaba de vacaciones! —exclamó su marido.

—Unas vacaciones muy singulares... —murmuró Francesca.

Anna y Filippo Corti se echaron a reír. La idea del atraco parecía divertirles, como si fuera un juego fascinante para pasar una tarde de agosto. Pero Salviati les había explicado la situación con claridad: les pedía ayuda porque se conocían desde hacía años y eran de las pocas personas que podía considerar amigos.

—Cuando nos dijo que había sido atracador, no lo creímos —dijo Filippo—. Tuvo que forzar la puerta de casa y enseñarnos un par de viejos recortes de periódico... Pero ¿a vosotros os parece un ladrón?

—No —respondió Salviati, negando con la cabeza—, y precisamente por eso pude serlo.

Los Corti no lo dudaron: el dolor y la rabia de Salviati por el secuestro de Lina los había impresionado. Además, el tráfico de dinero sucio de Italia al Tesino era algo que indignaba a Anna, muy concienciada con las cuestiones sociales.

Mientras explicaban su punto de vista, Contini empezó a preguntarse si eran conscientes de la situación.

—En el fondo —dijo Anna, entre sorbo y sorbo de café—, no es como robarle dinero a un trabajador.

—Sobre todo —añadió Filippo—, pondremos un grano de arena en el engranaje. ¡Puede que logremos atascar este sistema perverso!

Contini intervino:

—No querría yo decepcionaros, pero nosotros vamos a robar dinero y ya está.

—No obstante... —empezó Filippo.

—Vale —lo interrumpió Salviati—. Elia tiene razón. Hay un dinero y vamos a cogerlo. Estamos obligados. No me importa cómo es el sistema, ni si el tipo que tiene ese dinero es un trabajador o no. Lo importante es hacer un trabajo inmaculado.

Cuando Salviati acabó, hubo unos segundos de silencio. Hasta que Filippo dijo:

—Tienes razón. De todos modos, estamos dispuestos a ayudarte, Jean.

—Gracias.

—En la medida de nuestras posibilidades —especificó Anna—, dado que no somos profesionales.

—Claro —dijo Salviati para tranquilizarla—. Además, vosotros vivís relativamente cerca del banco, así que no quiero que os impliquéis demasiado. Seréis un apoyo, más que otra cosa.

—Lo importante es liberar a Lina —exclamó Filippo—. ¡Lo que ha hecho ese traficante es vergonzoso! Pero quiero preguntártelo una vez más: ¿estás seguro de que si llamamos a la policía...?

Salviati se limitó a mirarlo. Filippo levantó las manos abiertas.

—Vale, vale, me queda claro... ¡Nada de llamar a la policía! Y, ahora, ¿qué? ¿Qué hay que hacer?

—Yo tengo café y bocadillos de jamón —dijo Contini—, papel, boli y un mapa del municipio de Bellinzona. Ahora necesitamos un plan...

Todos miraron a Salviati. Como si esperaran que les contase una historia. Él fue mirándolos uno a uno, a los ojos, antes de empezar a hablar:

—Es una operación compleja. A nuestro favor tenemos el hecho de que sabemos quién, dónde, cómo y cuándo. Ahora necesitamos un plan para mezclar los papeles y llevarnos el dinero.

—¿Puede hacerse? —preguntó Francesca.

—Espero que sí. Pero, para hacer un buen trabajo, lo primero es disponer de toda la información.

—¿No la tenemos? —preguntó Anna.

—Aún no. Estoy en ello. Elia, tú y yo vamos a acercarnos a Zúrich.

Salviati miró a Contini, que se limitó a asentir. Francesca intervino:

—A Zúrich, y eso ¿por qué? ¿Qué pinta aquí Zúrich?

—Allí están los ordenadores —le explicó Salviati—. Y, hoy en día, si quieres atracar un banco, antes tienes que colarte en sus ordenadores.

18

La prostituta

Contini estaba solo, en una mesa apartada. El cartel de neón, encima de su cabeza, emitía cada tres segundos un destello de luz violeta. A su lado, en la pared, un póster con la cara de Elvis Presley. Contini bebió un trago de *whisky* y miró los ojos de Elvis, que se pusieron violetas, desaparecieron en la penumbra, y luego otra vez violetas.

Se dijo que ojalá no tuviera que esperar mucho.

El Hot Rock Club era un local escondido en el corazón de Niederdorf, el barrio peatonal del centro de Zúrich. Desde fuera parecía un local anónimo, siempre cerrado para quienes pasaban por delante de día. No había ni una sola ventana que permitiera echar un vistazo al interior; ni un solo cartel, a excepción del letrero: LIVE MUSIC - 22:30-04:00. Y, en efecto, a las dos de la mañana había un gordinflón de mirada vidriosa inclinado sobre un teclado, al lado de la tarima donde se contoneaban las chicas.

Los clientes estaban desperdigados por el local; dos por mesa, como mucho. Delante de la tarima, bordeada por un tubo de neón azul fosforescente, había una pista de baile por si alguien se animaba. En la tarima, cada media hora o así, una chica hacía un número: casi siempre estriptis, pero sin exagerar, como si quisieran ofrecer una pequeña muestra.

—¿No vas a invitarme a una copa de champán? —le dijo la chica en alemán.

Contini entendió la petición porque era la séptima vez que se la hacían. En esa ocasión era una chica delgada de pelo rubísimo, casi blanco. Contini negó con la cabeza, como diciendo «Luego». Pero sabía que antes o después se vería obligado a hacer algo, porque el vigilante de seguridad, escondido en la penumbra, lo tenía fichado desde hacía unos minutos.

Summertime. Contini reconoció la canción que tocaba el gordinflón, pero entre una nota y la siguiente había abismos, divagaciones improvisadas sobre la base para diluir y alargar la sopa.

En la siguiente canción, que Contini no conocía, otra chica se sentó a su mesa. Pero esta parecía la que buscaba. Tenía el pelo negro y suelto, por los hombros, dos ojos oscuros y la piel morena, mediterránea. Le pasó una mano por la espalda y le susurró algo en alemán. Contini le dijo que no con la cabeza y la chica le preguntó:

—*Do you want to dance?*

—¿Cómo te llamas? —respondió Contini.

—Me llamo Viola —dijo la chica en italiano.

El detective la miró un par de segundos a los ojos; luego murmuró:

—¿Por qué no?

En la pista de baile había otras dos parejas. Una estaba formada por un cuarentón, muy moreno, y una rubita de pechos puntiagudos y piernas de vértigo. La llevaba por la pista con sumo cuidado, como el mayordomo que sujeta una tetera de la vajilla buena. La otra pareja era más clásica: él, de unos sesenta años, con camisa colorida; ella, una mulata que siempre parecía a punto de echarse a reír.

Viola apretó su cuerpo contra el de Contini. Llevaba un vestido brillante, que le dejaba los hombros al descubierto y acababa muy por encima de las rodillas. Él, con su traje de lino arrugado y su corbata estrecha y negra, parecía un bandoneonista que se hubiera equivocado de local. Viola le habló directamente al oído, susurrando:

—¿Quieres quedarte aquí?

Contini intuyó la maniobra envolvente. Las manos de Viola en la espalda, su boca en el cuello, su cadera cada vez más pegada. Intentó dirigirla al borde de la pista y le preguntó:

—¿Eres la amiga de Jean Salviati?

Quien vive en Suiza conoce la riqueza. También quien está sin blanca. El dinero siempre está ahí, mirando desde los escaparates y volando entre tarjetas de crédito y cajeros. Quien vive en Suiza no puede pasar por delante de un banco sin pensar que dentro hay un auténtico botín. La mayor parte de la gente se conforma con soñar: ganar la lotería o robar un millón de francos. De cuando en cuando, alguien acierta los seis números de la lotería. Y alguien atraca un banco.

Anna expuso su teoría con fervor. Su marido la miró y le dijo:

—Estás loca.

—Pero es verdad —rebatió ella—. No me lo acabo de inventar.

Esa mañana se habían levantado temprano. Corría finales de agosto y la llegada del nuevo curso escolar era inminente. Filippo tenía claustros a diario, mientras que Anna estaba enfrascada en el catálogo de las últimas adquisiciones de la biblioteca pública. Pero en el desayuno, mientras le daba vueltas a su vaso de Ovomaltina, Anna había dejado volar la imaginación.

—¡Esto es un atraco! —exclamó mientras su marido exprimía una naranja.

Él, aún en pijama, se volvió para preguntarle:

—¿Te parece divertido?

—Es un acto ilocutivo —le explicó luego Anna, mientras embadurnaba de mantequilla una tostada de pan negro.

Filippo se limitó a suspirar.

—Es un tipo de enunciado que los semiólogos llaman «ilocutivo» —continuó Anna—. Es decir, una expresión lingüística que realiza una acción por el mero hecho de ser pronunciada.

Filippo la miró como si acabase de recitar una cantinela en suajili.

—¡Si es muy fácil! —insistió Anna—. Como cuando un cura o un alcalde dice: «Os declaro marido y mujer», y los cónyuges adquieren esa condición.

—No hurgues en la herida... —farfulló Filippo.

—¡No tienes sentido del humor! En los años sesenta, el famoso atracador Horst Fantazzini desvalijó un montón de bancos sin la necesidad de usar armas: le bastaba con apoyarse en el mostrador de las cajas de ahorro, mirar a las empleadas y decir en tono amable: «Esto es un atraco». Ellas le daban el dinero y él se alejaba con calma.

Filippo levantó los ojos del plato y dijo:

—Es la primera vez que oigo esa historia. ¿Dónde la has leído?

—He estado investigando sobre atracos. Es que no acabo de creerme que estemos a punto de hacer algo ilegal, ¿sabes?

—Sí. —Filippo se puso serio—. Yo tampoco me lo creo.

—No me digas que te arrepientes. Lo hacemos por Jean.

—Ya lo sé, ya lo sé... Pero me reconocerás que no es algo que pase todos los días. Un tipo con el que nos juntamos en vacaciones toca el timbre y dice: «Soy un ladrón, han secuestrado a mi hija, tenemos que desvalijar un banco».

—Ya, tienes razón... Pero tú lo crees, ¿no?

—Claro. No quiero echarme atrás. Pero, Anna, ¡esta gente va en serio! No es un juego, y si algo sale mal...

—Pero, bueno, ¿será posible que seas siempre tan pesimista? De todos modos, Jean dijo que nuestro papel estará entre bastidores. En el fondo, por ahora solo quiere que hagamos unas cuantas fotografías.

—Eso es verdad. —Filippo se limpió la boca y arrastró la silla hacia atrás para levantarse—. Por cierto, ¿cuándo vamos a hacerlas?

—He pensado que esta tarde. Tenemos que fotografiar la entrada del banco y todas las calles de los alrededores.

Anna hablaba a toda velocidad, mientras recogía los platos del desayuno. A Filippo le recordaba a una niña que se prepara para un pícnic. Cogió la panera y le preguntó:

—Y ¿cómo piensas hacerlo? Que alguien vaya a hacer fotos a la sucursal del Junker no pasa todos los días.

—Ya lo tengo todo pensado —dijo Anna—. He ideado un plan.

Filippo se sentó otra vez en la silla, dejando la panera en la mesa. Abrió la boca, volvió a cerrarla y, al final, se decidió a decir:

—Has ideado... ¿un plan?

—Sí, le he pedido a tu hermana que me preste a Gigi un par de horas. Si finjo estar haciéndole fotos al niño, nadie notará nada raro.

—Mmm... —Filippo estaba jugando con el cuchillo panero—. Esperemos.

—¡Es un plan perfecto!

—Perfecto, ¿eh?

—¡Sí, sí! También he preparado un horario. ¿Quieres verlo?

Filippo se limitó a poner cara de paciencia, mirando el techo.

Al salir de la parada de tranvía de Central y cruzar el puente del Limago se puede embocar una calle estrecha que bordea el río. Es el sitio predilecto de los turistas para hacer fotos de recuerdo: en un momento dado, la calle empieza a subir hasta llegar a la plaza Lindenhof.

Desde ahí se ve el río y el casco antiguo de Zúrich. Se puede jugar al ajedrez en las tablas dibujadas en el suelo, o sentarse en el muro de piedra para contemplar el paisaje.

Eso era lo que estaban haciendo Contini y Viola. Con el pequeño detalle de que, en vez de observar el paisaje, hablaban de dinero.

—Os costará caro —dijo Viola.

—Podemos pagar —respondió Contini—. Lo importante es que no se cometa ni un error. Solo tendremos una oportunidad.

—Si vuestro hombre está disponible, yo me comprometo a engatusarlo.

—¿Y si se negase?

—Quien está acostumbrado a pagar no dice que no a algo gratis.

—Es fundamental que consigas ir a su casa. No aceptes ninguna otra opción.

—¡Eh, tranquilo! ¡No es la primera vez que lo hago!

Contini asintió. Se preguntó si su incomodidad se notaba también desde fuera. La noche anterior le había explicado a Viola el plan a grandes rasgos y ahora le había dado los detalles. Según Salviati, era buena gente, una chica digna de confianza. Y a Contini también le había causado buena impresión. Lo que no le gustaba era la operación en su conjunto.

—Eres consciente de que vamos a correr un gran riesgo, ¿verdad? —le preguntó a Viola.

—Y tanto —respondió ella—, pero son riesgos evidentes. Tu amigo Salviati organizó cosas mucho peores en los viejos tiempos.

—Me imagino...

—Además, a mí un trabajo de este tipo me viene muy bien... Ya va siendo hora de que me retire. ¡Tengo que ahorrar todo lo que pueda!

Contini se volvió para mirar la plaza. Estaba sombreada por enormes tilos que olían a verano, a tardes en el campo a la sombra de los árboles. En los bancos había chicos leyendo libros y varias parejas de ancianos. Un perro retozaba alrededor de dos jugadores de ajedrez.

¿Qué harás después? —preguntó Contini.

—¡Pues no lo sé! —Viola se echó a reír—. Creo que volveré al pueblo... Mi prima tiene un salón de belleza en Apulia; a lo mejor puedo echarle una mano. Algo encontraré.

Contini se encendió un cigarrillo. Ya habían aclarado todos los puntos, pero la indolencia se había apoderado de él. Se habría quedado horas en aquella plaza, escuchando el crujido de los tilos y contemplando el río.

—¿Y tú? —le preguntó ella—. ¿Tú qué vas a hacer? No pareces del mundillo.

—Y, efectivamente, no lo soy. Estoy echándole una mano a Salviati.

—Es su último golpe, ¿verdad?

—Sí —respondió Contini con una mueca—, digamos que sí.

—¡Ay, no quiero ser gafe! ¡Seguro que todo va como la seda! Mira por dónde, será el último golpe de los dos, qué coincidencia. ¡Y el primero tuyo!

Contini esbozó una sonrisa. Luego se levantó y se puso el sombrero de paja que había apoyado en el muro.

—Tengo que irme —dijo.

—Yo voy a quedarme un rato más —respondió Viola—. ¡Nos vemos!

Contini volvió a la parada de Central, donde cogió la línea 3 hasta Stauffacher, y luego la 8 hasta Helvetiaplatz. Después enfiló Langstrasse y caminó hasta el número 32 sin prestar ninguna atención a todo lo que sucedía a su alrededor. Solía ser un buen observador, le gustaba contemplar a personas y paisajes, pero en los últimos días sus preocupaciones lo acosaban.

Tocó el timbre de la tienda Info 3000 y fue a abrirle el amigo de Salviati, el informático de pelo alborotado.

—¡Benditos los ojos! —lo saludó—. ¡Aquí está el investigador! ¿Cómo ha ido?

—Bien. ¿Dónde está Salviati?

—Por aquí, por aquí. —Giotto Raspelli condujo al detective a la trastienda—. Estábamos analizando distintos modelos de cámara de vídeo.

Salviati estaba inclinado sobre una especie de PDA. Levantó la mirada y sonrió:

—¡Elia! ¿Qué tal? ¿Os habéis puesto de acuerdo?

Contini asintió.

—Aquí nos pillas, analizando la tecnología. Este modelo no existía en mis tiempos. La cámara se puede esconder en cualquier sitio; es del tamaño de una moneda. Mira. Son 30 × 28 × 18 milímetros, pero las imágenes son nítidas, ¿ves? Es una pantalla de alta definición, modelo TFT...

—Ajá —respondió Contini sin apenas prestarle atención—. ¿Sabes cuántas infracciones estamos a punto de cometer, Jean? —Salviati levantó los ojos. Raspelli, en su rincón, soltó una risita. Contini respondió su propia pregunta en voz baja—: Asociación ilícita, incitación, allanamiento, invasión de la intimidad, espionaje industrial, robo con fuerza...

—Ya lo sé —lo interrumpió Salviati poniéndose muy serio de repente—. ¿Te crees que no lo sé? ¿Crees que me hace gracia involucrar a Viola en esta historia?

—Es una... una... —Contini no encontraba la palabra.

—¡Es una marranada! —Salviati se puso hecho una furia—. ¡Una marranada! Dilo. ¡No te cortes! Pero no podemos hacer otra cosa, ya lo sabes. Yo lo he intentado, tú lo has intentado o, mejor dicho, lo estás intentando. Pero ¡Lina no aparece por ningún sitio! ¡Marelli ha desaparecido! Mi hija está en manos de Forster, Elia, y, si ese mamón pierde la paciencia...

Contini se quedó unos segundos callado. Luego dijo:

—A ver esa cámara.

19

El instinto de los abogados

Luca Forster odiaba a los abogados. A los honrados y, sobre todo, a los que no tenían honra. Y, sin embargo, los de la segunda categoría siempre estaban dispuestos a echarle una mano. A mirar para otro lado para no ver sus negocios de ladrón, traficante, usurero, explotador y chantajista. Pero, cuando la cosa se tuerce, el abogado sin honra es el primero en verlo: y entonces, cuando te da la mano, descubres que estás apretando un cuchillo.

El aire acondicionado hacía del despacho un sitio agradable. Al otro lado del ventanal, entre las rendijas de la persiana, se entreveía el manto azul del lago y del cielo. Dentro se estaba al fresco, bebiendo té helado y hablando de negocios.

—Como comprenderá, abogado, no se puede pretender que quien maneja un volumen de negocio como el mío haga determinados pagos en efectivo.

—Lo importante es que los haga, señor Forster —le dijo Berti, su abogado—, pero es mi deber recordarle que sus acreedores tienen un poco de prisa.

—Acabo de decirle que dentro de poco dispondré de ochocientos mil francos. A tocateja, sin estorbos.

—Sí, pero... ¿con qué garantías llega ese dinero?

Forster se mesó el bigote con la mano. Tuvo que repetir la frase para comprender sus palabras. Dinero. Garantías. Esa rata de alcantarilla le estaba diciendo a la cara que el suyo era dinero sucio.

Y era verdad. El dinero que iba a llegar al Junker no podría usarse de inmediato. Antes había que introducirlo en el sistema, blanquearlo. Nada que Forster no pudiese hacer: tenía una pequeña cadena de restaurantes al efecto. Bastaba con hinchar los beneficios y quedarse con la diferencia, recuperando el dinero poco a poco. Pero se necesitaba un tiempo.

—Tendré todas las garantías, no se preocupe. Lo importante es no hacerlo siempre todo deprisa y corriendo. Tengo que coordinar actividades de distintos sectores y...

—Señor Forster.

Los ojillos negros del abogado brillaban detrás de aquellas gafas de montura dorada. Forster frunció el ceño.

—¿Qué pasa?

—Señor Forster, vamos a hablar con franqueza: yo estoy mediando entre sus intereses y los de K-Investment, S. A. Sin embargo, K-Investment ha decidido renunciar a su aportación. Yo no puedo hacer mucho más, ¿entiende?

Los abogados tienen instinto. A menor honra, más afilado. Son como las ratas; saben cuándo se está hundiendo el barco. Apenas un par de años antes, Berti jamás habría osado dirigirse a él con esa actitud.

—¿No puede pedir una reunión con los encargados? —propuso Forster, que sabía conservar la calma—. Podríamos limar nuestras diferencias, podría presentarles mis ideas para algunas inversiones que...

—Señor Forster.

Otra vez ese tono rastrero. Forster lo odiaba.

—Dígame.

—He comprobado que recientemente recurrió usted a la cuenta para los proyectos comunes. Pequeñas cantidades, para proyectos no muy claros. Pues bien, teniendo una deuda de ochocientos mil francos, me parece un movimiento bastante aventurado...

—Tengo un proyecto confidencial en marcha, abogado.

—Ajá.

—Estoy negociando con un empresario polaco que debería asegurar una decena de puntos de venta en Europa del Este, pero he tenido que abonarle una serie de primas para empezar, para animarlo.

—Yo que usted, lo dejaría.

«No me extraña, mamón. A ti te faltaría valor», pensó Forster. En cambio, él era un delincuente como Dios manda: no le daba miedo mancharse las manos de basura, ¡qué coño! En cambio, esos abogados con hijos y monovolumen, esos padres de familia que viven de la basura, pero la manejan con guantes, esas serpientes, esos... le daban asco, ¡les escupiría en la cara!

—Siempre le he tenido aprecio, señor Berti, así que le hablaré con franqueza.

—No esperaba menos.

—Si me echa una mano, tranquilizando a los de K-Investment, puedo meterlo en el negocio. Sin que aparezca su nombre, desde luego, pero con unos honorarios sobresalientes.

—Señor Forster...

—Se lo aseguro, señor Berti. Reembolsaré esos ochocientos mil francos. Y también los primeros gastos con el contacto de Polonia. Si conseguimos cerrar ese negocio todos juntos, tendremos un mayor poder contractual. Pero necesito un poco de tiempo.

El abogado entrecerró los ojos y volvió a abrirlos al punto. Luego, como de pasada, miró su Rolex.

—Mire, tengo que irme corriendo, lo siento.

Forster se levantó, con el bigote perlado de gotas de sudor a pesar del aire acondicionado.

—Pero ¿qué le parece nuestro negocio? ¿Podemos hacerlo?

—Puede estudiarse. Tengo que hablarlo con K-Investment. Y por lo de los ochocientos mil...

—¿Qué?

—Podrían concederle una prórroga. —Berti se subió las gafas con el dedo—. Pero no se pase. Y, en ese caso, yo ya no diría ochocientos mil. No estaría mal que, a modo de incentivo, la cantidad subiese, ¿me entiende?

—Claro. —Forster lo acompañó a la puerta—. Claro que lo entiendo.

«Cabronazo. Y ¡eso que se supone que yo soy el usurero y tú el abogado! ¡Manda huevos!».

—Gracias por su colaboración, abogado.

—No hay de qué. ¡Nos vemos!

Forster cerró lentamente la puerta cuando Berti salió, y volvió a su mesa. Dio un suspiro y se secó las palmas de las manos en los pantalones. Observó las franjas de luz que se colaban por la ventana y, en voz baja, repitió: «No hay de qué. ¡Nos vemos!».

Durante un par de segundos se quedó inmóvil. Luego echó el brazo hacia atrás y estrelló el puño contra el cristal. Una vez, dos veces. Al tercer golpe, el cristal se hizo añicos, pero Forster siguió aporreando el marco de la ventana.

—Yo te mato —gritaba, sin prestar atención a las heridas—, yo te mato, a ti y a todos esos cabrones chupasangre... Yo te mato, ¿te enteras? ¡Yo te mato!

20

A todo el mundo le gusta el dinero

—¿Cuánto tiempo crees que podrás retenernos aquí?

Elton no respondió.

—¿Te das cuenta de que esto es un secuestro?

Elton caminaba a su espalda. Matteo Marelli había aminorado el paso, para recuperar el aliento y poder negociar con el hombre de Forster. Pero tuvo que conformarse con un monólogo.

—Al principio el proyecto era distinto. Estábamos todos de acuerdo: Forster, Lina, yo... Era una forma de enredar a Salviati. Pero, ahora, ¿cómo vais a poder controlarnos a todos? Sabes de sobra que, si le digo a Salviati dónde estamos...

Elton habló de repente:

—Sí, pero no vas a decírselo.

Elton había ido a por comida y ropa de repuesto y se había llevado a Matteo de rehén. La situación ya estaba clara: Matteo había tenido la idea original, pero, a esas alturas, nadie lo necesitaba.

—¿Que no voy a decírselo? —repitió Matteo—. ¿Cómo lo sabes?

—No volverás a tener la posibilidad de hablar con él, así de sencillo.

Estaban subiendo por el sendero que va de Sonlerto al pico Corói, una ruta casi devorada por el bosque, imperceptible en algunos tramos. Pasaron por una pared de roca desnuda. La humedad hacía cada vez más difícil respirar, y Matteo siguió andando en silencio. En el bosque destacaban las manchas rojas del serbal silvestre; parecía que nadie hubiera pasado por allí en los últimos mil años.

—Alguien nos encontrará; es inevitable —dijo Matteo al cabo de un rato.

—¿Por qué? —preguntó Elton.

—Porque llevamos dos semanas desaparecidos y...

—Nadie os buscará. La hija de Salviati es una trotamundos; va de aquí para allá. Y tú eres un estafador de tres al cuarto. ¿Quién crees que va a preocuparse por ti?

—Pero... ¡No podéis hacernos eso! ¿Cuánto tiempo queréis tenernos aquí?

—Hasta que Salviati nos traiga el dinero.

—Y después ¿qué?

—Después se acabó.

—¿Y si me escapo?

Elton suspiró.

—No vas a escaparte. Primero, porque eso tendría desagradables consecuencias para tu integridad física y la de la mujer.

—¿Lina? Lina no tiene nada que ver. Ella es...

—Segundo —continuó Elton—, existe una imposibilidad material: no os perderé de vista en ningún momento.

—Pero yo soy quien os dio la primera información, yo soy quien... quien...

—¿Quien qué? —Elton endureció el tono—. Escucha, Marelli. Tú has hecho lo que tenías que hacer. Negociamos y nos diste el contacto de Salviati, pero ahora estás fuera.

¿Fuera? Pero...

—Vamos a volver a nuestra casa a ver cómo se desarrollan los acontecimientos. Ahora solo tienes que hacer una cosa: andar y estar calladito. ¿Estamos?

—Yo no...

—¿Estamos?

Matteo apretó el ritmo, abriéndose paso entre alisos y avellanos. En ese momento, tomó la decisión de reaccionar. Unos días antes tenía el control de la situación, y ahora... ¡Ahora era un rehén! Pero Lina y él iban a escaparse. Y lo harían esa misma noche. A toda costa.

—Un periódico alemán entrevistó a un atracador bastante famoso hace unos años y le preguntaron: «¿Es usted distinto de los demás?». ¿Sabéis qué respondió?

Anna y Francesca negaron con la cabeza. Filippo se pasó una mano por la barba, con expresión solemne.

—Respondió: «No creo. A todo el mundo le gusta el dinero». Es genial, ¿lo veis? ¡Son las palabras clave! Nuestra sociedad multiplica el consumo y los deseos; nos lleva a todos al exceso. Quien no tiene dinero lo quiere, y rápido. Una herencia o un premio no pueden planearse..., pero ¡un atraco sí!

Francesca había acompañado a los Corti al Junker Bank de Bellinzona por curiosidad. Ella no tenía que hacer fotos, pero quería ver el banco. Para ser consciente de que todo aquello no era un sueño.

—Si fuese como tú dices —le explicó Anna a su marido—, todos seríamos atracadores.

—Tenemos miedo, pero el espejismo de la riqueza nos obsesiona. Es el mecanismo del atraco: si uno quiere dinero, se lo pide al banco, ¿no?

Estaban en un restaurante en Viale Della Stazione, no muy lejos del banco, esperando a Salviati, que quería echar un vistazo a la disposición de las calles.

—¿Cuándo creéis que llegará? —preguntó Anna—. Porque luego tengo una reunión en la biblioteca.

—Si es como Contini, llegará tarde —respondió Francesca.

Anna la observó con interés. Francesca se parecía a ellos: una joven graduada en Letras, ajena a los crímenes y las aventuras. Y, al mismo tiempo, era la mujer del detective. O, mejor dicho, ¡la mujer que sigue al lado del detective cuando lo involucran en un atraco!

—Oye, Francesca, ¿te puedo preguntar una cosa?

—Claro. —Francesca sonrió—. Ya estamos en el mismo barco, ¿no?

Anna también sonrió.

—No querría parecer indiscreta, pero... ¿cómo conociste a Elia Contini?

Francesca se tomó su tiempo: bebió un sorbo de té helado y observó con calma las mesas del restaurante, cubiertas por los parasoles. Era una tarde floja. Apenas algún que otro turista sudado pasaba por la avenida, camino de la estación. Francesca volvió a mirar a Anna y le dijo:

—Es una historia muy personal.

—Ah, perdona que...

—No pasa nada. Contini estaba investigando una historia familiar y yo me vi implicada por casualidad, al descubrir que tenía unos parientes de los que no sabía nada. Algo así, nada especial. Pero estaba pasando por una época muy dura y Contini me ayudó mucho.

—Cuesta descifrarlo —dijo Anna—, pero parece un tipo digno de confianza.

—Es verdad. —Francesca bebió otro sorbo de té—. Él es así.

Anna sintió la necesidad de aligerar la conversación:

—Hablando de hurtos y atracos, Filippo, cuéntale a Francesca esa historia de la oficina de correos de Zúrich...

A Filippo se le hicieron los ojos chiribitas. Anna soltó una carcajada.

—Filippo hace como que le molesta contarlo —explicó Anna—, pero en realidad se ha estado informando de todos los grandes atracos de la historia...

—Además, este fue aquí, en Suiza —dijo Filippo—. ¡Un golpe excepcional! En 1997, cinco hombres, todos con su fusil automático, entraron en la oficina de correos del barrio que rodea la iglesia de Fraumünster, en Zúrich. Tenían buena información, pero una furgoneta demasiado pequeña, así que solo pudieron llevarse, y «solo» es un decir, cincuenta y cuatro millones de francos. Dejaron allí otros diecisiete.

—¡Cincuenta y cuatro millones! —murmuró Francesca—. Y luego ¿qué pasó?

—¡Luego la gente pareció volverse loca! Los periódicos hablaron del mayor atraco de la historia, e incluso el hombre al que le habían robado la furgoneta dijo que se alegraba por los atracadores. Hasta hubo un fabricante de automóviles que lo usó para un anuncio: «Con la nueva no-sé-qué, queridos atracadores, ¡habríais podido llevaros todo el botín!».

—¡Venga ya! —dijo Anna—. ¡Eso no me lo habías contado!

—Sí, es un caso interesante. —Filippo se alisó la barba—. La gente llamaba a la oficina de correos diciendo: «¡Dadme los otros diecisiete!». Los atracadores se convirtieron en héroes populares...

—Hasta que los pillaron —dijo la voz de Jean Salviati.

Todos se volvieron de golpe. Salviati había aparecido por detrás de un parasol, sin revelar su presencia. Tenía la cara cansada. Llevaba una camisa vaquera y una gorra de béisbol.

—Pasa siempre lo mismo —dijo, sentándose al lado de Francesca—: los ladrones son incapaces de soportar el impacto de la riqueza y cometen algún desliz. Y fin del héroe popular...

—Sí —reconoció Filippo—, pero eso pasó después.

—Y ¿qué podía haber pasado antes? —respondió Salviati—. ¡Esos cinco tipos llevaban fusiles de asalto! ¿Los periódicos no se preguntaron qué habría pasado si uno de los trabajadores hubiese reaccionado?

Silencio.

Salviati se puso en pie.

—Cuanto menos estemos aquí, mejor. ¿Habéis hecho las fotos?

—Sí —dijo Anna—. Solo nos hemos tomado algo, haciendo tiempo hasta que...

—No tendríais que haber venido a este bar.

—¡Ah! —Anna también se levantó—. Al fin y al cabo, ¡vivimos a la vuelta de la esquina! ¿Qué pasa? ¿Crees que hemos corrido el riesgo de que...?

—No te preocupes —la interrumpió Salviati—. Tienes razón, vosotros vivís aquí. Ahora voy a Zúrich, pero mañana o pasado vendré a ver las fotos.

—*Okey* —dijo Filippo—. Oye, Jean, perdona que...

—Perdonadme vosotros si estoy siendo un poco brusco. Esta noche no he pegado ojo.

—Lo siento. ¿Podemos hacer algo por ti?

—No, bastante estáis haciendo ya. Venga, vámonos; ya he visto las calles. Dentro de un cuarto de hora sale el tren a Zúrich.

Salviati se despidió de los Corti, que seguían un poco sorprendidos. Luego se encaminó a la estación con Francesca, que tenía que coger el tren a Locarno. A su alrededor, Bellinzona dormitaba una siesta de verano. La avenida de pórfido, los tilos, los escaparates de las *boutiques*...: con sus colores difuminados, la ciudad parecía el fondo de una postal.

—Son buena gente —dijo Salviati.

Francesca asintió, entendiendo que se refería a Filippo y Anna Corti.

—Tú los has asustado un poco...

—Un atraco no es un juego.

—Eso es verdad..., pero, entonces, ¿por qué colaboras con aficionados?

—Este es un caso especial. —Salviati sacó su pipa y empezó a cargarla—. Vosotros no tenéis que hacer casi nada; solo vigilar un poco.

—¿Tienes ya un plan?

—Aún no. —Salviati se volvió para mirarla—. ¿Estás preocupada?

Francesca cruzó la calle y se metieron debajo de la marquesina de la estación.

—No lo sé —respondió—. Estoy intentando entenderlo...

—Siento haber involucrado a Elia.

—Han secuestrado a tu hija, ¿qué ibas a hacer?

—No dejo de preguntármelo. —Salviati cerró el estuche de tabaco y observó el tablón de los horarios—. ¿Qué iba a hacer?

Francesca se hizo a un lado para dejar pasar a un grupo de chavales. Camiseta de tirantes, bañador y chanclas. Parecía que iban a la piscina municipal o al río Tesino, y no dejaban de reírse y darse latigazos con las toallas. Francesca observaba la escena como el prisionero que observa una arboleda al otro lado del muro de la cárcel. Todo seguía su curso: la ciudad, el verano, los chapuzones en la piscina. Pero ella estaba con un ladrón profesional, que se dirigía a Zúrich para colarse en el sistema informático de un banco.

Francesca negó con la cabeza y también miró el tablón de los horarios.

—Dentro de dos minutos llega tu tren —le dijo a Salviati—. El Cisalpino, andén 1. ¿Ya está todo listo en Zúrich?

—Sí. Elia lo ha hecho de fábula; lo ha organizado todo él. Aunque...

Francesca lo miró.

—A veces le cuesta un poco. No está acostumbrado a estas cosas.

—No, en efecto.

—Bueno, ¡tú procura estar con él!

—Como siempre.

Francesca era la que estaba con la gente. Era algo que se le daba bien hacer: había estado con su madre antes de que muriese; y luego con Lorenzo, su exnovio. Y con Contini, cada vez que se metía en líos. Ella, ¡que no era amante de las aventuras! Francesca no era como los Corti. Solo le pedía a la vida quedarse en casa con un buen libro y un tazón de chocolate; nada más. Estrechó la mano de Salviati y le dijo:

—No te preocupes. Llegaremos hasta el final.

Salviati se quitó la pipa de la boca. Le sonrió.

—No me cabe la menor duda. Gracias.

Luego, sin decir nada más, fue al andén 1. Francesca se quedó mirándolo. Un hombre un poco encorvado, que andaba dando pasitos cortos, soltando bocanadas de humo de su pipa. «Y este hombre robará diez millones de francos a un banco suizo».

Mejor no pensarlo.

Francesca le dio la espalda a Salviati y buscó el siguiente tren a Locarno.

Banks are going, banking is coming.

Reto Koller se conocía todos los eslóganes. «Hoy en día es así —pensó mientras miraba por la ventana el agua gris del Limago—. Hoy la riqueza ya no está encerrada en una caja fuerte. Los bancos han cambiado. Y es una suerte».

Koller había construido su carrera sobre la volatilidad del dinero. Una vez que la riqueza salió de la sala del tesoro, se dispersó por el aire. Los flujos de divisas corren por la red, se convierten y se intercambian virtualmente en un puñado de *bytes*. La banca ya no es un lugar concreto, sino una telaraña de contactos y transacciones.

La banca está en todas partes.

Empezó a llover. Koller se apartó de la ventana. Qué tiempo. Qué ciudad. Como siempre, a principios de septiembre el verano desaparecía de Zúrich de golpe. Como si alguien, en algún sitio, pulsara un botón: 1 de septiembre, clic. Y Zúrich pasa a modo otoño.

El despacho de Koller tenía una puerta que daba a un espacio abierto. Eso también era una novedad. En su día, cada cual trabajaba en su despacho, con su escritorio y sus dosieres. Koller caminó entre las mesas del espacio abierto. Eran casi las seis; casi todas estaban vacías. Ahora, cada cual estaba en su cuenta, dentro de un ordenador, y el sitio era lo de menos.

—¡Buenas tardes, señor Koller! —lo saludó una secretaria—. ¿Sigue aquí?

—Buenas tardes, señora Meier. La verdad es que estaba a punto de irme. Pero he visto que llueve...

—¿Quiere un paraguas?

—Tengo, tengo el mío, ¡gracias!

Los expertos decían que el dinero estaba pasando de *hardware* a *software*, independientemente de lo que significara eso.

Y construían espacios amplios, con cristaleras y ambientes luminosos, para que los clientes estuviesen cómodos.

Koller enfiló un largo pasillo. *Banking is coming*. Pero, en el fondo, las cosas no han cambiado. Los bancos se defienden con la vigilancia: hay cámaras, sensores y detectores de metales por doquier. Alrededor de cada ordenador hay un alambre de púas invisible; en cada pasillo se esconde un ojo electrónico. Koller llamó al despacho de Ueli Sutter, su segundo.

—Yo me voy. ¿Tú qué vas a hacer?

Sutter suspiró. Tenía veinte años menos que Koller y estaba en esa fase en la que hay que trabajar sin que se note que se está sufriendo.

—Tengo que acabar un par de cosillas y me voy yo también —respondió desde detrás de la pantalla del ordenador.

—¿Tan importantes son? Es viernes por la noche...

—No, no, dos o tres correos. Pero quiero enviarlos antes del fin de semana.

—Ya. Oye, esta noche voy a pasarme por la fiesta esa...

—¿La del Kaufleuten?

—No, había pensado ir a ese local nuevo, al Fiesta. Es la inauguración y nos han mandado invitaciones. ¿A ti no te ha llegado?

—Ah, sí. No lo sé. ¿Tú vas seguro?

—Yo sí. Quiero ver cómo es.

—A lo mejor yo también me paso cuando acabe.

Koller se despidió de su segundo y se dirigió al ascensor. No tenía familia y, aunque ya no aguantaba el ritmo desbocado de sus compañeros más jóvenes, le gustaba salir los viernes o los sábados.

Aunque solo fuera para no perder el contacto con la realidad.

Koller sabía cómo usar el sistema, pero también sufría su influjo. Esos espacios, esas luces tenues en salas inmateriales... Al final uno acaba olvidándose de que, tarde o temprano, el dinero es algo que tienes que tocar. Tal cual. Hay que tener presente eso.

Y hay que tener presente que en el mundo exterior hay música y chicas a las que invitar a daiquiris y tarimas iluminadas donde bailar salsa, o intentarlo. De vez en cuando, Reto Koller necesitaba recordarse a sí mismo que la vida está hecha de cosas tangibles; necesitaba entrar en un local lleno de humo y volver a casa a eso de las dos y un poco achispado.

21

El factor humano

Matteo tardó cincuenta minutos en llegar a la cama de Lina. Cincuenta minutos que le parecieron una vida. Arrastrándose por el suelo, centímetro a centímetro, aguzando el oído para captar la más mínima señal de alarma. Por fin estuvo a su lado y le susurró:

—Aquí estoy.

—Te esperaba...

Matteo intuyó que estaba sonriendo.

—No ha sido fácil, ¿sabes? Si ese se despierta...

—Tranquilo —susurró Lina, que seguía con la sonrisa en la voz—. No se le pasará por la cabeza que vamos a escaparnos.

—Ah, ¿no? Y ¿para qué iba a estar aquí contigo en plena noche?

—Para esto.

Lina se asomó por el catre, cuyos muelles emitieron un chirrido preocupante, y le dio un beso en la boca a Matteo. Él se quedó perplejo, hasta tal punto que pasaron un par de segundos antes de que reaccionase. Luego, durante un rato, reinó en la casa un silencio casi total. Si Elton se hubiese despertado quizá habría distinguido una respiración jadeante, pero habría pensado que uno de sus rehenes estaba teniendo una pesadilla.

—Estamos locos —susurró Matteo cuando se separaron—. Nunca habría dicho que...

—Hablas demasiado.

Lina bajó de la cama con discreción y lo abrazó, besándolo otra vez.

—Chsss —dijo Matteo—, si Elton nos...

Pero no pudo acabar la frase. Lina estaba completamente vestida, como él. Esa tenía que ser la noche de su huida. Pero seguían allí abrazados, a los pies del catre, uno contra la otra. Matteo sintió el olor de Lina, el calor de sus labios. Intentó conservar la calma. «Así no vamos a ningún sitio —pensó—. Nos va a pillar». Se separó de ella, respiró... Luego le acarició el pelo y la atrajo hacia él. Volvió a besarla.

Koller no daba crédito a sus ojos. La gris noche zuriquesa había estallado en una nube de colores. El nuevo local era una vieja fábrica en la zona de Escherwyssplatz, renovada y decorada para que pareciese un granero. Había balaustradas de madera, ruedas de carro y horcas en las paredes, y hasta una bala de heno en un rincón. Pero también había luces de discoteca, carteles de neón colgados del techo y un enorme retrato de Jimi Hendrix.

Lo ideal para dejarse llevar, olvidándose de la lógica. En el local sonaba desde música latinoamericana a *nu jazz*; había un DJ encargado de que no parara la fiesta y un montón de mujeres preciosas.

Sobre todo una, que tenía ahí delante. ¿Cómo se llamaba?

Rosa.

Koller saboreó la perfección de su nombre, su sabor mediterráneo. A esa no podía dejarla escapar. No era habitual que Koller consiguiera volver acompañado a casa; de todos modos, lo que estaba claro era que no tenía ninguna esperanza con las chicas más jóvenes. A menos que les pagase, por supuesto. Pero esa noche quería que todo fuera perfecto.

—Lo han dejado muy bonito, ¿eh? —le dijo entre una canción y otra.

Ella se limitó a sonreír. No era una chiquilla. Mejor así: ese pelo azabache y esos ojos de mujer del sur excitaban a Koller.

—Es un sitio con encanto, ideal para una noche distinta —continuó Koller, que empezaba a quedarse sin recursos—. Para no ir siempre a los mismos sitios, me refiero.

Rosa sonrió. Una sonrisa dulce como un rayo de luna, a ojos de Koller. ¿No había una canción que decía eso? Ella parpadeó y dijo:

—¡Tienes razón! Y pensar que esta noche quería quedarme en casa...

—Habría sido una auténtica pena.

—Es verdad...

—Nunca se sabe qué puede deparar un viernes por la noche. Hay que probar siempre. —Koller se sentía inspirado—. Quien no arriesga no gana.

Rosa soltó una sonora carcajada, que arrancó en la garganta, echando la cabeza hacia atrás. Koller admiró los pechos que asomaban bajo la blusa. De fondo, el DJ anunció una canción de Gerardo Frisina: *The Gods of the Yoruba*. Rosa se atusó el pelo con la mano. Koller se inclinó hacia ella y le preguntó:

—¿Te apetece beber algo?

Matteo le metió las manos por la camiseta y subió por la espalda. Al notar que se estremecía, la abrazó con más fuerza, sin dejar de besarle la cara y el cuello. Lina tenía la respiración agitada y Matteo le puso un dedo en los labios. Ella lo besó y él volvió a repetir:

—Chsss...

Lina estaba de rodillas. Se dejó caer hacia atrás, arrastrando a Matteo. Él la acarició con una mano y apoyó la otra en el suelo. «Estamos locos —seguía diciéndose—, ¿por qué no nos vamos?». Lina tenía los pechos pequeños y puntiagudos. Matteo notaba su calor; los sintió endurecerse al contacto con su mano fría. Estaban casi tumbados, él encima de ella. Lina le pasó un brazo por el cuello y lo acercó lentamente, para besarle la sien, los ojos, la boca.

—¡Lina! —dijo al fin Matteo.
—No hables —le respondió ella—, no hables, por favor.
—Tenemos que irnos, Lina...
Lina lo besó, apretándole los hombros. Matteo estaba casi tumbado sobre ella. De un momento a otro se esperaba sentir las zarpas de Elton levantándolo del suelo. Se puso de costado y obligó a Lina a girarse, para que se pusiera encima de él.
—¡Lina!
Ella lo besó en la comisura del labio.
—Lina...

En muchas ocasiones, uno lo echa todo a perder justo al final. Pero Koller era un estratega: si disponía de tiempo, sabía cómo hacerse con la gente. En el trabajo le resultaba más fácil, porque había un intercambio de por medio. Allí, en un taxi que recorría Badenerstrasse, todo era más complicado. Pero la regla era la misma de siempre: dar para recibir. Koller estaba acostumbrado a identificar las fuerzas en el campo de batalla antes de hacer su movimiento.
La situación estaba clara.
Koller: un hombre distinguido, de mediana edad, que estaba claro que era rico y estaba claro que era agradable en el trato.
Rosa: una mujer que se aburría y que había salido un viernes noche lluvioso para darle vidilla al fin de semana. Podía deducir, por tanto, que era una mujer sola. ¿Por qué no?
El taxi se detuvo en una calle residencial en la zona de Seefeld. El taxista era un tipo bajito con un flequillo que le tapaba toda la frente. No había dicho ni una palabra desde que habían salido del Fiesta. Se limitó a señalar el taxímetro y esperar. Koller carraspeó.
—Hemos llegado a mi casa...
—Ah —dijo Rosa, mirándolo fijamente en la penumbra.
Silencio. Ella sonreía. Una sonrisa dulce, a ojos de Koller. Como un rayo de luna. Rosa giró la cabeza. Él se ajustó la corbata y dijo:

—He pensado que, a lo mejor, antes de que te acompañe a casa, te apetece beber algo...

—¿Por qué no?

—Tenemos que irnos, ¿te enteras?

—Es probable que quisiera besarte desde que te vi en el casino.

—¡Lina! Tenemos... ¡Yo también! Piensa que yo...

—Quizá tendría que haberlo hecho antes.

—Lina, tenemos que salir de aquí ya. ¿No quieres volver a ser libre? ¿No te apetece que estemos solos de verdad por fin, sin tener que arrastrarnos a escondidas por el suelo de una casa de montaña perdida?

Era una frase muy larga para susurrarla al oído, pero Matteo se las apañó muy bien; de hecho, Lina se incorporó al punto, como si se despertara abruptamente de un sueño.

—¿Está todo preparado?

Matteo asintió. Había escondido dos linternas de bolsillo en el límite del bosque y se las había apañado para dejar abierto el ventanuco del baño, que era en realidad un cubículo separado del resto de la casa por dos tabiques de yeso. Si Elton seguía durmiendo, había alguna esperanza.

—Vamos —le murmuró a Lina.

Se dirigieron al baño, avanzando a gatas por el suelo de piedra. Matteo tenía la sensación de que los latidos de su corazón resonaban entre las cuatro paredes de la casa; de que su respiración era como una ráfaga de aire. Pero Elton seguía durmiendo en su catre, por lo que tuvieron tiempo de llegar al baño.

Todas las noches, Elton cerraba la pequeña ventana con un candado. Sin embargo, un candado se puede abrir en un minuto: Matteo había tratado con suficientes ladronzuelos para saber cómo se hacía. Además, Elton jamás se esperaría que osaran aventurarse solos, en plena noche, por los senderos del valle del Bavona.

Matteo estaba decidido. Todo tiene un límite. Estaba dispuesto a cruzar a pie todo el valle con tal de poner a salvo a Lina. Y, sobre todo, estaba resuelto a acabar con aquella historia; a anular lo pactado para el atraco y... ¿Y luego? Prefería no pensarlo demasiado. Habrían tenido que encontrar la forma de guardarse las espaldas de Forster. Matteo esperaba que Lina se quedase con él; ya se les ocurriría algo.

Pero, en ese momento, entre ellos y su libertad había un ventanuco de menos de cincuenta centímetros de ancho.

Contini y Salviati esperaban en el coche. Los dos estaban acostumbrados a tener paciencia. Tanto los detectives como los ladrones tienen que pasar largas horas de vigilancia; a veces en una cafetería con un periódico, a veces en un banco.

—Y los jardineros —dijo Salviati—. También ese es un oficio en el que se aprende a ser paciente.

Contini farfulló una respuesta ininteligible.

—¿Sabes qué, Elia? —continuó Salviati, sirviéndose café de un termo—. A veces me pregunto si estoy loco. Nunca, ¡jamás en toda mi vida, he dado un golpe con aficionados!

—Pero esta vez es necesario, ¿no?

Creo que sí. Quiero guardar el secreto.

—Pero has involucrado al informático, al tipo que te vende el material y..., hombre, también a Viola.

—Ellos son amigos; no hablarán. De todos modos, ningún profesional habría aceptado una operación así.

—Pues estamos apañados.

—Lo que digo es que nosotros lo hacemos porque Forster nos obliga. No son las premisas ideales para nadie del gremio.

—¿Crees que los Corti se comportarán?

—Yo me fío. Además, no participarán en el atraco propiamente dicho. Aparte de las fotografías y del trabajo de preparación, estarán de apoyo, más que nada. Viven a unos minutos del banco.

Un pitido. Era el móvil de Salviati, apoyado en el salpicadero. Contini lo cogió para ver quién era:

—Un mensaje de Viola: «Estamos en la casa. Voy a preparar el somnífero».

—Muy bien —dijo Salviati—. Viola siempre ha trabajado bien.

Contini volvió a dejar el teléfono en el salpicadero y observó la casa de Koller. Un edificio enorme, rodeado de un pequeño jardín. Para entrar, Koller había marcado un código en el teclado de la puerta. Contini miró a Salviati de reojo y le dijo:

—Esperemos que Viola pueda desconectar la alarma desde dentro.

—No te preocupes —respondió Salviati, con las manos alrededor del vaso de café caliente—. No es la primera vez que lo hacemos.

—¿Esto también?

—Sí.

Silencio.

—Oye, Jean...

—Mmm.

—¿Crees que vamos a irnos de rositas?

—He participado en atracos más arriesgados. La información es buena y...

—No, no me refiero a eso.

—¿Cómo?

—La policía, la posibilidad de que nos pillen, son riesgos con los que ya cuento. —Contini hizo un gesto con la mano, como para ahuyentar un pensamiento—. Yo estoy preocupado por nosotros.

—¿Por nosotros?

—No sé, ¿de verdad crees que le daremos el dinero a Forster, él liberará a Lina y la cosa se quedará ahí?

—Espero que sí.

—Pero es que hay diez millones de francos en juego...

—¿Y? ¡A nosotros nos da igual el dinero!

—Si ya lo sé. Pero no deja de ser dinero.

—¿Y? —repitió Salviati—. ¿Por qué tienes la mosca detrás de la oreja?

—Nunca he robado nada —le explicó Contini—, pero si algo he aprendido en mi trabajo es que, donde hay dinero, hay líos.

—¿Crees que discutiremos?

—Puede.

—¿Por el dinero? —Salviati empezaba a ponerse nervioso. Le salió un ligero acento francés—. ¿De verdad piensas eso?

—Por el dinero no, Jean. —Contini le puso una mano en el brazo—. Por los imprevistos, por la tensión... Mira, nosotros somos amigos y vamos a llegar hasta el final de esta historia. Pero mejor que no demos nada por sentado, ¿vale?

Salviati frunció el ceño.

—Yo nunca doy nada por sentado.

—Mejor.

Volvieron a observar la casa de Koller, esperando la llamada de Viola.

Matteo temía que Elton se despertase de un momento a otro. Salir por un ventanuco a metro y medio del suelo no es tarea fácil ni, sobre todo, silenciosa. Y, sin embargo, lograron colarse por el agujero: primero Lina y luego Matteo. Aterrizaron sanos y salvos fuera de la casa y se alejaron sin alarmar a Elton.

Lina estaba emocionadísima.

—Lo hemos conseguido, Matteo, ¡lo hemos conseguido! —Rodeó su cuello con los brazos y lo besó—. ¿Puedes creértelo? ¡Somos libres!

Pero Matteo no estaba convencido.

—Seguimos aquí.

—Sí, pero ¡por fin estamos fuera! Además, ¡mira! —Lina se sacó del bolsillo su teléfono—. Lo cogí ayer del armario de Elton.

—¿Anoche? Vaya un riesgo que corriste...

—Esperé el momento ideal. En cuanto lleguemos donde hay cobertura, ¡pedimos ayuda!

—Mmm... —Matteo parecía escéptico—. ¿A quién, a la policía?

—¡No, tonto! A mi padre o a Contini.

El bosque estaba oscuro. Lo habían previsto, pero en la montaña la noche siempre es más oscura de lo que te esperas. Matteo se había estudiado el recorrido el día anterior y guio a Lina hasta salir del sendero, dejando siempre el sonido del riachuelo a la izquierda y bajando en diagonal. Llegarían a Sonlerto por el lado opuesto a aquel al que se accedía desde el sendero. El único riesgo eran los precipicios que se abrían en el bosque: Matteo se había ido fijando para evitarlos, pero no estaría de más que llevasen cuidado con dónde pisaban.

—Creía que no lo íbamos a conseguir —dijo Matteo, que iba delante.

—Estoy deseando llegar a casa y ducharme —exclamó Lina—. Quiero volver a la vida normal. ¡Basta ya de bosques!

—Pero tendremos que estar atentos. Forster vendrá a por nosotros.

—¡Pues que venga! Me buscaré un trabajo y le pagaré la puñetera deuda, ¡aunque tarde una vida!

Matteo estaba sorprendido por el cambio de Lina: al principio le había parecido una mujer difícil de entender, un poco desencantada. Quizá porque era mayor que él. Luego, como es habitual entre quienes se ven obligados a convivir, había aprendido a prever sus cambios de humor y sus silencios. Pero ahora parecía una mujer distinta. Es más, una chiquilla. O a lo mejor era él quien había cambiado. Puede que ahora entendiese qué representaba Lina para él. No obstante, por el momento lo mejor era tener los pies en la tierra. En todos los sentidos.

—Aún no estamos a salvo —le dijo—, y en esta zona hay rocas, así que...

—*Okey, okey*... ¡Llevo cuidado! Pero deja que lo disfrute un poco, ¡ya sabes que la suerte no me sonríe demasiado!

Matteo sonrió.

—¡Y esta noche tampoco!

No fue él quien pronunció esa última frase.

La voz de Elton, certera como un mal recuerdo. La voz de Elton en medio del bosque. ¿Cómo era posible?

—Habéis pensado: «El imbécil de Elton está dormido». —La voz se iba acercando—. Pero no estaba en la casa, sino llamando por teléfono. Qué sorpresa, ¿eh?

Matteo tardó un par de segundos en atar cabos. Todas las precauciones, todos los minutos empleados en arrastrarse por el suelo. Todo en balde. ¡Elton estaba fuera! ¿Por qué no lo habían comprobado?

—Escapa —le murmuró a Lina—. ¡Escapa y llama por teléfono!

Luego dio un paso adelante y empezó a hablar en voz alta.

—Estás muy equivocado, Elton, no huíamos. La cuestión es que hemos visto que no estabas y hemos pensado que...

—¡Calla!

Elton estaba a pocos pasos.

—¿Dónde está ella?

Lina intentaba alejarse sin hacer ruido.

—¡Quieta! —gritó Elton—. ¡Quieta! ¡Llevo la pistola!

En ese momento, Matteo se abalanzó sobre él.

Elton se volvió de repente y disparó.

22

El sentido del ritmo

El teléfono de Salviati sonó. Él y Contini se miraron a los ojos. Era la señal acordada. Salviati apagó el móvil, abrió la puerta y salió del coche. Antes de alejarse, miró a Contini.

El detective tenía las manos en el volante y la mirada perdida. Salviati negó con la cabeza: a veces no había forma de entenderlo. Tenía una forma muy curiosa de evadirse, como si se desconectara por completo del mundo para huir... Pero ¿adónde?

—Voy a entrar —le dijo.

Contini asintió.

Salviati recorrió el camino de acceso y llegó a la puerta. A un lado vio el teclado de la alarma. Salviati conocía el modelo: la clásica alarma casera, un detector perimetral con sensores magnéticos en el marco. Pero era difícil de desactivar, y si fallaba al introducir el código se enviaría una señal silenciosa a la central de alarmas.

La única posibilidad era la solución más directa: hacerla saltar.

Viola abrió la puerta. Llevaba un traje negro escotado y zapatos de tacón; parecía la dueña de la casa, que daba una fiesta. No le dijo nada, pero en cuanto entró le señaló unas escaleras. Mientras subía, Salviati oyó que Viola decía en voz alta:

—¡He salido a tomar un poco el fresco!

En la planta baja, Viola entró en el salón con una sonrisa, esperándose la reacción de Koller. Él la miró sin entender muy bien qué pasaba.

—¿Qué hacías?

—¡He salido a tomar un poco el fresco!

—¿Has abierto la puerta?

—Sí... La llave estaba en la cerradura y...

—¡Anda! —soltó Koller—. ¡Estaba la alarma!

—¿Qué?

—Perdona, ¿cómo ibas a saberlo? La alarma suena si se abre la puerta o una de las ventanas de la planta baja. Tú has abierto sin desactivarla, así que, si no aviso antes de cinco minutos, vendrá la policía...

—¡La policía! —repitió Viola, con los ojos como platos—. ¿Solo porque he salido un segundo?

Koller esbozó una sonrisa maliciosa.

—Bueno, si intentaras escapar, con tal de encontrarte, llamaría al Ejército...

Viola soltó una carcajada, como era de esperar. Se sentó en el sofá, muy pegada a Koller. Aquel era un salón suntuoso, con muebles de cuero negro, cuadros abstractos en las paredes y un mueble bar como los de los telefilmes estadounidenses. Koller le puso una mano en el hombro.

—Vuelvo a conectar la alarma y nos tomamos algo...

Lina estaba sola, en el bosque. Le parecía haber vuelto a los años de los cuentos de miedo. Su cabeza le decía que lo único que tenía que asustarla en kilómetros a la redonda era Elton. Elton y su pistola. Pero se sentía rodeada por mil ojos. Un ejército en la oscuridad, a punto de devorarla; un ejército de bocas famélicas y ojos rojos, de manos dispuestas a aferrarla...

Se obligó a estar tranquila. A pensar en Elton. Había oído un disparo, luego había oído gritar a Matteo y un ruido de ramas quebradas, y a Elton corriendo por el bosque.

Sin embargo, ya no oía nada.

Y, en cierto sentido, lo oía todo. Crujidos. Piedras que caían ladera abajo. Pasos en las hojas secas. Voces llegadas de las cavernas profundas de la tierra, en el corazón del bosque, y carcajadas y llantos quebrados en el viento. «No te pongas así. Tienes que estar tranquila». La oscuridad dilataba el espacio en el bosque y, al mismo tiempo, la asfixiaba.

—¡Lina! ¡Lina, ven! ¡Estoy con Marelli!

Elton. El miedo a la oscuridad se le pasó de repente. Aquel no era un bosque encantado, pero el lobo estaba demasiado cerca. ¿Qué podía hacer? Se metió la mano en el bolsillo. ¡El teléfono! Qué idiota, ¡por poco se le olvida!

Sacó el móvil, lo encendió y marcó el número de su padre. Nada, el teléfono estaba apagado. ¿Qué podía hacer? ¿A quién podía llamar en plena noche? El número de Contini lo tenía Matteo, y evidentemente no podía llamar a la policía y contarle que su padre estaba planeando un atraco.

Un mensaje. Al menos podía escribirle un mensaje.

Tecleó las palabras a toda prisa, sin mirar. Oía la voz de Elton llamándola a gritos, como si llegase de varias direcciones.

FTAMNS EN TAL CABLE?

Bip. El teclado se bloqueó. «Mierda, las palabras no están en el diccionario». Borró el mensaje y volvió a escribirlo, mirando la pantalla.

ESTAMOS EN VALLE DEL BAVONA EN EL BOSQUE DE SONLERTO

Tuvo que teclear «Bavona» y «Sonlerto» casi letra por letra. Levantó la mirada y escudriñó la oscuridad que la rodeaba, sin dejar de teclear en ningún momento ni de preocuparse por los errores.

ESTAMOS EN VALLE DEL BAVONA EN EL BOSQUE DE SONLERTO YI Y MATEO FTAMNS SECUESTRADOS EN UNA CASA NO PODEMOS ESCAPAR HAY UN HOMBRE VIGILÁNDONOS SE LLAMA ELTON

Ya. No releyó el mensaje. Pulsó «Enviar» un segundo antes de oír, a pocos pasos de ella, la respiración profunda de Elton. Se quedó petrificada, pero ya la había visto: se le echó encima y le hundió la pistola en el costado.

Le arrancó el teléfono y la empujó delante de él.

—¿Qué le has hecho a Matteo? —le preguntó.

—¡Está vivo, no te preocupes! Le dolerá la cabeza..., pero más le vale que se le pase deprisa.

—¿Le has pegado una paliza?

—¡Andando! —Elton la empujó—. Tenemos que irnos.

—¿Irnos? Pero...

—¿Crees que voy a quedarme aquí después de que hayas avisado?

—Pero si...

—¡Vamos!

Eran como una pareja de bailarines.

Estaban bailando el plato fuerte de su repertorio. No cometían ningún error. Los dos tenían el sentido del ritmo acompasado por el latido del corazón y los dos sabían perfectamente los pasos que dar.

Viola se frotó con Koller en el sofá de cuero negro. Le pidió un *whisky* con mucho hielo y ella le sirvió un vaso rebosante sin hielo. Luego le echó un segundo vaso, con truco. No era mucho somnífero; el mínimo indispensable para ralentizar sus reflejos, para quitarle las ganas y hacer que le molestara la luz.

Salviati encontró el estudio de Koller en la planta superior. Localizó la caja fuerte en la pared que había detrás del escritorio, pero decidió que lo más seguro era tener vigilado el ordenador. Al lado del escritorio, apoyado en la pared, había un reloj de péndulo. Abrió la puerta de cristal e hizo un orificio de dos milímetros en el punto negro en el centro del cuadrante. Luego pegó la microcámara con pegamento bicomponente y apuntó el objetivo *pinhole* al teclado del ordenador.

Viola, mientras tanto, acariciaba con dulzura a Koller, que se quejaba de un fortísimo dolor de cabeza. Le dio un beso en la mejilla y le susurró unas palabras en italiano al oído. Él pareció deleitarse con su sonido.

Salviati escondió el minitransmisor en la parte inferior del péndulo, donde estaba el batiente. También introdujo la antena flexible y el micrófono de alta sensibilidad. Quizá no necesitaran el micrófono, pero nunca se sabía. Por último, buscó un enchufe para la fuente de alimentación. Encontró uno detrás de una estantería: de ahí salía el cable de una lámpara situada en una mesita, al lado de un enorme sillón de piel, a los pies de la ventana. Introdujo un enchufe con dos tomas, un «ladrón».

Entretanto, Koller casi se había dormido. Consiguió reunir la poca energía que le quedaba para proponerle a Viola subir al piso de arriba. Ella accedió, halagada, pero le dijo que antes quería beberse otro *whisky*.

La fuente de alimentación tenía un enchufe europeo de dos clavijas, pero también se adaptaba al enchufe suizo con la toma de tierra. Cuando terminó, Salviati desató la cuerda que le rodeaba la cintura. La cámara estaba lista para transmitir, pero ahora empezaba la parte delicada de la operación. Salviati abrió la ventana y enganchó la cuerda al batiente de la celosía. Luego franqueó el alféizar y, apoyando los pies en la pared, bien agarrado a la cuerda, se descolgó a toda prisa. En las ventanas del primer piso no había alarma; tampoco en el jardín. Pero alguien podría haberlo visto desde la calle. Aguzó el oído. Nada. Solo el coche de Contini, en la acera de enfrente, apenas distinguible bajo la lluvia. Salviati se puso de pie, jadeando.

En la Provenza se mantenía en forma con la jardinería y la petanca. Pero el allanamiento de morada en plena noche es un deporte muy distinto. Cruzó corriendo la calle, abrió la puerta del coche y se sentó al lado de Contini. Cuando recuperó el aliento, dijo:

—Vámonos.

Contini arrancó y se alejaron. Al cabo de un rato, le preguntó:

—¿Y Viola?

—Sabe lo que tiene que hacer —respondió Salviati—. Lo tiene todo controlado.

—Pero ¿no tendríais que haber salido juntos?

—Más o menos. Ahora Koller se dormirá, Viola recogerá la cuerda del estudio y borrará sus huellas de la casa. Luego despertará a Koller, que estará atontado, y le dirá: «Estás borracho. Quiero irme a casa». Él le abrirá la puerta y ella llamará a un taxi.

—¿Y si mañana nota algo raro?

—¿Qué va a notar? ¡No hemos robado nada! De todas maneras, él no tiene ninguna forma de localizar a Viola.

—Mmm. —Contini conducía despacio, estirando el cuello para ver la carretera bajo la lluvia—. ¿Has escondido bien la cámara?

—No la encontrará. Además, si ves un buen sitio a trescientos metros de la casa, podemos hacer una prueba. Así te enseño lo que tendrás que hacer en los próximos días.

Contini suspiró.

—A sus órdenes...

Mientras Contini buscaba un sitio donde aparcar, Salviati encendió el móvil. Al cabo de unos segundos, el teléfono vibró. Salviati lo miró con recelo.

—¿Se puede saber qué es esto?

—Has recibido un mensaje —le explicó Contini—. Léelo.

23

Volver a un país asiático

... así que volví otra vez al valle del Bavona y me pasé dos días recorriendo todos los senderos que rodean las montañas de Sonlerto. Al final creo que encontré la casa. Pero estaba vacía. Si descubrieron que Lina había enviado un mensaje pidiendo ayuda, cambiarían de escondite.

Así que ya no tenemos ninguna pista. La casa de montaña estaba casi vacía, hasta tal punto que parecía llevar semanas deshabitada. Habíamos estado cerca. En ese momento, como le decía, abandoné la búsqueda.

Jean tiene razón: solo nos queda el atraco.

Ya estamos en septiembre. Por eso, según el contacto de Jean, en el Junker han cambiado las contraseñas de Koller, las que usa para acceder a la información de sus clientes.

De hecho, le escribo desde Zúrich, donde me encargo de la vigilancia a jornada completa del estudio privado de Koller. La cámara que Jean escondió funciona: puedo ver todo lo que escribe en el ordenador. Cuando descubramos la contraseña, Viola tendrá que entrar otra vez en escena y montar otro numerito para sacar la cámara del estudio. Todo esto le está costando un montón de dinero a Forster. De hecho, ayer llamó a Jean para decirle que se diera prisa. Pero ¿qué podemos hacer?

Anna y Filippo Corti, los amigos de Jean, se lo toman como un cambio en su rutina, pero no son conscientes de que vamos en serio. Con Francesca no hablo del tema, pero sé que está preocu-

pada. Yo procuro no obsesionarme, no encerrarme en la idea del atraco.

Acepté libremente ayudar a Jean.

Es una época rara. Piense que ayer hasta tuve un sueño, ¡cosa que nunca me pasa! Eran imágenes absurdas, como una película, pero no conocía a los personajes. Había una joven occidental que vuelve a un país asiático tras años de ausencia. De repente, la veo de niña, con un traje típico, mirándome fijamente y haciendo una especie de baile tradicional. Luego vuelvo a ver a la joven de hoy, atareada, pero curiosa por volver a ver los sitios donde creció con su padre diplomático. Pero ¿quién es esa chica? ¿Cómo sabía yo lo del padre diplomático? Y, sobre todo, ¿qué tiene que ver ese sueño absurdo con mi vida?

Contini añadió un par de líneas a la carta, luego la firmó y escribió la dirección en el sobre. Estaba sentado en el centro de la habitación que había alquilado cerca de casa de Koller. Una habitación vacía, cuyos únicos muebles eran una silla plegable y una mesa de pícnic. En la mesa había folios, bolígrafos, una botella de cerveza vacía y una pantalla con el encuadre fijo del escritorio de Koller.

Contini se levantó. Eran las cinco de la tarde: Koller volvería a casa al cabo de unos minutos y a él le tocaría empezar la vigilancia.

Pero antes quería mandar la carta.

Contini llevaba años escribiendo esas cartas una vez al mes y, en algunos periodos, incluso con más frecuencia. Ni siquiera Francesca, y mucho menos sus amigos, sabían el nombre del destinatario. Cuando se lo preguntaban directamente, evitaba responder. De hecho, sus amigos las llamaban «Cartas a nadie».

Zúrich, en aquellos días, era variaciones de gris sobre fondo gris, con líneas de movimiento grises que iban de un lado a otro de la ciudad. Contini se puso el impermeable, se caló un sombrero y salió en busca del amarillo de un buzón bajo la lluvia.

—Nunca lo hagas después de las diez de la mañana ni antes de las cuatro de la tarde.

—¿El qué?

—Trasplantar una planta que acaba de germinar —explicó Salviati, quitándose la gorra para secarse el sudor.

—Y eso ¿por qué? —le preguntó Francesca.

—Porque se hace así.

—Ah.

—No tiene que hacer viento, y mejor si el cielo está gris.

Francesca levantó la mirada. Pasaban unas nubes enormes, el cielo estaba encapotado casi por completo. Después de los largos días de sol, empezaban a llegar del norte corrientes de lluvia. Luego se fijó en Salviati, que intentaba salvar todo lo salvable del jardín de su casa de alquiler en el monte Ceneri.

—No elegiste mal sitio, ¿eh? —le dijo—. Si no fuera porque estamos aislados del mundo civilizado, aquí casi se podría vivir.

En los bordes del jardín, donde había un poco de roca, Salviati había construido un parterre de peonías y farolillos, y a los pies de la casa había plantado una bordura de lavanda a la que ahora estaba añadiendo varias plántulas de geranio.

—No es buen terreno —farfulló desenredando una maraña de raíces.

—¿Por?

—Demasiado alcalino. Aquellas hortensias ya estaban antes de que alquilara la casa, ¿las ves?, y están demasiado rosas.

—Ajá.

—Además, las hojas están pálidas, falta hierro. Pero confío en que los geranios puedan resistir. He intentado traer bastante tierra madre...

—¿Tierra madre?

—Sí, ¿ves? —Salviati señaló un saco abierto a su lado—. Es la tierra que estaba en las macetas de los geranios. Cuando los trasplantas, tienes que poner alrededor un poco de tierra original. Así la planta no siente nostalgia.

Francesca sonrió.

—Te estás quedando conmigo.
—No, lo digo en serio.
Francesca estaba en una silla de hierro desconchado. La casa era moderna, pero todo lo que la rodeaba, del bosque de avellanos al prado de hierba densa, transmitía una sensación de antigüedad, de tiempo que no pasa. Salviati había creado cúmulos de color, había podado las ramas de los avellanos y había arreglado el seto del fondo del jardín. Francesca se preguntó cómo era posible sentir pasión por dos cosas tan dispares como los atracos y la jardinería. También se lo preguntó a Salviati, que se sorprendió.
—¡A mí no me apasionan los atracos! ¿Quién te ha dicho eso?
—Hombre, a ver, ¿no eres un..., en fin, un ladrón?
—Ya no. Además, la jardinería no es tan distinta. Requiere esmero, paciencia, sentido del riesgo.
—¿Sentido del riesgo?
Salviati hizo un amplio gesto con el brazo.
—¡En este jardín es indispensable!
Francesca soltó una carcajada, negando con la cabeza. Empezaba a entender por qué Contini y Salviati se llevaban tan bien. Disfrutó otro ratito del aire fresco, mientras Salviati regaba las plantas. Con su piel morena y su pelo un poco salvaje, Francesca habría podido ser una amante de la naturaleza. Sin embargo, se sentía metropolitana: le gustaban los encuentros, las posibilidades de intercambio que un pueblo no puede ofrecer.
«Contini está hecho de otra pasta —pensó—. Y Salviati también». Se preguntó cómo podía acabar siempre con gente con unos gustos tan distintos de los suyos. Pero, en el fondo, ¿no radica ahí el auténtico intercambio de experiencias?
Salviati se duchó y, después de ponerse unos vaqueros viejos y una sudadera, encendió la chimenea de la casa.
—Ya estamos en septiembre; empieza a hacer fresco.
Se tomaron un aperitivo. Francesca estaba cómoda en compañía del antiguo ladrón. Era una de las pocas personas que,

cuando le hablaba de Contini, podía entenderla. La gente creía que estaba loca, pero Francesca había encontrado en él unos cimientos de afecto, una certeza de la que ya no era capaz de prescindir. Aunque no por ello dejaba de ser, por supuesto, un detective chalado, taciturno, huraño y maniático como él solo.

—¿Qué te parece si salimos a cenar? —le preguntó Salviati.

—¿No tienes cocina aquí?

—No he hecho la compra.

—Ah, pues entonces habrá que buscar un restaurante...

La casa estaba decorada de aquella manera. Los muebles estaban sacados, sin lugar a dudas, de liquidaciones de beneficencia: un sofá con muelles chirriantes, sillones flácidos y marrones que recordaban a caracoles gigantes, una mesa de contrachapado y varias sillas de jardín. Pero aquella tarde había una luz preciosa entre el fuego de la chimenea y los rayos del ocaso que entraban por las ventanas. Salviati aún no quería salir; encendió la pipa y le propuso a Francesca echar una partida de *backgammon*. Ella no sabía jugar.

—No es difícil, ya verás...

—No sabía que te gustaran los juegos de mesa.

—Solo este. —Salviati agitó el cubilete—. Siempre me ha gustado este juego.

—¿Por?

—¿Ha sido Elia quien te ha enseñado a hacer demasiadas preguntas?

Francesca sonrió.

—Porque hay un largo trecho para volver a casa —le explicó Salviati, moviendo ficha en primer lugar—. Hay que evitar los peligros y aprovechar la suerte. Eso me gusta.

—Ya veo... —Francesca tiró los dados—. Tres y uno. ¿Es un buen comienzo?

—Es un comienzo excelente. Normalmente, la apertura clásica es...

Justo entonces sonó el teléfono.

Salviati dio un respingo. Al principio no sabía qué era, pero luego sus ojos volaron al móvil, apoyado en la repisa de la chimenea. Miró a Francesca; ambos intuyeron de quién se trataba.

—¿Lina?

—Hola...

En el silencio, Francesca también oía las palabras de Lina. Cuando se disponía a alejarse, Salviati le pidió con un gesto que se quedara. Ella notó su mirada de preocupación, las arrugas profundas en la frente.

—¿Cómo estás?

—Bueno... Estoy harta de estar aquí.

—Pero ¿te tratan bien?

—Yo no quería llegar a este punto.

—No es culpa tuya, Lina.

—Sí que es culpa mía.

Francesca notó que Salviati respiraba cada vez más rápido, que sus ojos estaban cada vez más empañados. Y, sin embargo, antes de aquella historia, su hija y él llevaban meses sin verse, sin hablar por teléfono.

—Lina —repitió él—, espero que te traten bien.

—Sí. Estoy aquí con Elton. Él...

—Aquí, ¿dónde? Ya no estáis en el valle del Bavona.

—No puedo decírtelo.

Silencio.

—Quería decirte que estoy aquí con él; quiere que te traslade un mensaje: en el banco sospechan algo.

—¿Cómo que sospechan? ¿Quién?

No lo sé. A lo mejor Matteo ha hecho más preguntas de la cuenta.

—¿Matteo?

—Él era quien sabía los detalles de los movimientos. De todas formas, ahora las riendas las lleva Forster y parece que hay rumores en el ambiente. Se dice que alguien ha vendido información.

—¿Y? ¿Por qué me lo dicen ahora? ¿Qué quieren?

—Quieren que estés preparado. Antes de que las sospechas se concreten, antes de que pase algo...

—¿Antes de que pase qué? ¿Qué sospechas? ¡Yo no puedo organizar algo así en dos días! ¿Qué quieren?

—Tengo que colgar. Adiós.

—¡No, espera! Lina, ¿qué quieren? ¿Lina?

Silencio.

—¿Lina?

24

Precauciones

—Quizá deberíamos rendirnos.

—¡No lo digas ni en broma!

—Pero si hay rumores...

—Que no lo digas.

—Y si en el ambiente...

—¡No!

Salviati suspiró. Forster lo miró fijamente a los ojos y dijo:

—Ni lo intentes. Tengo a tu hija y vas a atracar ese banco por mí, ¿te enteras?

Estaban en el estudio de Forster. Sentados delante de su mesa, en sillas de acero cromado y tela, Contini y Salviati; al otro lado de la mesa, y en los extremos, y en la otra punta del estudio, y luego otra vez en la mesa, Forster. «Nervioso —pensó Contini—. Casi asustado. Como si ya no pudiera prescindir de ese atraco».

—No hemos tenido suerte —dijo Salviati—, pero ahora no podemos jugar con fuego.

—¿Qué insinúas? —Forster se abalanzó sobre él—. ¿Te das cuenta de que has metido a un puñetero detective en esta historia?

—Y tú has metido a mi hija.

—¡Esto es increíble! —exclamó Forster, con los ojos como platos—. De acuerdo, te he presionado, pero así son los negocios, ¿no? ¡Tu hija me debe dinero! Pero ¿cuándo se ha visto que un ladrón se junte con un detective?

Forster se desgañitaba mientras Contini guardaba silencio. Era la primera vez que se veían. Contini habría preferido quedarse en la sombra, pero, habida cuenta de que el atraco corría el riesgo de desbaratarse, el encuentro se había vuelto inevitable.

Al final le tocó a Salviati resumir la situación.

—La cuestión es que, si alguien sospecha, la operación es demasiado arriesgada.

—No me lo puedo creer. —Forster rodeó su mesa y se dejó caer en la silla de acero y tela—. ¿Cómo eres tan cobarde? No hay ninguna sospecha; solo son rumores que corren, ¡habladurías de los trabajadores!

—Con que haya una sola sospecha es mejor dejarlo —dijo Salviati—. Tú devuélveme a mi hija y yo...

—¡Ni en sueños! Escucha, Salviati, más vale que te lo metas en la cabeza. —Forster apoyó las manos en la mesa—: Vas a atracar el banco. Te he avisado de las sospechas para que tomes precauciones, pero...

—¿Qué precauciones?

—... pero tengo a tu hija, ¡así que vas a atracar el banco!

—Pero...

—Vas a atracar el banco. Y punto.

Salviati se levantó.

—Voy a atracar el banco, pero...

—¡Exacto!

—Pero si no va como...

—Irá como la seda.

—Pero yo...

—Tú procura pensar en cómo hacerte con ese dinero.

—No es solo una cuestión de dinero.

—Para él sí.

—Pero para nosotros no. Tengo una hija a la que llevo no sé cuánto tiempo sin ver, y ahora tengo que robar para liberarla, tengo que involucrar a mis amigos en una historia que puede acabar muy mal.

—Vamos a procurar no ponernos la venda antes de la herida.

—¿Por qué me ayudas, Elia? Dime la verdad, ¿quién te manda a ti hacer esto?

—No lo sé.

—¿Es la verdad?

—No lo sé.

Contini y Salviati paseaban por el bosque de Corvesco. Acababa de oscurecer, esa hora en que los zorros salen de su madriguera diurna y se preparan para una noche de correrías. Contini llevaba la cámara de fotos y ambos se habían puesto ropa oscura.

—¿Es justo que os involucre a todos? ¿Es justo que te haya metido en este berenjenal?

—Jean, ¿te acuerdas de aquella vez, hace casi veinte años, en la bodega de aquella villa?

—Me acuerdo.

—Pues esto es igual.

El bosque de una noche de septiembre es especial. En los troncos y las piedras se siente el calor acumulado a lo largo del día. En los arbustos más densos, en la sombra de las zarzas, anida la humedad; y en el aire soplan ráfagas de viento que dan escalofríos. En los bosques, el verano nunca acaba de golpe; pero en septiembre se intuía algo que en las noches de julio no había. Una especie de calma superior. Como si la naturaleza se pusiese más seria. Salviati se detuvo, aguzando el oído.

—No se oye ni un ruido.

—Sí, hay momentos así —respondió Contini—. Pero si sigues atento un rato...

Al cabo de unos segundos, se oyó el grito breve de un mochuelo. Un chirrido llegado de arriba. Luego un golpe seco. Y después...

—¡Ahí está! Eso era un zorro... ¡Escucha!

De lejos llegó un ladrido que empezaba tenue, casi reprimido, y acababa agudo como un llanto.

—Puede que sepa dónde está —dijo Contini.

Caminaron lentamente, haciendo pausas largas. En un momento dado, a la derecha, oyeron el bramido ahogado de un corzo. Luego unas hojas agitadas, tierra pisoteada. Y otra vez el grito del mochuelo.

—En esta época los cachorros están a punto de irse —murmuró Contini—. Será una de las últimas veces que los vea.

En el bosque, el invierno te cambia la vida. Los animales lo saben; y saben que en septiembre se acaban los juegos. Es la época en que los zorros nacidos en primavera se marchan en busca de su territorio. Contini se detuvo al lado de un castaño y se inclinó para observar el suelo. Alumbró con la linterna unos pequeños excrementos.

—Aquí tenían una madriguera hace unas semanas.

—¿Y ahora?

—Creo que estamos cerca. Vamos a ponernos ahí.

Se escondieron detrás de un arbusto, desde donde podían vigilar una hondonada, algo más abajo. Contini preparó la cámara de fotos y, al cabo de un rato, oyeron unos pasos: un animal que llegaba a la carrera se había detenido en seco, unos metros más abajo.

—Está olfateando —susurró Salviati—. Nos va a descubrir.

—Puede ser. Antes estábamos bien situados, pero el viento cambia.

—Y ahora...

—Escucha, se está moviendo.

El viejo zorro se acercaba con cautela. Llevaba un topo en la boca, pero ya estaba saciado. Poco antes se había comido una liebre, así que guardaría el topo para más adelante, en un escondite situado en la hondonada. El animal se detuvo a olisquear el aire: percibió el paso de otro zorro. Ese verano habían llegado dos o tres jóvenes al límite de su territorio. Habían tenido cachorros. Los pequeños ya se habían ido, pero el viejo zorro no se marcharía: aquel bosque era su casa.

De repente se quedó petrificado, con el cuerpo pegado al suelo.

Había alguien al otro lado. El zorro aguzó los oídos, con todos los sentidos alerta. Luego reconoció el olor. Él no le haría nada, el zorro lo conocía.

Sin embargo, los olores eran dos; y el otro era nuevo.

Era un zorro viejo y prudente; de hecho, estuvo a punto de huir, pero al final decidió avanzar poco a poco. Bastaba con no acercarse demasiado. Deslizarse hasta el escondite, enterrar el topo y escapar. Sabía que el primero de los dos olores estaba asociado con esos destellos de luz que no dolían. Sabía que la hondonada tenía una salida lateral que le permitiría pasar por un tronco hueco y perder su rastro en un tramo de roca. Conocía cada detalle, porque aquel era su territorio.

El zorro bajó a la hondonada a pasos cortos, siempre alerta, hasta llegar al escondite.

SEGUNDA PARTE

EL ATRACO

1

Cómo engañar a los peces

A Jean Salviati le encantaba contemplar los ríos. Desde pequeño, se quedaba en la orilla y dejaba que el agua lo hipnotizase. Más tarde, yendo a pescar, aprendió a leer la vida del río: las burbujas que revelan la presencia de un pez; los cañaverales; las nubes de insectos suspendidos sobre el agua, es decir, las efímeras que hay que imitar para engañar a las presas.

Aquel día de mediados de septiembre, como no sabía qué hacer, Salviati había ido a pescar. Llevaba un chaleco repleto de bolsillos, una vieja gorra de tela y unas botas por los muslos. Hizo oscilar hacia delante y hacia atrás la caña como un látigo, con la muñeca rígida. Luego detuvo de golpe el movimiento y dejó que el sedal se posara suavemente en el agua, imitando el vuelo de un insecto. Cuando la corriente empezó a arrastrarlo, Salviati repitió el lanzamiento, apuntando hacia unas burbujas que había entrevisto en el centro del río.

Conocía muy bien el río. En el fondo, aquel seguía siendo su país. Pero, a medida que pasaba el tiempo, Salviati sentía cada vez más nostalgia de la Provenza. Se había ganado con mucho esfuerzo esa vida, el derecho a la normalidad. Ahora estaba a punto de renunciar a todo. Porque, en su fuero interno, Salviati sabía que en Suiza es imposible robar diez millones sin que te pillen.

De todos modos, no podía echarse atrás.

Lina era su hija. Salviati se movió unos pasos y lanzó otra vez. Quizá había enganchado al anzuelo una mosca demasiado llamativa para engañar a los peces.

«Lina es mi hija», pensó, pronunciando las palabras para sí.

Habían llegado a un punto en que eran como dos desconocidos, pero Salviati nunca se había liberado del miedo de ser padre. Cuando estaba en la cárcel, pasaba las noches pensando: «Mi hija está creciendo, está cambiando, y yo estoy aquí». En cuanto salió, intentó acercarse a ella, pero había crecido, había cambiado. Y estaba lejos. Cada vez que pensaba en ella, volvía el miedo. Y Salviati volvía a la cárcel. Luego la preocupación pasaba, la vida acababa imponiéndose. Ahora, sin embargo, la preocupación ya no pasaba, pero Salviati había envejecido: solo era un viejo jardinero que sabía distinguir las especies de rosas y pescar con mosca.

De hecho, parecía que ni siquiera había ensartado bien la mosca. La noche anterior había preparado un puñado y las llevaba enganchadas al chaleco. Escogió una pequeña y la clavó en el anzuelo. Lo fundamental de la pesca con mosca es imitar la realidad. Con cuanta más naturalidad lo hagas, más pican los peces. Todo es falso: el cebo, el lanzamiento, la presentación de la mosca al pez. Pero todo tiene que parecer real.

Hizo otros dos lanzamientos, moviéndose unos pasos. En aquel punto el río se ensanchaba y la vegetación raleaba. Mirar al agua apaciguaba el espíritu de Salviati; era una de las cosas que le gustaban de Suiza. De los glaciares a los grandes lagos, y de las cascadas a las lagunas alpinas el agua estaba por todas partes, como una señal de vida, de libertad.

Notó la tensión en la caña. «Esta vez sí». Dio un tirón para enganchar a la presa. Luego dejó correr un poco de carrete y, distribuyendo el peso entre las dos piernas, empezó a enrollar el sedal. Poco a poco, intentando cansar al pez. Tenía que ser grande, porque, en cuanto Salviati le daba un instante de respiro, empezaba a tirar como una bestia.

En un momento dado dejó de oponer resistencia. Salviati comenzó a tirar hacia fuera, preparando la red para sacarlo del agua. Al final, había conseguido engañarlo. Su mosca falsa se había posado en el agua como una de verdad, tan real que el pez se la había tragado. Y ahora...

Un golpe.

Al principio, Salviati no lo entendió. El chasquido del sedal al quebrarse. La levedad en la mano. El tirón del pez había sido tan brusco y repentino que Salviati creyó que el sedal se había enredado, pero luego se dio cuenta: el pez había fingido estar exhausto para reunir la fuerza de intentar la fuga por última vez.

Recogió el sedal, farfullando. Cuando las cosas van mal, van mal. No hay nada que hacer. Enganchó otra mosca al anzuelo, escogiendo un ejemplar parecido al que el pez acababa de llevarse. Y justo en ese momento, mientras hacía el nudo, tuvo la idea. Sin previo aviso, porque estaba pensando en una idea por completo distinta. Pero, de algún modo, vinculada al río y a la pesca. Una idea difícil, pero idea, al fin y al cabo.

El atraco era posible.

Salviati se quedó inmóvil en medio de la corriente. Podía hacerse. El agua murmuraba a su alrededor. El sol posaba sus rayos oblicuos en el río. No tardaría en caer la noche. Salviati no había pescado nada, pero había descubierto cómo birlarle diez millones al Junker Bank.

2

¿Y tú, Contini?

Contini levantó la mirada para contemplar el lago, entrecerrando los ojos. Luego se volvió y se sentó otra vez al escritorio, sin soltar el teléfono.

—Pues ya estamos —dijo.

—Más o menos —respondió Giotto Raspelli.

—¿Cómo que más o menos?

—Bueno, para el mes de septiembre tengo acceso al ordenador de Koller y por tanto a la información relevante. Ya han enviado a Bellinzona la descripción de la mochila en la que llegará el dinero. Una mochila negra de la marca Samsonite, con treinta litros de volumen, porque usan...

—Vale, pero...

—... siempre el mismo modelo para todos los movimientos de efectivo, ya que...

—... pero estamos hablando por teléfono. No entre en detalles.

—Es verdad, lo siento. Ya he enviado a Salviati un fax. Los faxes son más seguros que los correos. Bueno, la cuestión es que...

—La cuestión es que ya estamos.

—Casi.

Contini suspiró.

—¿Cómo que casi?

—Tenemos la información. De hecho...

—Raspelli.

—Diga.

—¿Ha descubierto cuándo harán el dichoso movimiento o no?

—Ahí está la pega. —El informático bajó la voz—. Ya hemos dicho que por teléfono no puedo hablar demasiado, pero... Lo malo es que estamos en una etapa de máxima seguridad.

—¿Y eso?

—Tienen miedo de algo. Como si hubiese habido una filtración. Pero no saben dónde está el peligro. No han cambiado las contraseñas, pero, por prudencia, han congelado las operaciones menos urgentes.

—¿Congelado?

—Las han aplazado, mientras Seguridad Interna hace su investigación. El movimiento a...; en fin, lo que os interesa a vosotros; vamos, lo de...

—Te he entendido.

—Ea, pues se ha aplazado a diciembre.

—¿A diciembre?

—Efectivamente.

—Diciembre...

Contini se despidió del informático. Dejó el teléfono en el escritorio. Estaba perplejo. Bancos, Seguridad Interna, movimientos de dinero negro. Le daba la impresión de que eran cosas irreales. Desde que había aceptado ayudar a Jean había vivido en una especie de sueño. En el fondo no era muy distinto de Anna y Filippo Corti.

Y ahora, al parecer, no pasaría nada hasta diciembre. Ningún movimiento, ningún atraco. Puede que Forster tuviera que acabar reconociendo que había perdido. Y Jean recuperaría a su hija. Aunque Contini tenía sus dudas...

Se levantó del escritorio y volvió a mirar el lago. Se sentía como un animal enjaulado. No quería echarse atrás, pero algo en su interior se rebelaba ante la idea de cometer una ilegalidad.

Diciembre. Era como si el informático le hubiese hablado de otra vida, de otro universo. «Pero no de mí —se dijo Contini—, esto no me está pasando a mí de verdad».

—¿Diciembre? ¡No puedo esperar hasta diciembre!
—Pues tendrás que esperar. A no ser que quieras...
—No —gritó Forster—, ¡no puedo renunciar!
—Pero...
—Escucha, Salviati, ¡más te vale no ponerme nervioso!
—De acuerdo. Sé que tienes la sartén por el mango. Pero yo no he sido quien ha decidido aplazar el movimiento. También hay una investigación de Seguridad Interna del banco, que...
—Me la suda la investigación. ¿Qué van a descubrir?
Contini decidió intervenir:
—Hombre, yo también haría una investigación. Puede que vuestro amigo, Marelli, dejara algún rastro.
Forster lo fulminó con la mirada.
—¡Nadie te ha pedido opinión!
Estaban otra vez en su estudio. Y Contini volvía a estar presente. Forster no se explicaba para qué necesitaba Salviati a ese payaso.
—Me gustaría hablar con Marelli —decía Contini—. Quiero asegurarme de que no haya dejado ningún rastro que...
—Olvídate —lo interrumpió Forster—. Marelli está fuera.
—¿Sigue con Lina? —preguntó Salviati.
Forster notó la mirada inquieta del padre. A veces sospechaba que Salviati estaba viejo, que era un tremendo error encomendarse a él. Sin embargo, a medida que pasaban los días, los abogados de K-Investment eran más voraces: Forster ya no podía cambiar de ruta. Ni esperar. Se levantó y miró a Salviati y a Contini a los ojos.
—No voy a echarme atrás. Y vosotros tampoco. La investigación interna no llevará a ningún sitio, a no ser que vuestros movimientos informáticos...
—No hemos dejado rastro —dijo Salviati—. Estamos usando las contraseñas válidas.
Puede que, al fin y al cabo, Salviati no hubiera envejecido. Lo recordaba así: con la voz brusca y la expresión decidida de quien dice las cosas a la cara.

—De todos modos —intervino Contini—, nosotros atacaremos desde fuera, así que no hay nada que temer. Pero Marelli trabajó allí. Si descubren que la información original viene de él...

Forster resopló: tratar con esa pareja no era fácil. Levantó las manos, rindiéndose.

—Vale, os dejaré hablar con Marelli. Pero vais a organizar este golpe sin rechistar, ¿estamos?

—¿Y Lina? —preguntó Salviati.

—Lina ¿qué?

—¡No querrás tenerla secuestrada hasta diciembre!

—¿Por qué no?

—Porque...

—Si la libero, ¿atracarás el banco?

Salviati no respondió.

Era un estorbo enorme, pero Forster no podía hacer otra cosa. Sin embargo, no sería fácil tener escondida a la chica tres meses. A esas alturas, diez millones eran lo mínimo que necesitaba para compensar los gastos y librarse de los buitres.

—La tendré secuestrada, pero te prometo que la trataremos bien.

—¡Son tres meses! —protestó Salviati—. ¡No puede ser!

—No puedo hacer otra cosa. Lo lamento.

Había que tener contentos a esos dos. Porque aún no sabían que Forster iba a engañarlos. Ya no podía hacer otra cosa: tenía que conseguir esos diez millones y luego deshacerse de ellos y de toda esa historia. Forster se había estrellado más de una vez a lo largo de su carrera, y siempre había arrancado de nuevo. Solo había que tomar las decisiones acertadas cuando tocaba.

—En el fondo, todos trabajamos con el mismo objetivo —dijo mientras los acompañaba a la puerta—. Tú, Salviati, recuperarás a tu hija y algo de dinero; yo podré saldar mi deuda y...

Forster se quedó callado.

—¿Y tú, Contini? —continuó, con una sonrisilla—. ¿Quién te manda a ti hacer esto? ¿Necesitas dinero?

Contini no dijo nada y no mudó de expresión. Pero Forster, que prestaba atención a los matices, notó algo en la mirada del detective. Había tocado en la herida. Decidió hurgar un poco más.

—¿Eh, Contini? A ver, cuéntame, ¿por qué participas en este atraco?

3

Miedo

Anna Corti vivía en Daro, un barrio al norte de Bellinzona, e iba al trabajo en bicicleta. Le gustaba pasar por el centro, dando tumbos sobre los dados de pórfido rojo; le gustaba encontrar las mismas caras en las puertas de las tiendas y las mesas de los bares. A veces, si iba con tiempo, paraba a tomar un café y charlar un rato: del tiempo, de historias de familia, de chismorreos municipales. Aquellas conversaciones eran más relajantes que una sesión de masaje.

Alrededor de la biblioteca la ciudad bullía de vida. Anna veía llegar, desde el otro lado del mostrador, a estudiantes, jubilados y señoras que buscaban un libro para su marido, «porque nunca se los acaba, ya me entiende usted, así que no voy a gastarme el dinero en comprarlo». La biblioteca quedaba cerca del río Tesino, a las afueras del centro. Por lo general, Anna se llevaba la comida de casa en una fiambrera de plástico, se daba un paseo por el margen y se sentaba a comer en un banco. Del otro lado del río llegaba el fragor de la autopista.

—Te veo un poco cansada, ¿sabes?

—¿A quién, a mí?

—¿Es que hay alguien más aquí?

Anna sonrió.

—No, perdona; más que cansada, estoy distraída.

Renata comía muchos días con Anna. A ella también le encantaba pasear por el río. No trabajaba en la biblioteca, pero sí en el mismo edificio, donde ordenaba el papeleo del Archivo de Estado. Anna se inventó el motivo de su distracción.

—Últimamente discuto bastante con Filippo. Se está volviendo un quejica.

—¿Quejica?

—Se queja por todo, me recuerda a su padre. ¿Se estará haciendo mayor?

Anna había dado en el blanco: a Renata le chiflaba hablar de los maridos ajenos. Se atusó el pelo cobrizo y consoló a Anna con una mirada comprensiva.

—Es normal, se ve que no encuentra bastantes estímulos. Por suerte mi marido descubrió la pasión por la montaña, pero antes se hacía duro.

—Filippo nunca se ha quejado —dijo Anna, por decir algo.

—¡Pero si acabas de decir que se queja!

—Ya, sí... Últimamente, me refiero.

A Anna no se le daba bien mentir. La verdad era que a su marido le encantaba llevar una vida tranquila. Era ella la que habría querido cambiar; por eso se había lanzado de cabeza al plan de Salviati. Las palabras «atraco» y «banco» le bastaban para abrirle nuevos mundos; eran promesas de una existencia llena de misterio y sorpresas. Porque, desde que contrajeron matrimonio, hacía cinco años, se habían acomodado. Por suerte, aún no pensaban en hijos, pero ¿por qué? Si era para hacer los típicos viajes y ver a la gente de siempre, tampoco pasaba nada por tener un churumbel y despedirse de la juventud.

—En nuestro caso es distinto —le decía Renata—. Mírame a mí: mis jefes tienen menos iniciativa que este pepino... Pepino que, por cierto, vaya usted a saber por qué ha acabado en mi bocadillo. ¿Será posible que les digas sin pepino y ellos te pongan?

—Eh... —Anna se estaba perdiendo.

—El caso es que nosotras nos adaptamos. —Renata tiró el pepino—. Los hombres son distintos. O llegan a jefes y se pasan la vida esquivando las complicaciones, o tienen que buscarse una afición. Tienes que buscar algo para Filippo, darle algún consejo...

Las palabras de Renata fluían como el río que pasaba ante sus ojos. Anna se las apañaba para seguir con la conversación limitándose a dar breves muestras de aprobación. Mientras tanto, le daba vueltas a su trabajo. Ella también se aburría de vez en cuando. Quizá la idea de desvalijar un banco cumpliese la misma función que un *hobby*: era una distracción.

¿Era por eso por lo que Filippo y ella habían accedido? ¿Eran dos niños con ganas de jugar?

—¿Crees que basta con un *hobby*? —le preguntó a Renata.

—Si además te ayuda a estar en forma, mejoras en calidad de vida.

En realidad, Anna sabía dónde radicaba el problema. Era ella la que quería reducir el atraco a un pasatiempo: para no sentir el miedo, se engañaba fingiendo que era un juego.

Más tarde, en la biblioteca, buscó algún libro que hablase de atracos a bancos, pero solo encontró novelas que no tenían ninguna relación con la realidad. Historias de bandidos caballerescos o de monstruos perversos que atracaban para dar rienda suelta a su locura. Algunas tiraban de ironía. Abrió una novela policíaca al azar, un libro de Donald Westlake: «Para el que nunca lo haya intentado, ya adelanto que atracar un banco es una tarea extraordinariamente aburrida». Anna devolvió el libro a la estantería y desistió.

Nadie hablaba de un auténtico atraco. De un hombre como Salviati, que empezó a robar de joven e hizo de ese su oficio. De dos personas como Filippo y ella, que se encuentran de pronto con Salviati. Una petición de ayuda. En su salón. «Hola, pareja, ¿os acordáis de mí? Bueno, pues tengo que atracar un banco. ¿Me echáis un cable?». Rodeados de adornos y fotos de la boda. ¿Qué iban a decirle? Le habían dicho que sí, pero no se lo habían tomado en serio. Y ahora, si se paraba a pensarlo, Anna empezaba a sentirse mal. «Pero ¿qué estamos haciendo?».

Llamó a su marido.

—Oye, Filippo, perdona que te moleste en el instituto, pero estaba pensando en el atraco.

—Anna —le soltó Filippo—, ya te he dicho que...

—Ya lo sé, ya lo sé. Pero ¡tú también buscaste un montón de noticias sobre atracos!

—Eran historias y yo las leía, sin más. No empecé a decir: «Qué pasada, ¡vamos a hacerlo nosotros también!».

—Pero accediste a ayudar a Jean.

—Anna, no tendríamos que hablarlo por teléfono.

¡No podían hablar por teléfono! ¡Ellos! ¡Por teléfono! Como dos criminales. Anna jamás se había preocupado por las escuchas telefónicas. Ni siquiera sabía si eran legales en Suiza.

—Mira, Anna, le dije que sí a Jean, pero vamos a ver qué pasa, ¿vale? Mientras no tengamos que hacer nada, en fin, nada muy...

—¿Quieres echarte atrás?

—No, le dije que íbamos a ayudarlo y lo ayudaremos. Pero vamos a procurar no ponernos histéricos. Somos dos adultos y...

—¿Qué pasa, que los adultos no roban? Que sepas que Jean va en serio, ¡aunque nosotros finjamos que es un juego!

—¿Un juego?

Anna notó el esfuerzo de Filippo por conservar la calma.

—Mira, te aseguro que no es un juego —aseveró Filippo.

—Ya lo sé —dijo ella—. Hoy he sido consciente por primera vez.

—Me alegro. Lo hablamos esta noche, ¿vale?

—Vale. Hasta luego, ¡que vayan bien las clases!

—¡Hasta luego!

Anna colgó y se quedó inmóvil unos segundos, escondida detrás de la estantería «Varios y cómics». Había caído en la cuenta de algo: acababa de llamar a su marido en medio de la jornada de trabajo y no habían hablado de la compra ni de la ITV del coche. Lo había llamado para contarle lo que pensaba, lo que sentía. Algo que llevaba al menos tres años sin hacer.

«¿Y? ¿Qué significa eso?».

Anna sonrió para sus adentros. Descartó la conclusión de que los atracos sientan bien a los matrimonios. Volvió al mostrador y ayudó a un chico a encontrar un libro de sociología.

A Francesca Besson le encantaba la casa de Contini en Corvesco. Esas paredes gruesas, de color blanco; esas celosías verde oscuro, el porche desde el que se veía el pueblo, más abajo. Como el propio Contini, la casa parecía antigua y, al mismo tiempo, atemporal: podrían haberla construido hacía una semana o a principios del siglo XX. Contini estaba allí, con sus zorros y sus cactus y sus cartas a nadie. Ya había desistido de preguntarle a quién se las enviaba. Pero no había renunciado a entenderlo. Mientras Contini cortaba las setas, preparó el caldo para el *risotto*.

—¿Por qué no me cuentas cómo conociste a Salviati?

Contini dejó de cortar un segundo, como mucho dos. Luego siguió.

—Es una historia que te contaré tarde o temprano. Pero ahora no.

—¿Por?

—No sé. A lo mejor aún no estoy preparado.

—Y ¿para el atraco?

—¿Cómo?

—¿Para el atraco estás preparado?

—¿Qué es esto, la noche de las preguntas?

Francesca sonrió.

—No, es que estaba pensándolo... ¿Cómo vamos a esperar hasta diciembre?

—Mujer, en el fondo no cambia nada.

—Ah, ¿no? ¿Cuándo fue la última vez que aceptaste un caso? ¿El último cliente que te pagó?

Contini se limitó a suspirar. Francesca le apretó:

—¿Y Salviati? ¿Qué hará él?

—Yo le he dicho que vuelva a la Provenza. También se le puede ocurrir un plan estando allí; es inútil que siga aquí pagando el alquiler para nada.

—Pero aquí tiene a su hija.

—Llevan meses sin verse, años...

—Es su hija, Contini. ¿De verdad no lo entiendes?

No, Contini no lo entendía. Últimamente no soportaba oír hablar del atraco, de Jean o de su hija. Ya no soportaba a Forster y sus amenazas, a ese informático de Zúrich y sus contraseñas.

—No quiero entenderlo, Francesca. Me basta con esperar hasta diciembre.

—Pero...

—Mañana tenemos que buscar más setas. —Contini observó el boletus que tenía en la mano—. Sería una auténtica pena no aprovechar.

Francesca ni se inmutó. Empezó a saltear el arroz y le preguntó:

—¿Quieres vino tinto?

Contini dijo que sí con la cabeza.

—Sea lo que sea —continuó Francesca descorchando la botella—, tiene que ser importante.

—¿El qué?

—Lo que os une a Salviati y a ti. No todo el mundo atraca un banco porque un amigo se lo pida.

—¿Y tú? Tú también has querido involucrarte. Tú no eres una amiga...

—¿Amiga de quién?

Contini notó el brillo en los ojos de Francesca. Comprendió que se había metido en un camino peligroso.

—No eres amiga de Jean. Tú lo haces por mí... —Francesca seguía mirándolo fijamente—. Y te lo agradezco. Ojalá pudiera explicártelo, pero... ya sabes que no se me da bien hablar.

Francesca le acarició la mejilla. La necesidad de preparar el *risotto* les ahorró seguir con las conversaciones arriesgadas. Cenaron en el porche, mientras los últimos rayos de sol remoloneaban en los tejados de Corvesco. Fue Contini quien volvió a sacar el tema, cosa que sorprendió a Francesca.

—Tienes razón, esta historia me afecta demasiado. Ya sabes que estoy acostumbrado a trabajar solo. Esta vez..., además de que se trata de un robo, tengo que encomendarme a Jean.

—¿No te fías?

—Me fío de Jean. De quien no me fío es de mí mismo. Pero ya veremos... Por lo pronto he pensado dos cosas.

Francesca dejó el tenedor y lo miró. Un Contini que se abría y expresaba sus preocupaciones era más raro que un perro verde.

—Mañana iré a hablar con Giona, quiero saber qué opina. Además, insistiré para que Forster organice la dichosa reunión con Marelli. Si existe la más mínima posibilidad de descubrir dónde está Lina, de liberarla sin tener que robar..., en fin, quiero intentarlo. Mientras tanto...

Contini guardó silencio; parecía absorto.

—¿Mientras tanto?

—Mientras tanto quiero pensar en mi trabajo, en mi vida y en nosotros dos. De aquí a diciembre hay tiempo.

—¿Pensar en nosotros? ¿A qué te refieres?

El teléfono sonó antes de que él pudiera responderle. Francesca bebió un sorbo de merlot y negó con la cabeza. Contini, por hache o por be, siempre se las apañaba para evitar las preguntas. Francesca siguió comiéndose su *risotto* mientras el teléfono no dejaba de sonar.

Se había colado entre los cojines del sofá, y Contini consiguió responder por un pelo antes de que la llamada se cortara, en el último toque.

Era Jean Salviati, que fue directo al grano:

—He tenido una idea.

—¿Una idea? ¿Dices que has pensado en una forma de...?

—Puede hacerse. Se me ocurrió mientras pescaba. No te lo dije de inmediato porque quería comprobar un par de detalles. Hemos tenido suerte, Elia, ¡al final hemos tenido suerte!

—Si tú lo dices...

—Será difícil, pero no imposible. Antes era una de mis especialidades. Aunque no en un banco, claro, y no para diez millones.

—Ahí está. ¿Cómo crees que podemos...?

—Te lo explicaré todo. Es un plan muy sencillo, es una cosa de película, ¿sabes?; parece sacado de una película.

Contini se preocupó.

—¿De una película?

—Sí, o de un cómic. ¿Te acuerdas de las historietas de aquel ladrón enmascarado? ¿Cómo se llamaba...? Diabolik, me parece.

—¿Diabolik?

—Eso. Pues será algo de estilo Diabolik. Pero te lo explicaré.

—¿Quién es Diabolik? Escucha, Jean, yo quiero entender qué...

—Te lo explicaré, tú tranquilo. Es una idea un poco peculiar, lo reconozco...

—Ah —dijo Contini con un suspiro—. Un poco peculiar.

—Pero ¡a veces las ideas peculiares son las mejores!

—Ah, ¿sí?

—Lo digo en serio, Elia. ¡Podemos hacerlo!

—Un poco peculiar —repitió Contini—. Pero ¿cómo de peculiar?

4

El retoque de la campana

Hay un viejo que vive en las montañas de Corvesco. Se llama Giona y es un hombre solitario.

Pasa los días dejándose crecer la barba. De cuando en cuando, alguien le lleva un poco de pan, una sopa, acaso una garrafa de vino. Vive en una casucha construida al abrigo de una caverna, cerca del torrente Tresalti. Deambula por los bosques como una cabra salvaje, cazando o pescando. Pero la mayor parte del tiempo se limita a ver el sol despuntar y desaparecer entre las montañas.

Giona casi nunca baja al pueblo. Para verlo, hay que subir la montaña al norte de Corvesco. Para los forasteros no es fácil encontrar el camino. Hay que atravesar un bosque de castaños y adentrarse luego entre los abetos y los pinos. A la izquierda se recorta la cima del monte Basso. Al final del bosque se encuentra un agostadero donde, cuando hace buen tiempo, siempre hay un par de pastores. Llegados a ese punto, después de una peña de cresta rocosa, se vuelve a franquear el Tresalti.

Para no meter los pies en el agua hay que saltar de una piedra a otra. Y puede que, mientras uno intenta conservar el equilibrio, oiga un ruido, una especie de petardo:

—¿Quién va?

Contini se quedó bloqueado: braceó para no caerse y buscó un apoyo estable. El viejo Giona nunca cambiaría.

—Somos la ley —gritó—. ¡Venimos a buscarte!

Por detrás de una roca apareció una gorra desgastada de los Chicago Bulls. Debajo de la visera, la sonrisa maliciosa de Giona.

—Pero ¿cómo va a tener la ley ese careto...?

El viejo llevaba pantalones de fustán y una especie de tabardo hecho con varias pieles cosidas. Y una escopeta de caza.

—Escucha —le dijo Contini—, no tienes por qué sentirte en la obligación de hacer que todos tus huéspedes caigan al arroyo.

Giona soltó una risita y le tendió la mano al detective para ayudarlo a saltar a la orilla.

—¡Cuánto tiempo sin verte, Contini! ¿En qué lío te has metido?

El viejo ermitaño hablaba de una forma particular, como si estuviera acostumbrado a repetirse en su soledad frases leídas en libros o escuchadas en sueños.

—Es una época rara —respondió Contini—. Es difícil definir el tipo de lío con exactitud.

—Sabía que ibas a subir, ¡lo notaba en los huesos! ¿Quieres enjuagarte la boca con un buen café?

Contini siguió al viejo y entraron en su tugurio. Era una sala caldeada por una chimenea que siempre estaba encendida; en las paredes había largos estantes llenos de libros y periódicos y, en un rincón, destacaba una vieja radio. La mesa era una tabla de madera apoyada en dos barriles y, para sentarse, había un sillón antiguo, dos taburetes, un saco lleno de paja, un asiento de coche y un tocón de madera.

Giona preparó el café en una cacerola. Contini tanteó la resistencia de un taburete antes de sentarse; luego se encendió un cigarrillo. Reparó en que un trozo enorme de jamón colgaba del techo.

—¡Qué bien vives, viejo!

—¡No podemos quejarnos! Y tú ¿qué? ¿Cómo están los zorros?

—Los cachorros se han ido.

—¿Y Francesca? ¿Todavía te soporta?

—Tal parece. —Contini soltó el humo por la boca—. Igual que yo te soporto a ti.

—¡No tiene ni punto de comparación! Yo tengo buen carácter.

El café estaba preparado. Giona lo sirvió en dos tazas de terracota; luego se encendió un puro y se sentó al lado de Contini.

—Bueno, joven, háblame de ese lío.

Contini tenía la costumbre de contarle sus asuntos al ermitaño. Aunque vivía apartado del mundo, el viejo estaba dotado de una singular intuición que le permitía ver las cosas como realmente eran.

—Por resumirlo en pocas palabras, el caso es que estoy a punto de atracar un banco.

Giona arqueó las cejas. Luego se rascó la cabeza y dijo:

—Necesitamos algo más potente.

Sacó una botella de licor, explicando que era un portentoso elixir destilado en un monasterio del corazón de los Alpes.

—Lo ideal para casos de locura incipiente. Bebe, muchacho, que falta te hace, y ya verás como...

—Lo decía en serio.

—¿En serio?

Contini asintió.

—¿Así que estás a punto de atracar...

—Sí.

—... un banco?

Giona echó una lágrima de licor en el café.

No se te puede dejar solo, ¿eh?

Contini suspiró. A veces Giona parecía un viejo loco de verdad. O quizá lo fuese y por eso se las sabía todas. Le habló de Jean Salviati, del chantaje de Forster y del proyecto de robar diez millones al Junker Bank. Giona no lo interrumpió. Al final, refunfuñó:

—¿Por qué no me lo contaste antes?

—Y ¿qué ibas a decirme?

—No es sencillo... —Giona hurgaba en las brasas con el atizador—. Si no habéis conseguido liberar a la hija, y si el tal Forster va en serio...

—Va en serio. A juzgar por las cartas que Jean descubrió en su casa, está pasando apuros económicos.

—Así que quiere atracar un banco.

—Sí.

—O, mejor dicho, quiere que lo hagáis vosotros. ¿Y si os negáis?

—Jean dice que podría ser capaz de todo. Y tiene secuestrada a Lina.

—¿No tiene medio de que lo denunciéis?

—¿Quién? ¿Un ladrón jubilado y una especie de detective? Además, no dispondríamos de ninguna prueba tangible.

—Mmm... —Giona reunió las brasas y apartó un tronco—. En esta historia se esconde algo.

—¿Cómo?

—Sois una especie de banda. Un grupo de aficionados... ¿Cuántos sois?

—Somos cinco: Jean, Filippo y Anna Corti, Francesca y yo.

—Un grupo. Pero todo empieza contigo y con el ladrón, Salviati. Con vosotros dos.

—¿Nosotros? ¡Es culpa de Forster! De no ser por él, Salviati seguiría en la Provenza.

—Pero ha vuelto. Te buscó a ti. Y ahora tú querrías olvidarte del asunto, pero no puedes.

—Yo no...

Contini paró a mitad de la frase. Giona tenía razón: él no quería participar en ese atraco; sentía que era un error, pero había silenciado su instinto desde el principio.

—Tienes razón. No querría hacerlo. Pero quiero ayudar a Jean.

—Él dio luz verde, tú aceptaste y ahora trabajáis juntos. Ya no eres Contini, muchacho; tenlo bien presente: en esta historia sois Contini y Salviati.

—¿Qué quieres decir?

—Y, al mismo tiempo, sigues siendo Contini y Francesca. Ante ti tienes a Salviati y Forster, una vieja relación de trabajo que se quemó y que ha desencadenado esta historia. Y, a vuestro lado, tienes a Filippo y Anna, otra pareja.

—Giona, perdona, pero no sé adónde quieres llegar...

—Estas cosas funcionan como una campana... —murmuró Giona con los ojos clavados en el fuego; parecía a punto de quedarse dormido—. Como el sonido de una campana, un sonido indestructible...

Contini lo miró con atención: no entendía absolutamente nada.

—El sonido de una campana siempre es doble: cuando oyes el toque, tienes que esperar al retoque. Así funciona esta historia; eso sois Salviati y tú. Y tienes que concebirlo así.

—Pero ¿qué tengo que hacer?

—Nada, procura no pasar por alto el retoque. Y..., sí, por cierto, ¿no has dicho que Forster iba a dejaros hablar con el tal Marelli?

—Sí, nos lo prometió, pero hasta ahora no ha dado señales de vida.

—Marelli estaba con Lina, ¿verdad?

—Sí. Creía que él era el encargado de vigilarla. Pero luego, cuando nos envió ese mensaje de ayuda, Lina escribió que Matteo estaba secuestrado con ella.

—¿Le pedisteis explicaciones a Forster?

—Nos dijo que Marelli ya no se ocupa del asunto. Además, hay otra cosa que me da que pensar: Marelli y la hija de Jean ya hablaban por teléfono antes del secuestro.

—Y ¿eso qué significa?

—Que al principio el secuestro quizá fuera falso. A lo mejor los dos se conocían e intentaron jugársela a Jean... Hasta que Forster se la jugó a ellos.

—Lina y Matteo. ¿Lo ves? Lina y Matteo. Él es el único que puede llevarte a ella... y que puede evitar el atraco. Tienes que hablar con Marelli.

—Pero ¿qué va a decirme, teniendo en cuenta que los dos están secuestrados?

—El retoque, muchacho, tienes que escuchar el retoque de la campana...

Filippo Corti sabía que, delante de una veintena de chavales de quince años, hay pocas excusas: si no estás preparadísimo, te machacan. Son muchos los elementos que conforman la química de una clase. Si el grupo tiene uno o varios líderes, hay que ver de qué tipo son y qué relación tienen con la autoridad.

Y si la autoridad ha discutido con su mujer la noche anterior, se ha acostado tarde y ha dormido mal, puede que tenga un tremendo dolor de cabeza. En tal caso, hay pocos motivos para la alegría.

—No es tan difícil, Sheila —le dijo Filippo a la chica que estaba de pie—. Te he preguntado qué es una reacción química, algo que sucede continuamente en la vida cotidiana... ¡Piénsalo bien!

—A mí nunca me pasa —murmuró Sheila, mirándose la punta de los zapatos.

La clase estalló en una carcajada que retumbó de forma dolorosa en la cabeza de Filippo.

—¡Ya vale! ¡Silencio! ¿Así es como ayudáis a vuestra compañera?

Sheila era una de las más tímidas. A Filippo le caía simpática, aunque fuese una cabezota.

—Lo siento, profe —dijo la chica, levantando los ojos—. A lo mejor sí sé qué es una reacción de la química.

—Una reacción química.

—Y ¿yo qué he dicho?

—Da igual. —Filippo se tocó la sien—. Dime qué es.

—Es cuando los elementos se mezclan.

Algún compañero se lo habría soplado.

—¿Qué tipo de elementos?

—No sé... Las cosas o los objetos. O las personas. Los elementos vitales, vaya.

Filippo arqueó las cejas.

—¿Los elementos vitales?

Sheila volvió a clavar la mirada en sus zapatos. Filippo se pasó la mano por la barba, recordando la definición:

—Una reacción química es una transformación de la materia que tiene lugar sin variaciones medibles de masa. ¿Y qué pasa exactamente?

—¡Cambian los átomos! —gritó alguien desde el fondo de la clase.

Filippo hizo una mueca. Tendría que haberse tomado una aspirina.

—¡Qué átomos ni qué ocho cuartos! En la transformación, uno o más reactivos iniciales modifican su estructura y composición original para generar los productos. Pero ojo: las reacciones químicas no cambian la naturaleza de la materia; atañen única y exclusivamente a las modificaciones de los enlaces entre los átomos. ¿Queda claro?

Nadie respondió. Filippo dio un suspiro, mirando por la ventana. Luego se volvió y de pronto, al otro lado de la ventana de la puerta, vio la cara morena de Jean Salviati.

«La cita —pensó—. Mierda, ¡había quedado con él!».

Esa mañana había empezado a las diez, olvidando que a las ocho tenía que reunirse con Salviati delante del Junker Bank. Terminó la clase a toda prisa y les mandó a los alumnos que para la semana siguiente trajesen tres ejemplos de reacciones químicas.

Cuando tocó el timbre, Salviati ya no estaba. Filippo lo encontró al salir, en un banco enfrente del instituto.

—Perdona que haya entrado —le dijo—, quería asegurarme de que no pasaba nada raro.

—¿Que no pasaba nada raro? —repitió Filippo, sentándose a su lado—. ¿Qué quieres decir con eso?

—Nunca se sabe. Esta mañana no has venido.

—Se me ha olvidado. ¿Qué creías que iba a pasar?

—Nunca se sabe.

Filippo empezaba a ponerse nervioso.

—De todas formas, no te preocupes: puedes venir al instituto a buscarme si quieres. No hemos... No hemos...

Se interrumpió. Ni siquiera era capaz de decirlo.

—No hemos desvalijado ningún banco todavía.

Filippo regañaba a su mujer, pero él tampoco podía tomarse en serio esa historia.

—No pasa nada —le dijo Salviati—. No era urgente. Tenemos tiempo de aquí a diciembre.

Filippo se puso en pie. No tenía que enfadarse con Salviati; no era culpa suya que viviesen en dos mundos distintos. Le señaló el aparcamiento y dijo:

—¿Vienes? Tengo ahí el coche.

—¿Has encontrado una cámara? —le preguntó Salviati en cuanto se montaron en el coche.

—Sí, aunque no me has dicho para qué la necesitas.

—Tenemos que recabar información.

—¿Y tu plan? ¿Cuándo nos lo contarás?

Filippo se esforzaba por hablar como si todo fuera normal. Como si, en vez del atraco de un banco, estuvieran hablando de una obra de teatro parroquial.

—Mientras estaba en la puerta de tu clase le he dado vueltas a la cabeza —dijo Salviati con una sonrisilla—. Se me ha ocurrido mientras escuchaba lo que decías.

—Y ¿qué decía?

—Ah, cosas de química. Pero, antes de explicároslo, quiero comprobar un par de detalles. Luego tendremos una reunión.

—De acuerdo. ¿Ahora adónde quieres ir?

—Al banco.

—Vale.

La gente tenía a Filippo por un hombre paciente. A lo mejor porque daba clase en un instituto. O por la barba, que ocultaba sus expresiones. Pero en su fuero interno, cada cierto tiempo, sentía la necesidad de dejarse llevar; de responder mal. En aquel momento habría querido agarrar a Jean de los hombros y zarandearlo, diciéndole: «Voy a hacer una cosa ilegal por ti, ¿te das cuenta?, ilegal. Yo, que desde que robé un cómic a los quince años ni siquiera he pensado en...».

Sin embargo, esos arrebatos de ira se aplacaban antes de que los expresara. Filippo conseguía reprimir la rabia, seguir siendo él mismo. No le gustaba perder el control.

—¿Sabes qué, Jean? Esta historia del atraco nos ha dado mucho que pensar.

—¿No os veis con fuerzas? —preguntó Salviati de inmediato.

—Para nosotros no es fácil. Al principio nos lo tomamos como un juego; me leí un montón de libros sobre atracos. Pero fue Anna la que me hizo ver que..., en fin, que aquí estamos, que vamos en serio.

—Yo os lo agradezco.

—Lo sabemos. Nosotros...

—Y no os haré participar activamente, os lo prometo.

—Ya lo sé. Es que nosotros no estamos acostumbrados a estas cosas.

—Uno nunca se acostumbra. Para aquí.

Estaban enfrente del Junker Bank. Era un edificio sólido, pero no llamativo. Paredes de ladrillo, un vestíbulo luminoso. Delante, un pequeño jardín con un plátano y un banco; a la izquierda, la calle principal. Salviati le pidió a Filippo que aparcase en una calle lateral, cerca de Daro. Luego le señaló el plátano que había delante del banco.

—Tendrás que ponerte ahí con la cámara de vídeo en la mochila. La dejas apuntando a la entrada y no la mueves.

—¿A la entrada? ¿Quieres saber quién entra y quién sale?

—Pero no todo el día. Tendrás que estar aquí a las siete y media de la mañana, cuando llega el vigilante diurno, y luego los demás. Todos empiezan más o menos a la misma hora: el cajero, la secretaria, el director y los tres empleados.

—Pero ¿no dijiste que el dinero llegaría un domingo? En ese caso...

—Ya lo sé, solo estarán el director y el vigilante. Pero tú grábalos a todos. Y luego otra vez cuando salgan. Y, cuando el director se aleje, giras la mochila para seguirlo.

—¿Cómo voy a hacer eso? Si no puedo mirar, no encuadraré bien.

—Eso es inevitable, pero luego, cuando revises la grabación, podrás corregir la posición. No acerques demasiado el *zoom*. Ya verás como en cuestión de días te sale.

—¡Esperemos!

—Pero tampoco demasiados días seguidos. Haz pausas. Puedes dedicarle varias semanas. Vienes aquí, coges un periódico y te sientas en el banco, como si llegases con tiempo a una cita. Puedes decirle a Anna que pase a recogerte. Así creerán que estabas esperándola.

Salviati hablaba con frases cortas, mirando el banco. Filippo nunca lo había visto así. Ya no era el jardinero de la señora Augustine, un simpático pueblerino de la Provenza con el que echar unas risas en las noches de verano.

—Te enseñaré a poner la cámara en la mochila y la primera vez te acompañaré. Lo importante es que actúes con naturalidad. ¿Podrás hacerlo?

—Claro. No es difícil, ¿no?

—Si estás tranquilo, no. Pero no tienes que pensar en el atraco. No estás haciendo nada ilegal. Te sientas, apoyas tu mochila y lees el periódico.

Esas palabras pronunciadas en voz baja y esa mirada impasible despejaron las últimas dudas de Filippo: Salviati era un profesional; aquello era una operación criminal; se estaba embarcando de verdad en una empresa que recordaría toda su vida. ¡Robar diez millones a un banco! Y le estaba pasando a él, a Filippo Corti, profesor de ciencia, aficionado del Bellinzona FC, amante de las películas de suspense. Aunque se pasaría un tiempecito sin ver ninguna, ¡eso seguro!

—No te preocupes, Jean. Soy capaz de hacer lo que me pides.

—Genial. Es muy importante para que el plan salga bien.

—¡Confía en mí!

—Confío... —Salviati lo miró—. Y te lo agradezco.

Mientras subía de Bellinzona a su casa, en el barrio de Daro, Filippo se imaginó contándole el encargo a Anna. Sonrió al ver su reacción: se mostraría intrigada y acto seguido asustada. Últimamente pasaba algo entre Anna y él: estaban más cerca, en cierto modo. Aunque discutían más; o quizá era justo por eso.

No tenía nada que ver con estar cerca en un largo viaje en coche o compartiendo toalla en la playa. No, era una cercanía más excitante. Como si estuvieran en lo alto de la montaña rusa y, abrazados, contemplasen la feria a sus pies antes de la caída en picado.

5

La última oportunidad

Para un padre, cada momento es el momento más difícil. Al principio, el nacimiento: lo espera con tanto vértigo que deposita en ese cambio todas sus esperanzas. Nada volverá a ser como antes. Luego, la infancia no permite distracciones: cada pequeño paso es un acontecimiento irrepetible. Por último, con la juventud y la edad adulta, el padre se encuentra solo, obligado a conformarse con unas cuantas palabras susurradas por teléfono.

—¿Qué es lo que no consigo entender, Lina?

—Cuando nos veamos... Cuando nos veamos, todo será más fácil.

Estaban perdidos en un espacio vacío; por eso se aferraban a las palabras sobre el pasado y el futuro. Pero era una ilusión: el pasado no existía; era un recuerdo de palabras ásperas y meses de indiferencia. Y en cuanto al futuro...

—¿Estás seguro de que podrás hacer lo que te piden?

—Claro, estamos organizándonos. Ya verás como sale todo bien.

—Pero ¿cómo vas a hacerlo? ¿Sabes ya cuándo será?

—Sí, está todo preparado, Lina. Ya verás como te liberan pronto.

—Y ¿qué vas a hacer con tu trabajo? ¿No tienes que volver a la Provenza?

—Volveré. Escucha, no tienes que rendirte, ¿me entiendes? Sé que es duro, sé que cuando estás preso es difícil no pensar en lo peor.

—Yo no creía que pasaría esto...

Lina estaba a punto de llorar. Salviati nunca la había visto así. La había criado solo, pero nunca había conseguido encontrar un punto débil desde el que empezar a entender a su hija. Cuando era una niña, tenían sus bromas, sus costumbres. Pero luego creció. Y una costumbre puede convertirse en una forma de esconderse.

—Tienes que esforzarte por ir poco a poco, Lina. Tienes que pensar en la próxima hora; y por la noche, en la mañana; y por la mañana, en la tarde. ¿No os dejan salir nunca?

—A veces, pero menos que antes.

—¿Sería demasiado arriesgado donde os tienen?

Silencio.

—No... No puedo decir nada.

—Ya.

—Prométeme una cosa, papá.

«Papá». A Salviati le pareció retroceder treinta años en el tiempo.

—Dime.

—Si se vuelve demasiado difícil, ¿se lo vas a decir a Forster? ¿Vas a decirle que es imposible?

—Lina...

—¿Qué vas a hacer si te pillan?

—No van a pillarme, Lina.

Silencio. Alguien le estaba diciendo algo.

—Tengo que despedirme. Mañana volverán a dejarme llamar.

—Vale. —Salviati intentó sonar despreocupado—. ¿Sabes que ya me voy manejando con el móvil? Quién lo habría dicho, ¿eh?

Pero Lina ya había colgado. Salviati supo por el silencio que habían cortado la llamada. Siempre acababan así, de golpe. Y él se quedaba con la sensación de haber dicho poco, aunque en su interior tenía mil cosas que quería compartir con Lina. Recomendaciones e ideas para ayudarla, explicaciones, palabras; meras palabras, para intentar trazar un camino, un sendero entre los abismos del pasado y del futuro.

Últimamente las balsas no volvían: el Tresalti bajaba con poca agua porque llevaba un tiempo sin llover. Pero en su fuero interno Contini temía que los tramos secos del arroyo reflejasen su estado de ánimo. Las ganas de huir, de quedarse solo con los gestos meticulosos de su vida: nada de clientes, nada de atracos, nada de palabras.

Lanzó cinco balsas, una tras otra, rápidamente. La corriente las sacó de la charca y cayeron por una pequeña cascada. Contini las perdió de vista.

Eran las seis de la tarde. Septiembre pasaba a toda prisa, con una serie de días idénticos. Sol caliente, como un punto fijo en el cielo; ni una nube y solo un poco de viento al caer la noche. Contini se quedó unos minutos contemplando los saltos del Tresalti y luego volvió a casa.

En el porche lo esperaba el gato gris. Lo dejó pasar y se tumbó en la hamaca que colgaba en un rincón del salón. A su alrededor, el clásico desorden tranquilizador: fotografías de zorros, jarrones desportillados, sillas de mimbre... Contini era incapaz de estarse quieto; quería dar rienda suelta a su inquietud. Volvió a levantarse. El gato lo miraba desde el umbral, perplejo.

«¿No será que tienes miedo de atracar el banco, Contini?». «¿Y qué? ¿Es que no tengo derecho?». Echó un vistazo a su colección de cactus y rozó las espinas de un aporocactus. Decidió encender la chimenea. El gato se sorprendió. «Aún estamos en verano, detective». «Da igual, gato, yo necesito otoño. Y ¿sabes qué? No descarto beberme una taza de té...».

Cinco minutos después se repanchingó en uno de los sillones que había delante de la chimenea, mientras el gato se acurrucaba en el otro. Encendió el quinto cigarrillo del día y se quemó la lengua con el primer sorbo de té. Resopló y fue a poner un disco de Brassens.

Parlez-moi de la pluie et non pas du beau temps... El crepitar del fuego acompañaba a la guitarra. Contini dejó la taza en la mesita al lado del sillón. *Le bel azur me met en rage, car le plus grand amour qui me fut donné sur terre je le dois au mauvais temps... il me tomba d'un ciel d'orage...*

El semblante de Contini se oscureció. Cogió la taza y vio el humo del té mezclándose con el del cigarrillo. Pensó en Francesca, en cuando la había conocido. Una noche, un pueblo de montaña, una tormenta... Las llamas de la chimenea trazaban los lugares comunes del amor. «Lo malo —pensó Contini— es que son verdad».

A lo mejor era eso lo que necesitaban Francesca y él: una tormenta. Quizá llevaban demasiado tiempo, como decía Brassens, en un pueblo idiota donde nunca llueve. «Lo que está claro —pensó mientras apagaba el cigarrillo—, lo que está clarísimo es que el atraco de un banco no es la tormenta que necesitamos».

¿Qué hacer? Contini no podía echarse atrás. ¿Prohibir a Francesca que los ayudase? Complicado... Era una chica testaruda. Giona tampoco lo había ayudado: el toque y el retoque, pero ¿eso qué era? ¡Contini le había hablado de atracos, y el viejo loco respondía con campanas!

La última oportunidad para evitar una catástrofe era la conversación con Marelli. Forster les había prometido una reunión en el despacho de Contini al cabo de dos días. También estaría Elton, para vigilar, pero Contini estaba seguro de que Marelli intentaría darles alguna pista.

—Tenemos que aprovecharla —le dijo esa misma noche a Salviati, mientras se comían un filete en la taberna de Pepito.

—Veo que aún confías en evitar el atraco.

—¡Pues claro! ¿Te sorprende?

—No. —Salviati negó con la cabeza—. Pero no me hago ilusiones.

—Estoy seguro de que Marelli querrá darnos una pista.

—Pero Elton también se daría cuenta.

—No, yo creo que le preguntará a Lina. Nos dirá algo que solo Lina y tú podáis entender. Una señal de vuestra vida, una expresión que signifique algo para vosotros...

—No sé yo.

Contini no entendía la reticencia de Salviati. Era como si quisiera cometer ese atraco, como si a esas alturas el proyecto lo entusiasmase.

—¿Me prometes que intentarás captar la señal?

—Pues claro, pero yo creo que no habrá ninguna. Tenemos que ir preparándonos para el golpe. Además, le he encomendado una misión de vigilancia a Filippo Corti.

—¿Vigilancia? —Contini arqueó las cejas—. ¿Quieres decir que le has explicado el plan?

—Aún no. Pero le he pedido que grabe la entrada y salida de los trabajadores. Es algo que necesito.

—¿Y si lo descubren?

—No lo descubrirán; le he explicado bien cómo hacerlo. Además, esa es la tarea más fácil. Lo más difícil te toca a ti.

—¿A mí?

Salviati bebió un trago de vino.

—Tendrás que describirme el interior del banco. La disposición de las oficinas y demás. Y, si es posible, ayudarme a meter un par de cosas.

—¿Dentro? ¿Qué cosas? —Contini se sentía superado por la situación—. Pero ¿por qué?

—Te lo explicaré. Pero, hasta entonces, ¿crees que serás capaz de ayudarme?

Contini se lo pensó. En su oficio era algo habitual colarse en lugares reservados, de manera más o menos legal. Pero nunca a la fuerza y, sobre todo, nunca en un banco.

—Tendrán muchísimas medidas de seguridad.

—Mmm... Eso me temo, sí. Aunque en realidad a mí lo que me interesa es la zona de las oficinas, no la cámara acorazada o la caja fuerte.

Un banco pequeño. Un edificio público. Contini tenía sus contactos para ese tipo de cosas. Con un poco de suerte, podría colar a alguien en el banco de una forma casi completamente legal.

—Puede que se me haya ocurrido una idea.

Salviati lo miró con expresión interrogante. Contini sonrió.

—A ver, yo también tengo mis secretillos...

—¡Venga, hombre!

—Antes tengo que comprobar un par de detalles.

—¿Cuándo sabrás si es factible?

—Dentro de un par de días. Cuando nos veamos con Marelli, más o menos.

—Esperaremos. Ya no quiero correr riesgos. No puedo seguir jugando con Lina, ¿entiendes?

Contini asintió, haciéndole una señal a Giocondo para que les llevase dos cafés.

—Ya he jugado demasiado con ella —continuó Salviati—. Antes de que naciera Lina, Éveline y yo teníamos un montón de proyectos. ¿Te he hablado alguna vez de ellos?

—No... De los proyectos no.

—Pero te he hablado de mi mujer. Éveline se crio en el pueblo donde vivo, en la Provenza.

Contini notó que Salviati había bajado la voz, a pesar de que la taberna estaba casi desierta. Aunque luzca el sol, en septiembre la humedad desciende de las montañas. Estaban en una mesa apartada, casi a los pies de la roca, y los dos llevaban la chaqueta.

—Por aquel entonces, estaba a punto de cambiar de vida; buscaba trabajo. Una hija, una familia, el mero hecho de pensarlo me volvía loco. Era como volver a ser un niño, pero también hacerme adulto de golpe.

Salviati envolvía la taza de café con las manos, como para protegerla de la intemperie.

—Pero ya sabes cómo son las cosas. Lina nació y pospuse la decisión. Al principio necesitaba dinero. Luego Éveline... Luego mi mujer murió.

—¿Cómo fue? —preguntó Contini.

—Un accidente. De coche. Al principio su familia me echó una mano, pero yo no soportaba quedarme allí. Seguí robando y llevaba a Lina conmigo. Jugué con su vida, ¿entiendes? Eso fue lo que hice...

—Al final volviste.

—Pero antes estuve en la cárcel. Y tuve que abandonar a Lina, que mientras tanto siguió con su vida... y se metió en líos. Luego volví, sí, volví al pueblo de Éveline. Pero Lina ya no estaba conmigo.

—¿Cuándo se fue?

—Poco a poco, como siempre pasa. Ella no quería que yo cambiase de vida. Tiene su gracia, ¿eh?

Contini asentía, bebiéndose el café.

—La cuestión es que he vuelto a encontrarla. En medio de todo este follón, he encontrado a mi hija. Y no quiero perderla otra vez.

—No la perderemos. —Contini le puso la mano en el hombro—. Ya verás como no la perdemos.

A Lina Salviati le costaba llevar la cuenta de los días. Al cabo de un tiempo tendieron a difuminarse, a parecerse el uno al otro. ¿Cuánto tiempo llevaban encerrados? ¿Un mes? ¿Un año? ¿Diez años? Habría sido fácil rendirse, soltar el último asidero de la razón. Pero intentaba estar con los pies en la tierra y fingía creer en el plan de Matteo.

—Es nuestra última oportunidad —le dijo—. Tenemos que transmitirles un mensaje a Contini y a tu padre, una señal.

—No me parece fácil...

—Algo se nos tiene que ocurrir.

Lina no podía explicar con palabras su relación con Matteo. Hacía apenas unas semanas era un desconocido. Luego había compartido aquellos largos días en el valle del Bavona, hasta que intentaron juntos la gran huida... ¿Y ahora? Ahora pasaban los días y ella solo veía a Matteo y a Elton, a Elton y a Matteo. Siempre encerrados entre esas cuatro paredes, en Tesserete, no muy lejos de la casa de Forster. Matteo y ella se habían convertido en una especie de ser único que pensaba con dos cabezas. Adivinaban lo que estaba pensando el otro, sus miedos, sus deseos. ¿Se estarían convirtiendo en un monstruo?

—No sé si resistiré mucho más —le dijo a Matteo, previendo su respuesta.

—Y, sin embargo... —empezó él, pero Elton lo interrumpió.

Últimamente, el hombre de Forster se había dejado de formalidades. Había cogido la costumbre de dar órdenes, de abrir las puertas de golpe. Se dirigió a ellos con el tono de alguien que no tiene tiempo que perder.

—¿Estáis preparados?

—¿Preparados para qué? —respondió Matteo.

—Tenemos que irnos. Pasado mañana, Marelli se verá con Salviati y Contini.

—¿Y? —dijo Lina.

—Contini podría descubrir esta casa. No queréis que nos encuentren, ¿verdad? —Elton esbozó una sonrisa de oreja a oreja—. Ánimo, chavales... Ya veréis, ¡vuestro nuevo refugio os sorprenderá!

Elton les ordenó que recogiesen sus cosas y salió de la habitación. Aunque se hacía el bravucón, estaba preocupado. El aplazamiento del atraco implicaba que los dos rehenes siguieran bajo su custodia otros tres meses. Y no habría sido fácil. Siempre encerrados en un puñado de habitaciones, con la posibilidad de dar como mucho un paseo, vigilados muy de cerca. ¿Y si tuviesen una crisis nerviosa? Elton confiaban en evitarlo, pero, sobre todo, quería evitar que huyesen.

Subió del semisótano al salón, donde Forster lo esperaba mirando por la ventana.

—¿Cómo están? —le preguntó.

—Están nerviosos.

—Pues espero que no intenten escapar otra vez.

Elton se pensó la respuesta, escogiendo con cuidado las palabras.

—No creo. En mi opinión, confían en que el atraco llegue a buen puerto. Y es importante que se lo crean.

—Mmm, sí —mascullό Forster, volviéndose hacia su colaborador—. Y tú tendrás que hacer todo lo que esté en tu mano para que se lo crean. ¿Quieres un *whisky*?

—Es un poco temprano...

—Peor para ti. —Forster se acercó a un aparador y se sirvió medio vaso, sin hielo—. De todos modos, es hora de pasar al ataque.

—¿En qué sentido?

—En el sentido de que este atraco es una oportunidad que no se repetirá. Si Salviati se hace con el dinero, ¡tenemos que quitárselo!

—Quiere decir...

—Y tenemos que hacerlo cuanto antes, de forma limpia, sin dejar rastro.

—Quiere decir que no tenemos que esperar a que el propio Salviati nos entregue lo robado para luego...

—¡No te enrolles! Digo que nosotros estaremos allí, en el banco. En cuanto salga con el dinero, lo abordamos y se lo quitamos.

—Pero él no va a dejar que...

—Tendremos argumentos para persuadirlo. Luego, cuando nos hagamos con el botín, tendremos que deshacernos de esta historia. ¿Me explico?

—Por supuesto. —Elton se irguió—. Queda claro. Con todo, le recuerdo que ignoramos los detalles del plan de Salviati. Y, si queremos intervenir, tendremos que...

—Sí, no hace falta que me lo recuerdes. Es evidente que necesitamos información.

—Y acaso. —Elton carraspeó—. ¿Acaso ha pensado ya cómo podríamos maniobrar para obtener esa información?

—No es tan difícil: todo el mundo tiene un punto débil. En cuanto lo encuentras, ya está casi hecho: solo hay que atacar ahí.

—Y ¿usted ha encontrado el punto débil de Salviati?

—Puede. —Forster apuró de un trago lo que le quedaba de *whisky*—. Digamos que quiero intentar una cosa.

6

El prisionero

Por la ventana entraban los sonidos del lago. El zumbido de una lancha motora, el agua estrellándose contra el muelle, los gritos de las gaviotas. Y la brisa que agitaba los folios del escritorio. Dentro había tres caras mirándolo fijamente, atentas a cada una de sus palabras.

Matteo Marelli respiró hondo antes de hablar. Sabía que esa conversación sería más compleja que una partida de ajedrez. Tenía que decirles algo a Salviati y a Contini sin que Elton notase nada. Necesitaba una pista para indicarles su nueva prisión, en la que Lina y él, al parecer, tendrían que pasar más de dos meses.

—Voy a cerrar la ventana —dijo Contini.

Matteo asintió. Lamentaba perder esa sensación de libertad: el lago, el sol, el viento. Pero lo fundamental era pensar en la auténtica libertad.

—Como sabéis —empezó—, trabajé en el Junker...

—Por cierto —lo interrumpió Elton—, ¿estáis grabando la conversación?

—Y ¿eso qué le importa? —dijo Contini.

Elton se encogió de hombros.

—Nada. Son solo palabras. Y, si intentáis seguirnos, cuando salgamos...

—No os seguiremos —respondió Salviati.

—Muy bien, porque, si no, Lina...

—Ya hemos dicho que no os seguiremos.

Elton se quedó unos segundos mirando a Salviati. Luego le dijo a Matteo:

—Venga, Marelli, explica por qué no corremos ningún riesgo.

—Como iba diciendo —continuó Matteo—, trabajé en el Junker poco antes de que contratasen a Reto Koller, que trajo con él a muchos de sus clientes. Descubrí que un par de ellos tenían dinero delicado, y que lo trasladarían poco a poco, con ingresos en las sucursales secundarias. Eso era lo único que sabía.

—También sabías la cantidad —dijo Salviati.

—Sí, en total más de cien millones de francos. Y, en concreto, diez millones a la sucursal de Bellinzona. Pero no sabía la fecha. Como tampoco sabía que el traslado se había aplazado a diciembre.

—¿Lina tampoco lo sabe? —preguntó Salviati.

—No. —Matteo negó con la cabeza—. Aún no lo sabe.

—¡No tiene que enterarse! No aguantaría si supiera que...

—Salviati —intervino Elton—, no hemos venido aquí a hablar de su hija.

Salviati se puso hecho una furia.

—*Ah, merde, mais t'es fou?*

—Estamos aquí por...

—La tenéis secuestrada y ni siquiera sé dónde. Tengo que saber cómo está, y lo último que necesito es que una especie de gorila venga a decirme qué puedo o no puedo... ¡Yo hablo de lo que me da la gana!

Contini se levantó, invitándolos con un gesto a conservar la calma.

—Vamos a procurar no discutir.

Elton miró a Salviati a los ojos y le dijo:

—Si Marelli no dice nada, Lina no sabrá la fecha.

—Intentaré animarla —respondió Matteo.

Salviati no respondió. Contini volvió a tomar la palabra:

—Marelli, ¿puedes asegurarnos que no dejaste ningún rastro? A través de tu nombre podrían llegar a Tesino, y quizá a Forster, y de ahí a nosotros.

—Es imposible —les aseguró Matteo.

—Entonces, ¿por qué han aplazado el movimiento de efectivo? —preguntó Contini.

—A lo mejor han encontrado el rastro de mis primeras solicitudes de acceso. En los ordenadores aparecería, como muchísimo, que alguien consultó la lista de clientes de Koller.

—Y ¿eso no es una pista?

—Podría haber sido un mero control rutinario.

—Un control no declarado.

—Puede pasar. Pero la información importante no está en los ordenadores. En la banca privada las cosas se siguen haciendo como hace cien años: cada cual tiene su agenda y las reuniones son siempre en persona, en un almuerzo, un partido de tenis...

—Vale —lo cortó Contini—. Y ¿tú hablaste con alguien?

—Son todos antiguos empleados. Y nunca hice preguntas directas. Una frasecita por aquí, otra por allá: cháchara de oficina. No, yo creo que tienen una vaga sospecha y que, como se trata de muchos millones, tenían que hacer algo.

—Esperemos que sea eso —intervino Salviati—, pero es innegable que hay cierto margen de riesgo.

Matteo no respondió. No podía contradecirlo: existía un riesgo, todos lo sabían, pero estaban obligados a correrlo.

—Muy bien —dijo Elton—. Yo diría que hemos aclarado la situación.

Matteo carraspeó. Era el momento de lanzar la pista.

—La verdad es que yo tengo otra petición.

—Yo también —dijo Salviati—: quiero saber dónde está Lina, cómo está, cómo la estáis tratando. Quiero saber...

—Resulta evidente —lo interrumpió Elton— que no podemos decirte dónde está. Por lo demás...

Le hizo un discreto gesto a Matteo.

Era la última oportunidad, tenía que jugar bien sus cartas. Delante de él, al otro lado del escritorio, estaban Contini y Elton. Parecían dos policías: uno delgado y el otro enorme como un armario; poli bueno y poli malo.

—Por lo demás —dijo—, os aseguro que Lina está bien.

—Por teléfono no me parece en muy buena forma —dijo Salviati.

Matteo se volvió hacia él. Estaba sentado a su izquierda, como un tercer policía que pasaba por allí.

—Está bien, pero le gustaría que la liberasen. —Matteo carraspeó otra vez, para indicar a Contini y Salviati que prestaran atención—. En el valle del Bavona pudimos conocernos un poco mejor y me confesó que lamenta mucho esta situación.

Elton le lanzó una mirada de advertencia.

—El caso es que, como digo, está harta de que la tengan secuestrada —se apresuró a añadir Matteo—. Que me lo digan a mí... No obstante, confiamos y... no hemos vuelto a intentar escaparnos, ¿no?

—No —respondió Elton, mirándolo con unos ojos que parecían punzones.

Matteo adoptó un tono insolente, irónico, intentando sorprenderlo:

—Además, tenemos de canguro a nuestro querido Elton, que nos hace más llevadero el cautiverio... De aquí a diciembre será un largo viaje, ¿eh, Elton?

Miró a Elton, buscando su asentimiento. Matteo notó que estaba perplejo y aprovechó ese momento de distracción para asestar el golpe.

—Ahora que hemos vuelto al principio, ahora que tenemos que esperar...

—¿Qué dices? —dijo Elton con recelo.

Pero el grueso ya estaba hecho.

—Ahora que estamos donde aún tenía que pasar todo, ahora que nos tienen secuestrados en...

—¡Eh!

Elton se levantó de golpe, dispuesto a abalanzarse sobre él. Matteo intentó protegerse y, sin dejar ese tonillo chulesco, añadió:

—Ay, pobre de mí, pobre de mí... ¿Me habré ido de la lengua?

—Pero ¿se puede saber qué haces? —ladró Elton.

—Perdona, no quería... No he dicho nada... —Matteo hablaba a toda prisa, amontonando las palabras para confundirlo—. Perdona, qué cosas, está claro que no puedo revelar el sitio donde nos tienen, pero os aseguro que somos optimistas. Esperemos que el atraco llegue a buen puerto y...

—¡Basta! —Elton miró a Salviati y luego a Contini—. ¿Estáis contentos? Esta reunión ya ha durado más de la cuenta.

—Lo lamento —repitió Matteo—, y pensar que estaba a punto de...

—¡Que te calles! —Elton rodeó el escritorio y lo agarró del hombro—. Ya hemos hablado; podemos irnos.

Matteo asintió. Ya había dicho lo que quería decir.

—Ahora vamos a irnos de este despacho —concluyó Elton—. Volveremos a vernos cuando acabe esta historia.

Contini los acompañó a la puerta y cerró cuando salieron.

Fuera, al aire libre, Matteo respiró a pleno pulmón. Había lanzado una señal. Contini habría podido captarla si... Era ese «si» lo que lo preocupaba. Si Contini había hecho lo que Matteo suponía, había una posibilidad de que lo entendiese.

«Si». Lina y él se habían encomendado a un «si». Pero, a esas alturas, no podían hacer otra cosa. Solo esperar y confiar. Mientras subían la escalinata que daba a la calle, Matteo se volvió para mirar el lago, tranquilo y resplandeciente bajo el sol. Habría querido lanzar una piedra, agitar la superficie y quedarse ahí observando las ondas, los círculos lentos y amplios en el agua...

7

El plan de Salviati

Una hora después de que Elton y Marelli se marchasen, sobre las seis de la tarde, celebraron una reunión general. Jean Salviati por fin explicaría su plan, y el atraco al Junker empezaría a tomar forma.

Mientras tanto, Contini quería entenderlo.

Escuchó tres veces la grabación de la conversación, aislando el momento en que Marelli había lanzado la pista. «Ahora que hemos vuelto al principio, ahora que tenemos que esperar». Había dicho eso, pero ¿qué significaba? Y, más adelante: «Ahora que estamos donde aún tenía que pasar todo». Al final, Elton lo había interrumpido.

MARELLI: ... ahora que nos tienen secuestrados en...
ELTON: ¡Eh!

Luego el ruido de sillas arrastradas, Marelli intentando protegerse y un cúmulo de palabras para lanzar humo a los ojos.

Contini apagó la grabadora y fue a abrir la ventana. Se encendió un cigarrillo y le preguntó a Salviati:

—¿A ti qué te parece?

Salviati negó con la cabeza.

—Yo creo que quería decir algo, pero se lo ha impedido a tiempo.

—Mmm...

Contini no lo tenía tan claro. Algo había. Escondido entre las palabras había un mensaje para él. Le parecía caminar por una calle por la que ya había pasado y de la que se había olvidado; como si su subconsciente hubiera reconocido la señal, pero fuera incapaz de sacarla a la luz.

—No hay nada —dijo Salviati—. Si te hubiera dado una pista, Elton también se habría percatado, ¿no?

—No necesariamente. —Contini tenía la mirada perdida en el lago—. A lo mejor era algo exclusivo para mí.

Salviati hizo una mueca y se disponía a responder, pero sonó el timbre.

—Aquí está la tropa —dijo Contini, apartándose de la ventana—. Ya es hora de pensar en las cosas prácticas.

Era la primera vez que se veían todos juntos desde la reunión inicial. Había un ambiente menos distendido, y Salviati empezó justo por ahí:

—Atracar un banco no es ninguna broma. Uno puede echarse unas risas con la idea, puede jugar a ser el azote del sistema, pero, aunque se robe dinero a un banco, el banco siempre gana. Al final, siempre gana.

Después de esas palabras reinó el silencio.

—Vaya una forma de dar ánimos... —dijo Filippo Corti.

—Tenemos que hacernos con ese dinero —respondió Salviati—, no queda otra.

Estaban alrededor del escritorio. Salviati y Contini a un lado; Francesca y los Corti al otro. Cada cual veía la tensión en los ojos de los demás, la duda. El miedo a no conseguirlo.

—Faltan dos meses y medio —dijo Francesca—. ¿Tenemos la certeza de que, al final, se hará ese movimiento de dinero?

—No tenemos ninguna certeza en absoluto —respondió Salviati—, pero el 20 de diciembre estaremos preparados para actuar.

Cada palabra se grababa a fuego en la mente del grupo. Incluso Contini parecía menos impasible de lo habitual: estaba impaciente por convertir la idea abstracta del atraco en una serie de gestos. De hecho, fue él quien rompió el silencio.

—Pues, llegados a este punto, ya puedes explicarnos qué tendremos que hacer.

—Sí —intervino Anna—, queremos saber en qué consiste el plan. ¿Por qué le pediste a Filippo que grabase las entradas y salidas del Junker?

—Tranquilidad... —Salviati se sacó un bloc de notas del bolsillo—. Lo tengo todo escrito aquí. Es una idea un poco peculiar, pero, si quieres atrapar al pez, ¡tienes que engañarlo!

—¿Pez? —dijo Filippo—. Pero ¿esto qué es?

—Es un viejo truco de los estafadores —explicó Salviati—. Algo que, en mi opinión, podría salir bien.

—¿Podría? —intervino Contini.

—Quiero decir «puede». —Salviati abrió el bloc de notas y les enseñó sus apuntes—. ¡Puede salir bien! Solo hay que cuidar los detalles...

8

Apuntes

Domingo, 20 de diciembre.
Junker Bank. Bellinzona. Ingreso especial: 10 mi fr.

EL BANCO ESTÁ CERRADO

entrada: 07:00 h

Llegan: 4 personas para ingreso dinero

- director Giacomo Belloni
- Claudio Melato (hombre de confianza de Enea Dufaux) con el dinero
- Guardaespaldas de Claudio Melato
- Giuseppe Locatelli (vigilante Junker Bank)

Junker Bank

↓

Jean Salviati (entrada)
apoyo: Francesca Besson (¡engaño!)

(Interior: Contini ha preparado el escenario viernes tarde)

¡Importante!

EXTERIOR

- Filippo Corti / coche
- Elia Contini corte de tráfico => 06:50 ¡¡¡obras!!!

sustitución => ingreso / despedida, salida 07:15 h, 07:30 h como tarde

casa Belloni (sur de Bellinzona)

↓

Anna Corti: ¡control!

Luego: Anna vigilancia Viale Della Stazione 07:15 h (salida)
--> 07:10-07:20 h Contini ¡fin corte tráfico obras!

Atención: horario <u>flexible</u>: entrada 07:00 h
(llegada Belloni 06:50 h)
salida: 07:10 como pronto
salida: 07:30 como tarde

↓

Filippo coche detrás delante del banco

9

El punto débil

«Un investigador privado pasa la mayor parte de su tiempo en un coche —pensó Contini mientras conducía de Corvesco hacia el sur—. De un lado a otro de la Suiza italiana, todos los santos días; de las montañas a los lagos, pasando por el tráfico de las ciudades».

Llegó a Mendrisio y aparcó cerca de la oficina de correos de Via Catenazzi. Tocó el timbre de la empresa Pulirapida, S. A., pero la persona a la que buscaba había salido, así que recorrió otro puñado de kilómetros hasta Ligornetto y aparcó en el barrio de Cantinetta.

En el campo de fútbol se estaba jugando un partido entre dos equipos del pueblo. Contini paró a pedir información y un chaval le dio varias indicaciones desde la banda. No muy lejos de la frontera italiana, casi en medio del campo, habían construido un par de palacetes. Allí vivía la señora Katia Paolucci.

Contini estaba de mal humor. En el último mes no había hecho nada; pasaba el tiempo pensando en el atraco. Pero ¿cómo se puede seguir a un marido infiel cuando se está a punto de robar diez millones?

El de Salviati no era un mal plan; era disparatado, y puede que justo por eso hubiese una posibilidad de lograrlo. El viejo ladrón había conseguido planificar a la perfección los peones que tenía a su disposición. La única pega era que Contini no se sentía un peón. Quizá hubiera tenido que escuchar mejor a

Giona: el toque de la campana y, acto seguido, el retoque. Contini y Salviati. Filippo y Anna. Contini y Francesca. Pero, al fin y al cabo, entre todas aquellas campanas, ¿quién diablos era Contini?

«Estoy delirando», pensó el detective.

Por suerte, había llegado. Aparcó al lado de una fuente y miró a su alrededor. La hierba, los árboles, las tapias de piedra: todo era como antes, como en plena temporada alta, pero la luz ya tenía un tono distinto. Contini se puso la chaqueta de lino claro y el sombrero de paja y se encaminó a casa de Katia. Ella le abrió enseguida; se alegraba de verlo.

—¡El detective! —exclamó—. ¿Sabe que el otro día me acordé de usted?

—Ah, ¿sí? —dijo Contini.

—Echaron en la tele una película de un detective estadounidense, de esos que disparan y todo, y pensé: «¡Menos mal que a Contini no le ha tocado vivir una vida así!».

Contini no siguió con el tema.

—Pues sí, es una suerte.

Katia Paolucci era una mujer corpulenta, de unos cincuenta años, con una maraña de pelo rizado y una locuacidad incesante en la que Contini se ahogaba de manera irremediable. Se ganaba la vida trabajando de limpiadora para Pulirapida, S. A. Aunque empezó de cero, ahora le habían encomendado algunas tareas de responsabilidad.

—¡Llevo un tiempo sin saber nada de usted, señor Contini! —le dijo mientras lo invitaba a sentarse en un salón abarrotado de adornos y bagatelas.

—No he tenido que trabajar con vuestros clientes —respondió el detective—, pero ahora tengo entre manos un encargo para Pulirapida.

—¿Ahora de qué se trata, oficinas o una casa particular?

—De un banco.

Katia abrió los ojos de par en par.

—¿Un banco?

—Un banco, sí.

Incluso la locuacidad acusó el golpe unos segundos, pero no tardó en volver.

—Ah, ya veo por dónde va: ¡algún sinvergüenza que guarda en la oficina las fotos de su amante! Pero usted lo ha pillado, ¿eh, señor Contini? ¡Mira que son guarros estos banqueros! Ya le adelanto, eso sí, que esta fotografía le costará un poco más, al tratarse de un banco, porque no es fácil organizar los turnos y...

—Esto es distinto —dijo Contini.

—... y hay que llevar cuidado, porque en los bancos suele haber claves de acceso personalizadas y... Perdone, ¿ha dicho algo?

—Esta vez necesito algo más.

Katia esbozó una sonrisa taimada.

—Pero, bueno, señor Contini... ¡¿No querrá atracar un banco?!

—¡Solo me faltaría eso! —dijo Contini entre risas—. No, es una cuestión de espionaje entre bancos rivales, una historia complicada.

—Ay, ¡qué tiempos que corren!

—Necesito una foto de las oficinas.

—¿No de documentos, de pruebas candentes?

Pruebas candentes. Contini se preguntó cómo iba a explicarle la otra petición de Salviati. Aunque a lo mejor bastaría con usar alguna expresión de telefilm.

—No, ningún documento. Tengo que saber cuál es la disposición de las oficinas. En realidad, ni siquiera necesito una foto, me sobra con un plano. Confío ciegamente en su meticulosidad...

Pulirapida, S. A., era una de las dos grandes empresas de limpieza del Tesino. Contini también tenía un contacto en la otra, pero prefería ponerse en manos de Katia. Era una mujer sólida, a la que no le faltaba iniciativa.

—No se preocupe. Tengo que moverme para que me asignen una sustitución en los turnos del Junker. Imposible no es, pero hay que saberlo con un poco de antelación, para hacer la rotación completa con las demás compañeras y no levantar sospechas. De todas formas, si no es mañana, se puede...

—Diciembre —la interrumpió Contini.

—... organizar mejor la... ¿Diciembre?

—Necesito que me haga dos cosas: primero, detallarme la disposición de las oficinas; eso cuando mejor le venga. Luego, la tarde del viernes, 18 de diciembre, tiene que proceder a la introducción de un material probatorio.

—Ah, ya veo. —Katia hizo una mueca—. ¿Es un subterfugio jurídico?

—En efecto. Necesitamos que deje una cosa en una de las oficinas. En su momento le diré de qué se trata.

—¿Es algo ilegal?

En realidad, Salviati aún no le había dicho a nadie qué objeto era. Había exigido hablar directamente con Katia un par de días antes del golpe. Contini no lo entendía, pero se había resignado. Era el retoque de la campana. ¿No lo entiendes? Da igual. Aprende a mentir.

—No, no es ilegal. Es lo que demuestra que ha habido tráfico de documentos secretos, una prueba candente...

—¡Ah!

—El director había escondido el objeto, pero haremos que vuelva a encontrárselo en su oficina. Así entenderá que mi cliente está al tanto y lo dejará en paz. Nadie se dará cuenta de nada, menos dos o tres personas.

La última frase era la única verdad en ese cúmulo de tonterías. El atraco del Junker solo causaría estupor en un círculo muy reducido de personas, dado que el movimiento de dinero era secreto. Además, dadas las características del plan de Salviati, nadie vería a una limpiadora como su fuente de información.

—¿Puede hacer esas dos cosas? —le preguntó Contini.

—Yo creo que sí. ¿Dónde está el banco?

—En Bellinzona.

—Y ¿me asegura usted que no habrá follones?

—Es un poco más complicado de lo habitual... Pero escuche una cosa, Katia: llevamos mucho tiempo colaborando y nunca ha habido complicaciones, ¿verdad?

—Ahí le doy la razón, sí.

—Ya verá como esta vez tampoco.

Anna abrió la ventana y volvió a la cama para abrazar a su marido. En septiembre es muy grato remolonear por la mañana temprano con el primer soplo de aire fresco. Filippo farfulló algo en sueños y le devolvió el abrazo.

—El despertador ha sonado hace un cuarto de hora —murmuró Anna.

—Mmm...

—Va tocando levantarse.

Se dispuso a salir de la cama, pero Filippo se lo impidió poniéndose encima de ella.

—¿Y si nos quedamos en casa?

—¿Estás de broma? ¿Y tus alumnos?

—Qué más da, si soy un atracador...

Se había convertido en una broma entre ellos. Una vez comprendida la gravedad del asunto, tirar de ironía ayudaba a soportar la tensión.

—¡Qué atracador ni qué ocho cuartos! ¡Si ni siquiera sabes las partes de una pistola!

—Ya verás, mujer, ya verás...

Filippo intentaba disimularlo, pero era cada vez más escéptico. Salviati y Contini le parecían un par de chiflados. Ya había dejado atrás la época de leer artículos y libros de atracos; y Anna intuía que en realidad las frasecitas graciosas eran una forma de no pensar en el asunto.

—¡Venga, que se hace tarde!

Apartó las sábanas de golpe, arrancándole un gemido a Filippo. Luego se fue volando a la cocina a preparar el café y poner la mesa para el desayuno.

—¡Voy a ducharme! —le gritó Filippo desde la habitación.

—¡Rapidito!

No le gustaba ir con prisas por la mañana. El desayuno era su comida preferida, y también un momento privilegiado para estar con Filippo. Se alegraba de no haberse casado con uno de esos gruñones que no dicen ni una palabra recién despertados.

—Hoy estoy yo sola en el mostrador —le dijo a Filippo más tarde, mientras untaba la mantequilla en el pan—. Esperemos que no haya demasiados usuarios...

—Nunca he visto cola en la biblioteca.

—¡Pues que sepas que viene más gente de la que te crees!

—Y ¿cómo son?

—Hay de todo. Pero he de decir que sobre todo mujeres.

—Bueno, vosotras sois las que leéis, ¿no? De mis estudiantes, no hay ni un alumno que haya acabado un libro en los últimos tres años.

—¡Qué exagerado! Pero es verdad que las mujeres tienden a ser más inteligentes. Será una cuestión evolutiva. Si el matriarcado...

—¡No, por favor! ¡El matriarcado antes de las ocho de la mañana no!

Anna soltó una carcajada.

En aquellos días había un ambiente más distendido entre ellos. Era normal pasar por altibajos, pero últimamente Anna se había preocupado un poco: Filippo no aceptaba su necesidad de evadirse de vez en cuando y sumirse en reflexiones profundas y personales. Sus amigas se sorprendían, le hablaban de su vida en pareja, hecha de arrebatos y cercanía carnal. Pero ninguna había superado el quinto año de matrimonio... Y, sobre todo, esa complicidad, esas mañanas de cháchara y café, la compensaban con creces. Al final, la levedad siempre regresaba como una especie de milagro.

Después de desayunar, Filippo se fue pitando con el coche. Anna entraba más tarde, por lo que se duchó con calma y fue al trabajo en bicicleta. Aquel día faltaba una compañera y le tocaría estar en la recepción. En el fondo no lo sentía: se perdía un montón de tiempo, pero se conocía a gente interesante.

Como ese señor cincuentón, un poco jorobado, de gestos lentos y precisos. Anna imaginó que sería camarero o azafato, por ese brillo deferente en sus ojos. De hecho, lo apodó «el Mayordomo». Siempre jugaba con sus compañeras a poner apodos a los usuarios de la biblioteca. El segundo paso era intentar adivinar por qué libros preguntarían.

El Mayordomo le parecía un tipo viajado. Libros de fotografías de viaje. O a lo mejor algo de cocina. Mil formas de hacer pasta. Un dulce para cada ocasión. Los secretos del tiramisú.

Sin embargo, el Mayordomo no le pidió ayuda. Se limitó a deambular entre las estanterías, mirando aquí y allá. Había gente que llegaba y pedía un libro, uno cualquiera. Muchos lo hacían antes de un ingreso hospitalario o de un viaje en avión. El Mayordomo, en cambio, parecía pertenecer a la categoría de los insatisfechos. Miró, hojeó y se marchó. Antes de salir le dedicó a Anna una mirada apenada, como pidiéndole perdón por no haberse llevado nada. Anna le sonrió. «Te perdono, Mayordomo».

Volvió a verlo más tarde, a la hora de comer. Se había sentado en su banco de siempre, en la orilla del río. Vio pasar un grupo de chicos a la carrera, detrás del profesor de gimnasia. Luego a un hombre que seguía a su perro. Y, al final, al Mayordomo, que se sentó a su lado y le dijo:

—¿La señora Corti?

Anna se sorprendió.

—¿Nos conocemos?

—No. —El Mayordomo se subió las gafas con el dedo y esbozó una sonrisa servicial—. Pero he venido a ayudarla.

—No le entiendo.

—Soy uno de los suyos. —El Mayordomo estuvo a punto de guiñarle un ojo—. No se preocupe.

Anna apretó con fuerza su fiambrera.

—Lo sé todo del atraco al Junker de Bellinzona.

—¿Qué?

—Yo también soy amigo de Jean Salviati. Y, sobre todo, soy amigo de otros amigos suyos.

Una sensación de vértigo se apoderó de Anna.

—Usted... Amigo de... Pero ¿qué dice?

—No se preocupe —repitió el Mayordomo—. En realidad, solo quiero proponerle un pacto. No se enterará nadie.

Anna se limitó a mirarlo, apretando cada vez con más fuerza la fiambrera con la ensalada de arroz que había sobrado de la noche anterior.

—Yo le prometo una recompensa adecuada, y usted no tendrá que hacerle nada a nadie. Solo quiero información.

—¿Información? ¿De mí? Pero si yo...

—Ya sabe cómo es Salviati, no le gusta compartir las cosas. —El Mayordomo le hizo un guiño de complicidad—. Pero a mi jefe le gustaría tener alguna garantía.

—Perdone, no entiendo...

Anna habría querido levantarse y volver a la biblioteca, pero el vértigo la tenía ahí clavada, en ese banco a la orilla del río. «No es una broma —se repetía para sus adentros—. Atracar un banco no es una broma».

—¡Claro que me entiende! —El Mayordomo sonreía—. Solo quiero que me diga la fecha y la hora exacta del atraco.

Anna tragó saliva. Aquel hombre quería algo de ella.

—Que me cuente cómo se han organizado, vaya. Por pura precaución, ¿entiende?

10

Contini & Salviati

No hubo más reuniones al completo. Mantenían el contacto sobre todo por teléfono; a veces, se citaba a alguien en un bar de Bellinzona, en el despacho de Contini o en casa de Salviati. Hasta que, a principios de octubre, Contini cogió el coche en Corvesco y, escuchando un casete de Moustaki, se dirigió al monte Ceneri.

Estaba resuelto a zanjar aquello.

En los últimos dos meses lo habían intentado todo, pero siempre se les torcía algo. Primero, trasladaron a Lina justo cuando habían descubierto dónde la tenían retenida; luego el banco aplazó el ingreso. Por último, Forster perdía la cabeza.

La voz cálida de Moustaki hablaba de las islas griegas mientras la carretera curvada ascendía entre las manchas rojas y amarillas del bosque. Ni siquiera las canciones francesas podían apaciguar a Contini. Pero tampoco pasaba nada: había tomado una decisión; no era demasiado tarde para pedir ayuda a la policía. Solo tenían que elegir bien a quién dirigirse.

Sin embargo, Salviati no estaba de acuerdo.

Cuando Contini llegó delante de su casa, lo encontró trabajando el prado con la horca. El investigador lo miró desde el coche: llevaba un viejo suéter deformado y pantalones de terciopelo. Luego se acercó y bajó la ventanilla.

—Pero ¿qué estás haciendo?

Salviati levantó la cabeza. Volvió a agacharla y le dijo:

—Airear el prado.

Contini bajó del coche.

—¿Airear el prado?

—De tanto pisarla, la hierba se comprime, así que en otoño hay que favorecer la penetración del aire para mejorar el suelo.

—Ah.

—Es bueno para las raíces; facilita el paso del agua. Evita enfermedades.

—Y para eso hay que hacer agujeros en el suelo.

—Y luego echar un poco de arena. ¿Qué tal, Elia?

Contini se sentó a orillas del prado y le explicó sus inquietudes. Era incapaz de trabajar en equipo y no podía pensar en serio en desvalijar un banco. Por eso proponía llamar a la policía y...

—¡Ni hablar!

—Pero, Jean, piénsalo bien. Tal y como están las cosas...

—Ni hablar. Forster tiene a mi hija, y no le temblaría el pulso para hacerle daño.

—Pero tenemos pruebas. Grabamos...

—Eso no son pruebas. Forster puede hacer desaparecer a mi hija e irse de rositas. ¿Por qué iban a creer a un antiguo ladrón?

—Conozco a gente muy válida en la policía.

—No voy a ir a la policía, Elia. Soy un expresidiario, llevo meses sin ver a mi hija. ¿Por qué iban a creerse la historia del atraco solo con escuchar la grabación de un investigador en la que se habla de un atraco?

—Jean, nos hemos aliado con un criminal peligroso. ¿Es que se te ha olvidado que intentó sobornar a Anna?

—Ella no cedió. Confió en nosotros.

—Forster sabe que hemos involucrado a los Corti. Eso quiere decir que nos está espiando, que está dispuesto a todo.

—Mira, yo no te obligo a hacer nada.

—Si es que esa no es la cuestión. Ni siquiera has querido saber por qué Forster intentó sobornar a Anna; ni siquiera has querido...

—Forster tiene a mi hija. No puedo arriesgarme. Si quiere que atraque el banco, yo lo atraco, y punto. Forster está loco, pero nosotros somos más listos. ¿Por qué quieres echarlo todo por tierra?

Contini abrió la boca para responderle, pero la cerró al punto. De repente se sintió exhausto. Levantó los ojos para observar las montañas, donde los avellanos y los castaños ardían con los colores del otoño.

—¿Que yo...? —consiguió decir—, ¿que yo quiero echarlo todo por tierra?

Salviati lo miró sin responder.

—Pero ¿te das cuenta de lo que estás diciendo?

—Lo que sé es que he preparado un plan. Si tienes miedo, ¡dímelo!

Contini perdió por un instante su habitual flema:

—Jean, ¡nos conocemos desde hace veinte años! Sabes lo que hice y lo que hicimos, y que... La cuestión es que no soy capaz de trabajar, ¡no soy capaz de vivir desde que apareciste con este dichoso atraco!

—Tenías toda la libertad de...

—¡No vuelvas a repetírmelo! Ni quería ni quiero echarme atrás, ¡y lo sabes! Pero lo que tampoco puede ser es que vengas a proponerme robar diez millones, que nos embarquemos en esta historia con unos desconocidos y que, cuando las cosas se han torcido, ¡sigamos erre que erre como borricos!

—¡Las cosas no se han torcido!

—¡Claro que se han torcido! ¿Qué te crees, que para alguien que no está desesperado es fácil tomar la decisión de atracar un banco? Una cosa es estudiar un plan y otra muy distinta es ir allí el 20 de diciembre y saber que estás haciendo algo ilegal, contrario a tus principios, ¡contrario al sentido común!

Salviati seguía apoyado en la horca. Al oír eso, él también perdió la calma. Arrojó la horca al suelo y dio un paso hacia Contini.

—¡¿Contrario al sentido común?! —exclamó—. Pero ¿qué sentido común? Mi hija está secuestrada por un tipo que no dudaría en matarla; fui a verte; no quería, ¡sabes perfectamente que no quería volver a atracar! ¿Crees que es fácil para mí? Me he pasado años en la cárcel, ¡estaba rehaciendo mi vida!

—Pues entonces tendrías que alegrarte de poder hacer lo que hay que hacer: ir a la policía y pedir justicia...

—Pero ¡qué justicia ni qué niño muerto! ¡Yo era un ladrón! Porque se me daba bien, ¿sabes? Se me daba bien mi trabajo. Y ahora me despierto en plena noche pensando en el golpe y me doy cuenta... ¡Me doy cuenta de que le he cogido el gusto!

Silencio. Salviati siguió en voz baja:

—Es la mayor derrota, Elia. Quiero que el atraco salga bien, pero ¿por qué? Por mi hija, claro, por Lina. O a lo mejor...

Silencio. Contini lo miraba fijamente, sin parpadear.

—O a lo mejor —murmuró Salviati—, después de todos estos años, es mi vida, mi propio pasado, la que aún me tiene preso.

11

¿Por qué no?

... y, como de costumbre, había metido las narices donde no debía. No tenía experiencia, es verdad, aunque no era fácil darse cuenta de que algo olía a chamusquina. En el fondo, cuando alguien le pide a un investigador que vigile una villa, lo primero que se piensa es que quiere proteger la villa. Pero no.

Yo era un peón en esa especie de estafa. Un testigo.

Así, el dueño de la casa podría decir: «Entraron unos vándalos, empezaron a destrozarlo todo y me pegaron una paliza. Puede dar fe de ello el hombre al que contraté para vigilar la villa». Los «vándalos» nos apalearían a él y a mí, sobre todo a mí, y luego huirían llevándose un montón de cosas. Entre ellas, determinados documentos, determinadas fotografías... Un plan sencillo, sin fisuras.

Menos por un detalle: yo, por casualidad, había visto lo que pasaba en esa villa.

Tendría que haberme quedado en la entrada leyendo el periódico, esperando a que acabase la noche. Pero, como le decía, no tenía experiencia. Así empezó ese escándalo, del que también se hicieron eco los periódicos. En el fondo fue una suerte: de no ser por ese incidente, nadie habría descubierto nada. No obstante, tendría que haber actuado con más astucia. En cambio, empecé con la cabeza gacha. Y salí muy malparado.

Un día de estos le contaré toda la historia.

Pero lo que ahora importa es hablar de aquella bodega. Solo recordaba destellos de lo que había pasado en las horas anteriores. Pero estaba maltrecho de verdad. Además de la paliza, sentía el peso de la humillación y la falta de comida.

No sé cómo se las apañó Jean Salviati para entrar. Sé que después de colarse por aquel ventanuco dedicó unos segundos a guardar sus herramientas. Yo lo miraba perplejo, desde un rincón. Él estaba tranquilo. Cerró la bolsa, encendió la linterna e inspeccionó la sala sin ninguna prisa.

Hasta que la luz se detiene sobre mí.

Me ve. Se acerca y me pregunta: «¿Quién eres?». Yo le respondo: «¿Quién eres tú?».

Ahí empezó todo. Yo estaba a punto de abandonar. Él debió de intuir que aquella no era la villa normal de un hombre de negocios que quiere disfrutar de su jubilación. En ese momento, él tenía dos alternativas: escapar de inmediato o descubrir en qué lío se había metido y luego escapar. En todo caso, las reglas del oficio le exigían huir al cabo de dos minutos. Cuando se vive de los hurtos, hay que ser inflexible. Basta una distracción, un desliz, y estás acabado.

Eso me lo contó Jean más tarde. Para explicarme el titubeo de los primeros segundos. Recuerdo que, después de mirarme, levantó los ojos hacia el ventanuco por el que había entrado. Yo no dije nada. No podía pensar; había perdido toda esperanza.

Jean se puso a mi lado, en el suelo de la bodega. «Cuéntame qué ha ocurrido», me dijo. Yo le conté lo que sabía. Los dos minutos ya habían pasado, él tenía que pensar a toda prisa y, como se imaginará, tenía que pensar por los dos. Como se lo conté todo, él se enteró de que habían fabricado pruebas contra mí; se enteró de que estaban en disposición de inculparme. O puede que lo supiera desde el primer momento; la cuestión es que me dijo: «Voy a sacarte de aquí».

Entonces debí de recuperar un ápice de lucidez. Puede que el ver una vía de escape me espabilase.

«No», le digo.

Él no lo entiende. «Lo siento, pero, si salgo de aquí sin esas fotos, soy hombre muerto», le explico. Él se queda un rato mirándome, al menos diez segundos, que entonces me parecieron minutos. De hecho, cada segundo pesaba como una hora. Yo no digo nada más. Él vuelve a mirar a la ventana y, acto seguido, se fija en la puerta de la bodega.

Al final, se levanta y me dice: «¿Por qué no?».

12

Hemos vuelto al principio

Un día de finales de noviembre Matteo Marelli perdió la esperanza. Las semanas pasaban como en una larga convalecencia: nada diferenciaba a un día del siguiente, excepto el paso de las estaciones. El verano en el valle del Bavona parecía quedar a miles de años.

—Es invierno —dijo aquel día, sin dirigirse a nadie en concreto.

—Ya me he dado cuenta —respondió Lina.

No le estaban hablando a nadie. Habían acabado en una suerte de tierra franca, alejados de los acontecimientos y las preocupaciones del mundo de fuera. La palabra «fuera» era recurrente en sus conversaciones. Leían libros y periódicos, veían la tele, pero contaban en soledad los días de su cautiverio.

Al principio, Matteo no le había dicho nada a Lina. Ella seguía esperando el atraco. Cuando se decidió a confesarle que este no sería antes de diciembre, Lina pasó tres días sin dirigirle la palabra. O, mejor dicho, en el silencio más absoluto. Luego pareció resignarse y no volvió a sacar el tema. Él, en cambio, seguía confiando. La pista que le había lanzado a Contini se basaba en una hipótesis incierta. Pero, en el fondo, era justo que a ellos la suerte también les sonriera un poco.

Sin embargo, aquel día, después de desayunar, miró por la ventana y vio las ramas secas de los árboles, la lluvia en la acera gris.

Y se limitó a decir:
—Es invierno.
Pero Lina lo entendió. Él también había perdido la esperanza.
Matteo volvió inmediatamente a su habitación y no asomó hasta mediodía. Ella pidió permiso para dar un paseo por el barrio; Elton accedió: la última salida había sido tres días antes. Lina se estaba acostumbrando a esos ritmos de prisionera. Llevaban ropa de invierno comprada por Elton, comían lo que él quería, solo salían con él.
Debajo del paraguas, Elton y Lina dieron una vuelta a la manzana. Ella no dijo ni una palabra. Elton se había acostumbrado a sus silencios. Concebía aquellos paseos como un riesgo inevitable. Bastante difícil era ya gestionar esa situación sin que los dos rehenes tuvieran una crisis nerviosa. De todos modos, estaba relativamente tranquilo: les había contado una patraña a los vecinos, hablándoles de neurastenia y rehabilitación. Sabía que no hay nada como una enfermedad para que la gente te evite.
Lina paseaba y observaba.
Le parecía ver las cosas por primera vez.
Un hombre poniéndose un impermeable sin dejar de andar. Un chico corriendo, otro en bicicleta, cubierto por un chubasquero naranja. En las casas, las luces encendidas, como para celebrar la llegada del invierno.
Y el final de la esperanza.
O, mejor dicho: aún cabía la posibilidad de que el atraco saliese bien, pero luego Salviati y Contini tendrían que vérselas con Forster. En sus conversaciones, Lina y Matteo ya no hablaban del tema. Al principio, analizaban continuamente los pros y los contras. Luego empezaron a comportarse como si el cautiverio no tuviera sentido; como si fuese una condición existencial desvinculada de toda función práctica.
Elton estaba siempre con ellos. Él u otro hombre de Forster, un tipo de aspecto servicial que se subía cada dos por tres las gafas con el dedo. Lina no les hacía caso, pero intuía que estarían dispuestos a todo.

Cuando volvieron a casa, Elton se retiró a su zona. Lina encontró a Matteo en la mesa de la cocina, haciendo un sudoku. Pasaba un montón de tiempo con esas cosas: crucigramas, jeroglíficos y juegos de palabras. Lina, en cambio, prefería ver la televisión.

—¿Aún llueve? —le preguntó Matteo.

Él ya lo sabía, claro. Probablemente no habrían pasado ni cinco minutos desde la última vez que había mirado por la ventana.

—Sí, hace un tiempo de perros —respondió Lina—, pero no pasa nada.

«No hace falta que pierdas la esperanza porque llueva —quería decirle—. Tu esperanza también me ayudaba a mí».

—Empezará a hacer frío —dijo él.

«Dentro de poco estaremos en diciembre. Entonces todo cambiará».

—Estaría bien poder ir al cine algún día...

Él parpadeó, sin acabar de entenderla. Luego comprendió el sentido de la frase.

—Sí. No hemos ido nunca.

«La vida sigue ahí fuera, y nosotros deberíamos intentarlo. Tarde o temprano».

—¿Por qué no cocinamos una buena cena para esta noche?

«Ánimo, intenta resistir».

—Sí, así nos olvidamos de la lluvia...

«No te prometo nada. Pero intentaré recuperar un poco de esperanza».

¿Se querían?

Se lo preguntaban de vez en cuando. Sin decírselo, naturalmente.

Habrían querido separarse, al menos un tiempo, distanciarse el uno de la otra. Y luego hacer algo banal, como ir al cine o salir a cenar. Y a lo mejor uno de ellos hasta podría llegar tarde.

Pero nada de eso existía. Estaba fuera.

La mayor parte del tiempo ni siquiera se lo planteaban. A veces, en una palabra cruzada en un susurro, o solo en una mirada, intuían un principio de libertad. Puede que, en algún lugar recóndito del vacío de sus días, resistiese un sentimiento. Era un juego de azar entre ellos, la apuesta por una historia que nunca acababa de nacer.

—¿Marelli estuvo a punto de decirlo o no?

—¿Qué más da eso?

—Yo creo que tenía pensadas todas y cada una de sus palabras.

—Si tú lo dices...

Contini y Francesca estaban en el piso de Francesca, en Locarno, dando buena cuenta de una paella, una de sus cenas especiales. Los ingredientes nunca cambiaban: pollo, salchicha, ajo y cebolla, un poco de azafrán y una lluvia de camarones. Una de las primeras veces que se vieron, habían comido paella. A Contini, amante de los rituales, le gustaba repetir esa cena todos los años.

Pero aquella noche el investigador estaba distraído. En el último mes había aceptado un par de trabajillos: un caso de divorcio y una serie de hurtos en una tienda de electrodomésticos, donde había que descubrir, sin armar un escándalo, qué dependiente sacaba un pico para redondearse el sueldo. Había saneado la alarmante situación de su cuenta corriente, pero en su fuero interno no se sentía libre.

Las palabras de Matteo Marelli no lo dejaban en paz. «Ahora que hemos vuelto al principio, ahora que tenemos que esperar y que estamos donde aún tenía que pasar todo». ¿Por qué, después de lanzar la pista, había comenzado una frase que no podía pronunciar? «Ahora que nos tienen secuestrados en...», y Elton lo cortó de inmediato. Marelli tenía que saber que Elton iba a intervenir. Entonces, ¿a santo de qué empezar la frase?

—No lo sé —respondió Francesca—, a lo mejor pensaba que Elton estaba distraído.

—No creo.

—Entonces, ¿por qué?

—No lo sé, Francesca, no lo sé. Para mí es una pista oscura como una tumba.

—Pero ¿por qué sigues dándole vueltas?

—He escuchado varias veces la grabación. Una vez, de forma fugaz, me pareció reconocer algo.

Francesca llenó las copas de vino tinto; había comprado un rioja para la ocasión. Le habría gustado pasar la velada sin hablar de Salviati y del atraco, pero Contini parecía obsesionado. Salviati y él habían discutido agriamente, aunque luego habían hecho las paces.

—Creía que se te iba a olvidar, ¿sabes, Contini?

—¿Eh?

Francesca suspiró.

—Creía que este año ibas a olvidarte de la paella.

—¡Faltaría más!

—Para mí, este año es todavía más especial: cuando nos conocimos estaba estudiando y ya he acabado. Es como el final de una etapa.

—Es verdad. —Contini se dio cuenta—. Y, ahora, ¿qué?

—No lo sé. Tengo ganas de hacer algo nuevo, de ver sitios y descubrir a gente distinta. Pero quién sabe dónde estaremos dentro de un año...

—Estaremos aquí.

Francesca asintió. Bebió un trago de vino. Un hombre que solo lee a Dante, que escucha canciones francesas en el radiocasete, que vive con los zorros y que... ¡que te lleva a desvalijar un banco! ¿Cómo se las había apañado para dar con un hombre así?

—Tenemos que ayudar a Jean con esto —le dijo Contini—. Luego tendremos tiempo para nosotros.

—Claro... Tenemos que esperar a finales de diciembre, ya lo sé.

—¿Has dicho que te gustaría viajar?

—Visitar alguna ciudad, por ejemplo.

—¿Una cualquiera?

—Del norte de Europa. Descubrir los museos, los restaurantes... Patearla. Me gusta aprender a conocer una ciudad.

Contini masticó su último bocado. Luego arrastró la silla hacia atrás y dijo:

—Es difícil llegar a conocer algo.

Francesca había renunciado a cambiarlo: jamás se convertiría en un amante del arte y de las novelas; tampoco del cine. Pero tenía una forma peculiar de ver la vida. Una forma sosegada y ardiente a la vez. Puede que Francesca lo quisiera justo por eso.

—Necesitaríamos un poco de tiempo —le dijo—, y puede que también de estabilidad.

Contini entendió lo que quería decir. El piso era una confluencia de vidas distintas. Las enormes cajas con los libros de Milán, los sillones azul pastel, la luz tenue de la lámpara de pantalla y, en las paredes, además de varias acuarelas, dos o tres fotografías de zorros. Francesca quería que decidiesen qué hacer con su vida.

Pero a él no se le iba de la cabeza la mirada apagada de Salviati mientras le decía que le estaba cogiendo el gusto a planear el atraco, que eso lo destrozaba. Y pensaba en ese edificio sólido, en una calle tranquila de Bellinzona, edificio al que pronto llegaría una mochila anónima rebosante de billetes.

—Francesca, ya sabes que nunca habría renunciado a nuestra paella...

—Ya lo sé.

—¿Qué es un atraco a un banco en comparación con una paella?

Francesca sonrió.

—¡Nada!

—Además, en el banco encuentras de todo, vale, pero no tienen este rioja...

Levantó la copa para brindar. Francesca lo imitó. Y, después de beber, se levantó y rodeó la mesa para acercarse a él. Le apoyó las manos en los hombros y se inclinó para besarlo. Él se levantó y le dio un abrazo.

—Que sepas que falta poco —le murmuró—, falta...
—¡Chsss! —dijo ella—. No falta nada.

Aquellas llamadas eran el momento en que el mundo exterior se volvía más tangible. Se producían una vez a la semana, bajo la mirada vigilante de Elton. Y duraban un par de minutos, como mucho. Y, sin embargo, la distancia les garantizaba una intimidad que no habrían sido capaces de mostrarse cara a cara.

—Hola, soy yo.

Él siempre hacía una pausa. Como si se sorprendiera de escucharla.

—Lina. —Siempre repetía su nombre—. Lina, ¿cómo estás?

—Me tratan bien —respondía siempre ella—. No te preocupes por eso.

Matteo siempre se retiraba a otra habitación. A veces Lina hablaba de él, pero era una cuestión en la que no llegaban a ahondar. Normalmente, su padre cambiaba de tema:

—Estoy intentando proteger los geranios de las heladas. Las gencianas que florecieron en octubre, esas las metí en casa...

Lina lo escuchaba. Se perdía en la voz algo ronca de su padre, en sus expresiones robadas del francés. Eran conversaciones lentas, con muchos silencios y pocos puntos destacables.

—Ayer hablé con Elia. Para él no es fácil.

—Pero para ti tampoco.

—Yo estoy acostumbrado, era mi trabajo.

Normalmente procuraban evitar las palabras «Junker» y «atraco». Lina prefería hablar de otra cosa. Intentaba recuperar el tiempo perdido.

—¿Luego volverás a la Provenza? ¿Sabes que nunca vi el jardín de la villa?

—Una vez, cuando eras niña, estuvimos.

—¡No me acuerdo!

—Pero desde que trabajo allí han cambiado muchas cosas.

—Quisiste hacerlo a tu manera, ¿eh?

—Es que ha cambiado el curso del arroyo. Yo vivo en la casa del vigilante, hay un manantial allí cerca, el agua está siempre fresca...

Cosas por el estilo, banalidades. Palabras sin peso que orbitaban alrededor del quid de la cuestión. Ya solo faltaban un par de semanas; luego, cinco personas se llevarían diez millones de francos del Junker Bank. O al menos lo intentarían.

En una de las últimas llamadas, Lina había hecho un par de preguntas. Ni siquiera ella sabía por qué, pues el atraco era algo en lo que ya había dejado de pensar.

—Pero ¿vais a ser capaces de hacer eso? —le preguntó.

—Estamos preparados.

Lina no sabía cómo reaccionar. Se sentía como una niña enferma que intenta comprender en qué trabajan los adultos fuera del hospital.

—¿No sois demasiado pocos?

—El número ideal para un trabajo por el estilo.

—¿Y después? —Lina miró de reojo a Elton, sentado a su lado con expresión impasible—. Después no será fácil...

—Tenemos que estar preparados para cualquier cosa, Lina —su padre bajó la voz—. Hay que rezar por que todo vaya según lo previsto. Pero, de todas formas...

La pausa fue más larga de lo habitual. Tan larga que Lina tuvo que insistir:

—¿De todas formas?

—Nada. Cuando acabe esto, si vienes a verme, te enseño el jardín de la villa. ¿Te he dicho ya que vivo en la casa del vigilante? Hay un manantial; el agua está siempre fresquísima...

13

Antes de Navidad

Giacomo Belloni lo sabía desde su primer empleo: para quien trabaja en un banco, diciembre es un mes feo. Hay que cerrar las cuentas, revisar los balances, prepararse para informar de las estadísticas en los primeros días del nuevo año. Todo el mundo hacía un montón de horas extraordinarias. Y la noche del 31 de diciembre siempre había algún joven trabajador encerrado en el banco, pringando hasta la una de la noche.

¡Como si no fuera ya bastante duro antes de Navidad!

Hay que acordarse de dar señales de vida a los familiares y los amigos, hay que ir a las cenas y, si no se puede, al menos hay que prometer futuros encuentros. «Cuando pasen las fiestas lo vemos». «Ya, qué se le va a hacer. Antes de Navidad es imposible, pero después...». «¡Dales recuerdos a tus padres, eh!». «¿Por qué no te pasas un día a tomarte un aperitivo?».

Los aperitivos se amontonaban uno sobre otro, como chatarra en un desguace, hasta borrar el paisaje. Pero el auténtico fantasma del director Belloni eran los regalos. Cada año los dejaba para el 24 de diciembre por la tarde, cuando se colaba a hurtadillas en una joyería.

Sin embargo, aquel año se había prometido que no le volvería a pasar.

Se tomó media jornada libre el jueves 17 de diciembre, aprovechando que trabajaría el domingo. Fue a Grancia, al sur de Lugano, y entró en un gran centro comercial. Fue una gesta memorable: el director Belloni adelantó turbas de parejas extenuadas, rodeó a padres indecisos entre varios juegos de la PlayStation, esquivó a plácidas señoras de mediana edad que, presas de una furia misteriosa, saqueaban estanterías con ofertas especiales de Navidad.

Al final le compró un ajedrez a su hijo mayor, un frasco de perfume a la mediana y un juego de té de plástico de colores a la pequeña. Para su mujer, un collar de ámbar, una pulsera de plata y un estuche con las mejores películas de Audrey Hepburn. Luego buscó una botella de *whisky* para su suegro, una flor roja para su suegra, un libro ilustrado de rutas de montaña para su padre y un CD de Frank Sinatra para su madre. Aún le faltaban dos hermanas y tres o cuatro amigos, pero al director Belloni le pareció prudente no exagerar, al menos en la primera ronda.

Al día siguiente, viernes, se preparó para afrontar la jornada de trabajo, contento. La familia Belloni vivía en Ravecchia, un barrio que no quedaba lejos del banco, por lo que el director podía ir andando al trabajo. Un paseo de un cuarto de hora, un poco de ejercicio después del desayuno. En invierno se protegía del frío con una bufanda de colores —regalo de una Navidad pasada— y un sombrero de fieltro. Cuando entraba en el banco, siempre estaba de buen humor.

—¡Buenos días, director! —Giuseppe, el vigilante de la entrada, lo saludó con un ademán de la cabeza—. Esta mañana corre un viento helado, ¿eh?

—¡Un viento que anuncia nieve, querido Giuseppe!

El director pasó sin detenerse en la garita del vigilante y saludó a la empleada de la ventanilla. Luego se dirigió al ascensor, dejando atrás un árbol de Navidad de plástico con luces parpadeantes. Las oficinas estaban en el primer piso. Mientras subía, se quitó la bufanda y el sombrero: la calefacción de las oficinas estaba tan alta que la mayoría de los empleados trabajaban en mangas de camisa.

El despacho de Belloni estaba en una esquina del edificio, al fondo del pasillo. Dos enormes ventanas, detrás y a un lado de la mesa, hacían casi innecesaria la luz artificial durante el día. Pero a las ocho de la mañana aún estaba oscuro, así que Belloni encendió la luz del techo y la lámpara de su mesa. Era un despacho acogedor pero sencillo. El director no tenía fotografías personales, a excepción de una con su mujer y sus hijos. En las paredes, cuadros de Nag Arnoldi y Felice Filippini. Delante de su mesa había dos sillones para los invitados, de esos que se tragan a quien osa apoyarse en el respaldo.

Por su parte, Belloni tenía una silla giratoria de cuero negro. Su mesa estaba completamente despejada. A un lado, la pantalla y el teclado del ordenador. El director se quitó las gafas, con montura de celuloide, elegantes a la par que deportivas, según el óptico que se las había vendido. Limpió las lentes y se las puso de nuevo. Luego se volvió para mirarse en el reflejo del cristal de la ventana y lanzó un suspiro de satisfacción: estaba en su pequeño reino. Cada gesto, medido; cada palabra, necesaria. Allí dentro no tenía cabida el estruendo de la muchedumbre, el caos navideño con su estela de histeria colectiva.

Sonó el teléfono.

—¿Director? —Era Beatrice, su secretaria—. Tengo al señor Koller, de Zúrich, en línea.

No preguntó si quería que le pasase la llamada: Zúrich siempre tenía prioridad.

—Señor Koller —dijo Belloni en alemán—. Es un placer hablar con usted. ¿Qué tal por Zúrich?

—Bien, ¡aunque hace un frío que pela! ¡Los envidio a usted y a los compañeros que disfrutan del clima tesinés!

Belloni soltó una carcajada educada: costaba que los suizos alemanes se metiesen en la cabeza que el Tesino no era un país tropical.

—Lo llamo por la operación del domingo...

—Por supuesto. —Belloni estaba al tanto—. Nosotros estamos preparados.

—Muy bien. Entonces, dentro de un rato le mando el número de teléfono del señor Claudio Melato, por lo que pueda pasar.

Él será quien lleve el dinero. Luego puede enviarme un correo para confirmarme que todo ha salido bien.

—Por supuesto. ¿Tengo que ponerme en contacto con el señor Melato?

—No hace falta. Él conoce los detalles de la operación; llámelo si hay alguna traba, habida cuenta de que viene del extranjero.

—Por supuesto, pero no hará falta.

Belloni sabía que aquel movimiento de dinero no era del todo limpio. Diez millones de repente, en una sucursal secundaria... y con la discreción que se otorgaba únicamente al dinero más delicado. Ese tipo de operaciones eran muy insólitas; pero parecía que, en época de crisis, alguien de la dirección había decidido arriesgar.

—Entonces, ¿está todo claro, director Belloni? ¿Se acuerda también del procedimiento que tendrá que llevar a cabo después del ingreso?

—Por supuesto. Para el domingo por la tarde estará todo listo.

Koller le había dado indicaciones muy concretas. Ese mismo día, Belloni se encargaría de transferir de nuevo esa cantidad, dejándola fuera, como es natural, de las cuentas que se presentarían después de Nochevieja. El ingreso, destinado a la sede central de Zúrich, se absorbería repartiéndolo como entradas menores en otras sucursales del Junker por las que el dinero nunca había pasado. Belloni tendría que hacer esas operaciones solo, sin involucrar a ningún otro empleado.

—Muy bien —concluyó Koller—, pues entonces voy a ir colgando. ¡Espero que pase una feliz Navidad! Me imagino que se concederá unos días de vacaciones, ¿no?

—Por supuesto. Aunque la verdad es que será ya en enero. Después de Nochevieja quizá pase algún día en la montaña...

Belloni cayó en la cuenta de que se había pasado toda la llamada repitiendo «Por supuesto» como un loro. El trato con Zúrich no era una parte agradable de su trabajo. Después de despedirse de Koller, Belloni llamó a Beatrice y le pidió que tomase nota del teléfono del señor Claudio Melato. Le explicó que lo vería el domingo por la mañana para una breve entrevista de trabajo.

—¡Ay, director! —exclamó la secretaria—. ¡Entonces le tocará trabajar también el domingo!

—Qué se le va a hacer... ¡Gajes del oficio!

Koller alineó los bolígrafos en su mesa mientras esperaba que el té se enfriase. Delante de él, al lado del té y de una rosquilla, tenía el dosier de la cuenta 522.776.FK. Koller se alegraba de dejar cerrado el traslado de Enea Dufaux al Junker antes de Nochevieja.

La absurda investigación de Seguridad Interna le había hecho perder un montón de tiempo. Y pensar que al principio Fischer había ido de amigote: «Te lo digo en confianza: lleva cuidado, corren rumores...». En el fondo, Koller estaba seguro de que eran todo patrañas. Había sido el último en llegar y le había tocado pagar el pato de la paranoia que reina en los bancos suizos.

Pero, después del 20 de diciembre, el último de sus peces gordos iba a firmar un acuerdo con el Junker. Aquellos millones que llegaban a Bellinzona eran una especie de prenda: vosotros me blanqueáis esto, y yo os confío mi dinero.

Bebió con cuidado un sorbo de té. Decidió añadirle un poco de azúcar. Tenía que acordarse de llamar a Dufaux para felicitarle la Navidad. Esos movimientos de dinero eran operaciones rutinarias: dinero concreto que se convierte en dinero virtual. La auténtica batalla se había reñido antes: Koller había tenido que luchar con uñas y dientes para conquistar a todos y cada uno de sus peces gordos. Removió el té con la cucharilla y marcó el número de Claudio Melato.

—Hola, ¿hablo con el señor Melato? —Koller habló en italiano.

—Sí, ¿quién es?

—Soy Koller, del Junker. Le llamaba para decirle que está todo listo.

—Ah, señor Koller, muchas gracias.

—Acabo de hablar con la sucursal de Bellinzona. Lo esperan el domingo a las siete de la mañana. Les llevará unos diez minutos. ¿Usted lo tiene todo preparado?

—Aún no, pero hoy estamos cerrando los últimos detalles. Mañana ya estaré en Lugano con todo lo necesario.

—Muy bien. Salude de mi parte al señor Dufaux.

—Cuente con ello.

Después de despedirse de Melato, Koller por fin pudo hincarle el diente a la rosquilla. Había sido una lucha dura. Koller había tenido que sonreír siempre, estrechar manos, acompañar a posibles clientes a campos de golf y hablar de dinero sin hablar de dinero. Ahora solo tenía que recoger los frutos. Poco antes de Navidad, Koller por fin podía disfrutar de su merecido éxito.

Delante de la casa de Luca Forster, en Tesserete, dos operarios municipales estaban colgando los últimos adornos navideños. Forster los miraba por la ventana, sin verlos. Ese año no iba a tener ni un respiro, ni siquiera en Navidad.

Estaba preparado para jugárselo todo.

En los últimos meses las cosas habían ido de mal en peor. A lo mejor se había colado al dar el paso: del tráfico y la usura había intentado pasar a negocios más complejos y, sobre todo, más limpios. Un auténtico chasco. Los negocios limpios lo habían hundido. O casi, porque Forster aún podía salir a flote. Lo único que hacía falta era que Salviati saliera del Junker de Bellinzona con diez millones de francos.

Por el momento, Forster miraba por la ventana, esperando a los buitres. La calle estaba inmóvil por el frío, y Forster se fijó en la escarcha de las lunas de los coches y en las hojas amarillentas de la acera. El único rastro de vida eran los dos operarios enfrascados en la colocación de los adornos. Hasta que, como el actor que entra en escena con un instante de retraso, apareció el coche del abogado Berti.

Forster se alejó de la ventana y pasó al estudio, preparándose para recibirlo. Había dejado dicho que interrumpiesen la conversación al cabo de un cuarto de hora, pasara lo que pasase, fingiendo que alguien lo llamaba por teléfono. No quería entrar en detalles; aún no. Antes del 20 de diciembre era inútil perder el tiempo con cháchara.

—Señor Forster, espero no molestar.

—¡Faltaría más, abogado! Por favor... ¡Tome asiento, tome asiento!

El abogado Berti, en realidad, parecía más un avispón que un buitre. Achaparrado y con gafas, una corbata amarilla, un traje marrón y una voz zumbante. Un avispón enorme que había sobrevivido al verano. De esos que no se mueren nunca.

—En realidad, en los últimos meses nuestro conflicto no ha avanzado demasiado —comenzó el abogado—. Ha llegado la hora de concretar...

—¿Conflicto? —lo interrumpió Forster—. Creía que se trataba más bien de un acuerdo, de un entendimiento de buena fe, en interés también de K-Investment.

—Obviamente. —El avispón elevó el zumbido—. Disculpe. Prometió usted que antes de fin de año pagaría la cifra acordada, amén de abrir la puerta a posibles colaboraciones futuras.

—Tengo los contactos para el negocio. —Forster decidió ser franco—. Por el momento, aún no tengo el dinero.

El abogado Berti se sobresaltó como si le hubiera escupido en un ojo.

—Por el momento... ¿Por el momento no tiene el dinero?

—No he dicho que no vaya a tenerlo. Mire, abogado, estoy a la espera de que se cierre un asunto importante. Antes de Navidad podré decirle si ha llegado a buen puerto.

—¿Y si no llega a puerto?

—Llegará a puerto, no se preocupe; es una mera formalidad.

—Eso espero, señor Forster.

Forster notó que estaba sudando. ¡Menos mal que era una «formalidad»!

—Es un negocio millonario, algo gordo... Y destinaré todo lo que saque a K-Investment.

—Me alegro mucho. ¿Dice que el negocio se cerrará antes de Navidad?

—En cuestión de días.

—Sin embargo...

Berti dejó la frase en el aire, fingiendo un ataque de tos. Ahí llegaba el aguijón.

—¿Sí? —dijo Forster, sin lograr disimular la angustia.

—No es nada. Decía que, sin embargo, es importante que esta vez pasemos realmente a una fase concreta. Cuanto más esperemos, más dinero perderemos, ¿entiende? Y algunos inversores son harto susceptibles con esta cuestión...

Forster encajó la amenaza.

—Usted no se preocupe, abogado. En Navidad podremos celebrar juntos la feliz conclusión de nuestro... conflicto.

—Ojalá que sí. —Berti se levantó—. Sé que ha tenido algún contratiempo.

—¿Contratiempo? —Forster frunció el ceño—. ¿A qué se refiere?

—Me han hablado de una historia de evasión fiscal...

—Un desliz. Además, ¿qué tiene eso que ver?

—Es verdad —dijo el abogado, asintiendo—. Le reconozco que la evasión fiscal no es un delito penal en Suiza. Podría apañárselas con una multa; pero ¿qué me dice de una evasión fiscal reiterada y de un fraude cometido a nombre de clientes suyos que...?

—¡Basta! —Forster se levantó de golpe—. Va a cobrar usted su dinero, ¿estamos?

—Yo lo digo por su bien. —Berti se permitió esbozar una sonrisa—. Por lo pronto, le deseo feliz Navidad.

Ni siquiera había hecho falta la llamada falsa.

El avispón salió mientras Forster se recuperaba del encontronazo. El abogado Berti lo tenía cogido por los huevos, para qué negarlo. ¡Si hasta se había hecho con las pruebas de sus desventuras fiscales! Forster no quería ni pensar cómo lo triturarían si no pagaba su deuda con intereses.

Por suerte, Jonathan entró en el estudio para rebajar su preocupación.

Era, con Elton, su otro hombre de confianza. Recordaba a un camarero, con el pelo ralo en la nunca y la mirada dócil. Pero era capaz de pegarle una paliza a un hombre sin pestañear. En cuanto entró, Jonathan dijo:

—Si no necesita nada más, me voy.

Y se quedó esperando delante de la mesa.

—Recuerda que la planificación del horario es fundamental —le dijo Forster—. Tenéis que llegar a Bellinzona con mucha antelación. Por lo menos, antes de las seis.

—Allí estaremos. —Jonathan se subió las gafas con el dedo—. Ya verá como no hay contratiempos. Ellos entran a las siete, ¿verdad?

—Sí, más o menos.

—En cuanto cojan el dinero, nosotros los cogeremos a ellos.

«Esperemos —pensó Forster—, esperemos». En sus oídos aún resonaba el zumbido del avispón. Y ya sabía que, hasta el 20 de diciembre, le iba a costar conciliar el sueño.

No, aquel año tampoco iba a tener ni un respiro.

Ni siquiera en Navidad.

14

Final feliz

El viernes por la tarde, el Junker Bank de Bellinzona estaba casi desierto. Solo cuatro mujeres trajinaban entre el vestíbulo y las oficinas. Llevaban el uniforme verde de Pulirapida, S. A., y se habían repartido las tareas. A Katia Paolucci, la encargada, no le había costado asignarse los despachos del director y de su secretaria.

Normalmente, las encargadas de la limpieza del Junker eran otras personas, pero aquella semana se habían alterado un poco los turnos: lo habitual antes de Navidad.

Katia no tenía claro qué intentaba hacer Contini. En concreto, no tenía claro qué quería el amigo de Contini. Un tipo simpático, que había insistido en reunirse con ella y le había encomendado una misión secreta. Katia sospechaba que el propio Contini tampoco estaba al tanto.

—Es una salida de emergencia —le explicó, guiñándole un ojo.

Pero se trataba solo de una bandeja en una mesita junto al escritorio. Una bandeja con tres tazas y una jarrita de leche. ¿Cómo iba a ser una medida de seguridad? A lo mejor estaba relacionada con la otra petición del amigo de Contini, pero Katia era incapaz de encontrar la relación entre ambas cosas.

De todos modos, hizo lo que le habían pedido.

En los últimos años Katia había trabajado sobre todo en una oficina, y no le disgustaba la idea de reencontrarse con las sensaciones del trabajo de campo. La gente piensa que encargarse de la limpieza es una labor degradante, pero en realidad, si uno es espabilado, puede aprender mucho. Los pasillos de un banco, después del ocaso, cambian de cara; los cuadros de las paredes parecen más viejos, se diría que los muebles están desgastados. A Katia le daba la impresión de encontrarse en una casa de vacaciones el último día de verano.

—¡Katia! —gritó una de sus compañeras desde abajo—. Aquí ya está. ¿Quieres que haga también el baño de la primera?

—Vale —respondió Katia—. ¡Ahora voy yo también!

Las mesas estaban despejadas: la «política de mesas limpias» del banco prohibía dejar papeles a la vista, pero en algunas oficinas no faltaba desorden: ceniceros en repisas, pieles de plátano en las papeleras... Como si un conjuro hubiera parado el mundo y borrado todo rastro de vida. Katia intentaba hacerse una idea de qué tipo de persona era el director. Alguien meticuloso, eso seguro: en su despacho tenía cada cosa en su sitio.

¡A saber qué estaba tramando Contini! Llevaba años colaborando con él, pero le solía encargar trabajillos fáciles: fotografiar documentos, hurgar en la basura... Nunca había tenido que dibujar un mapa, ni mucho menos dejar determinados objetos en un banco.

Katia se agachó para recoger un clip de la moqueta. Lo dejó en el escritorio, al lado de una pila de folios en blanco. Luego salió, arrastrando la aspiradora, y se volvió para mirar el despacho. Estaba todo en orden. Apagó la luz. Iluminado tan solo por la farola de la calle, el despacho parecía aún más viejo. Como si el ordenador se hubiera convertido en máquina de escribir; con un poco de imaginación, hasta podía verse un tintero con su pluma de oca...

«Pero ¡qué ocurrencias!».

Katia cerró la puerta.

—¡El despacho ya está! —gritó hacia el baño—. ¿Quieres que te eche una mano?

El sábado por la mañana Salviati fue a contemplar el río Tesino. Era el sitio en el que, pescando, se le había ocurrido la idea. Entonces el margen estaba verde y alrededor de las rocas revoloteaban las moscas; ahora el río era una especie de cinta gris, salpicada aquí y allá de ondas blancas. Salviati llevaba una pipa curvada en la boca. Se sentó en la orilla, con la espalda apoyada en una tapia de piedra.

Después de lo que había hecho Katia Paolucci la tarde anterior, el atraco era inevitable. La empleada de Pulirapida, S. A., con su gesto, había introducido el primer fragmento de realidad en los planes de Salviati. Si no continuasen con la operación, el director Belloni se sorprendería al entrar en su despacho el lunes por la mañana. Y Katia acabaría metida en un berenjenal.

Pero Salviati no tenía dudas: sabía que era un buen plan. Había estudiado hasta la extenuación las imágenes grabadas por Filippo Corti. Conocía a la perfección a todos los trabajadores y había observado en un sinfín de ocasiones, a cámara lenta, la entrada del director Belloni. Además, lo había llamado por teléfono, haciéndose pasar por un cliente, y había estado hablando un buen rato con él. Tenía todo el material que necesitaba. Dos horas antes del atraco habría dado cuerpo a esa idea que se le había ocurrido de repente una tarde de verano, mientras intentaba engañar a un pez.

Nunca había visto el Junker de Bellinzona por dentro. Prefería no correr riesgos. Salviati le había pedido a Katia un mapa y varias fotos de las oficinas. Una vez dentro, sabría adónde ir.

Tampoco había vuelto a Bellinzona desde su primera inspección. Un ladrón no puede acercarse al sitio donde va a dar un golpe; tiene que conocer el terreno sin que el terreno consiga conocerlo a él. Salviati se había reencontrado con los gestos aprendidos durante su carrera. En pocos meses se había olvidado del jardinero en el que había conseguido convertirse.

¿Sería capaz de cambiar otra vez?

¿Volvería a la Provenza? Y Lina, Filippo y Anna, Elia... ¿serían capaces de recuperar el control de su vida después del espejismo de atracar un banco?

Salviati observaba el río. No esperaba respuestas. Lo único que sabía hacer era avanzar paso a paso. Se quitó la pipa de la boca y exhaló una nube de humo. Sentía que en aquella agua lívida, en la maraña de ramas y en el cielo reflejado en el río estaba la clave de todo: del tráfico de Forster y de la fragilidad de Lina, de los silencios de Elia y también de aquellos millones, de aquel dinero que prometía, de manera absurda, la libertad. Salviati fumaba dando pequeñas caladas. «Atracar un banco no es difícil —pensó—, lo difícil es seguir siendo libre. Y para eso habría que conocer la clave, las palabras misteriosas del río, de los árboles, del cielo...».

«Vamos a robar dinero —se repetía Anna—, vamos a robar dinero de verdad». Sábado, 19 de diciembre. La tensión era casi insoportable. Todos los elementos románticos de la operación se habían esfumado. Por lo demás, buena parte se había desmoronado el día en que el Mayordomo intentó sobornarla. En aquel momento Anna tuvo claro que no estaba jugando. Se puso en pie, volvió a la biblioteca y se lo contó todo a Salviati y a Contini. Sin embargo, Salviati no se había alterado:

—Ellos también están preparando una salida de emergencia, nada más.

—¿Es que nosotros tenemos una? —preguntó Contini.

Pero Salviati no respondió a esa pregunta.

Y ahora, un día antes del atraco, Anna y Filippo estaban más nerviosos que dos gatos antes de una tormenta. Filippo se acercó andando al mercado y volvió con un pollo asado, mientras Anna pelaba unas cuantas patatas y hacía una ensalada. En la comida se habían bebido medio litro de vino tinto.

—Estoy hinchado —dijo él después del café.

—¿Te apetece salir a dar un paseo? —propuso Anna.

—No lo sé. ¿Adónde vamos a ir...?

Al final, decidieron salir a hacer algo de deporte. *Post prandium deambulare*, decía el proverbio que Filippo citaba siempre; aquel día no fue una excepción. Pero a Anna le parecía raro ponerse a hacer ejercicio como si nada.

—No estoy convencido —dijo Filippo mientras iban en coche al humedal de Magadino, al sur de Bellinzona.

Anna negó con la cabeza.

—A estas alturas es inútil hablar del tema. Lo hecho hecho está.

—¿Y si se tuerce algo?

—No quiero ni pensarlo.

—Pues yo lo pienso.

Anna no respondió.

Cuando Filippo se ponía así, lo mejor era dejarlo en paz. Desde el principio había cambiado varias veces de actitud con respecto al atraco. Primero escepticismo, luego curiosidad, después una postura estoica: «Está mal, pero tenemos que ayudar a Jean». Y ahora una especie de resignación taciturna ante lo peor.

—De todas formas, yo no me arrepiento de nuestra decisión —continuó Filippo—. Pero estoy preocupado; ya está.

—Normal.

—¿Seguro que esos dos saben a qué nos enfrentamos?

—Salviati es un experto y Contini parece un tipo muy preparado.

—A saber. Un investigador privado que atraca un banco...

Aparcaron en Giubiasco, cerca del canal Saleggi.

Los dos iban en chándal; gris el de él, y blanco y rosa el de ella. Filippo pareció calmarse al correr. Seguía opinando lo mismo sobre lo absurdo de su situación, pero llegó a la conclusión de que no servía de nada quejarse a Anna. Llegados a ese punto, solo podían tener los ojos bien abiertos, procurar que no los engañaran.

«Estoy pensando como un criminal», se dijo mientras corrían por el sendero que bordeaba el margen del Tesino. Pero, puestos a ser criminales, mejor hacer las cosas bien: sopesar los pros y los contras. Salir indemnes.

—¿Crees que nosotros corremos algún riesgo real? —le preguntó Anna, que corría a su lado y parecía leerle el pensamiento.

—Hombre, no estamos robando un paquete de caramelos...

—Pero nosotros como tal no vamos a hacer nada.

—¡Venga ya! —le soltó Filippo—. Perdona, pero ¿es que no te acuerdas del tipo que fue a sobornarte?

—¿El Mayordomo? ¿Qué tiene que ver?

—Él es el auténtico peligro, ¡los tipos como él! —Filippo iba jadeando—. ¿Crees que van a dejarnos en paz si algo se tuerce?

—Pero...

—Salviati va a atracar el banco por un chantaje. ¿Y si al final el tal Forster pierde la cabeza? ¿Y si prefiere no dejar testigos?

Filippo paró al borde del camino para recuperar el aliento. Estaba mareado. No sabía si por el esfuerzo de la carrera o por escupir por fin sus miedos. No servía de nada quejarse a Anna, vale, pero lo justo era que estuviese al tanto de lo que se jugaban. Sin embargo, ella parecía más optimista.

—Yo me fío de Jean, estoy convencida de que ha pensado en cada detalle.

—Pero estamos implicados en algo ilegal. En un atraco, ¿tú te das cuenta?

—¡Ahora sí! —Anna levantó las manos—. ¡Llévese todo lo que quiera, señor!

Filippo intentó contenerse, pero no pudo evitar una carcajada. «¡Vaya un par de locos que estamos hechos! ¡Dos locos de atar!», se dijo. Una mujer los adelantó corriendo; luego pasaron dos ciclistas como flechas fosforescentes, arrebujados en su ropa de invierno.

—Venga, que la gente nos está mirando —dijo Filippo, reprimiendo otra carcajada.

Siguieron a paso ligero. El sendero bordeaba el humedal de Magadino, un tramo de tierra llana en el corazón del cantón del Tesino. Si no fuera por las montañas de fondo, Filippo y Anna podrían estar perfectamente en la llanura padana. Las fábricas, los tractores que recorrían carreteras tortuosas, el margen del río y el olor a ganado: en diciembre, los campos eran una corteza helada.

—Pero quizá tengas razón —dijo Anna—. Habríamos tenido que preguntarle a Jean qué piensa hacer con Forster.

—No nos lo habría dicho.

—Y ¿tú qué sabes?

—Pero no te preocupes, Anna. Ya verás como lo conseguimos.

Filippo quería a su mujer. En contadas ocasiones la había sentido tan cerca como aquella tarde de invierno. Con cada respiración, el aliento se convertía en una nube de vaho; con cada paso morían los pensamientos negativos.

—¿Estás seguro?

—Claro que sí. Lo vamos a conseguir; algún día nos reiremos de nuestros miedos.

—Sí, y nos acordaremos de estos días de vértigo...

—Estamos en una película. Pero es una película con final feliz, estoy seguro.

Siguieron un rato en silencio.

Corazón, piernas, pulmones... Con la intensidad del esfuerzo físico, el futuro perdía importancia. Solo estaban ellos en medio de la llanura; ellos y esa carrera por el río.

Contini dejó la balsa en la mesa de la cocina. Salviati la miró mientras se encendía la pipa.

—¿Qué quieres decir con esto?

—En la poza donde las recojo solo he encontrado esta —le explicó Contini—. Las otras se han perdido en el Tresalti.

—Ah. —Salviati exhaló otra nube de humo.

—Pero no sé qué significa —continuó el detective—. Aún no entiendo hasta el fondo toda esta historia.

—¿Tanto hay que entender?

—Después del toque de la campana, debería buscar el retoque.

—¿Eh?

—Es lo que dice Giona.

—Ah, Giona... ¿Le contaste lo del atraco?

Contini asintió.

—¿Hacía falta?

—Giona no va a decírselo a nadie.

—Te creo. —Salviati prensó el tabaco con el pulgar—. En Corvesco sois especialistas en no hablar...

—Pero Giona habla, y no poco... De hecho, ¿por qué no subes conmigo?

—¿Subir? ¿A ver a Giona?

—¿Por qué no?

Salviati lo miró con una sonrisa. Contini parpadeó. No hizo falta añadir nada más.

Al cabo de diez minutos ya estaban atravesando el bosque ladera arriba. Ese año aún no había llegado la nieve, por lo que el camino era bastante transitable. Algunos tramos del Tresalti estaban congelados; también tuvieron que rodear un tronco que había caído en el sendero. Cuando salieron del pinar, Salviati miró hacia el monte Basso y dijo:

—Eres un afortunado, Contini...

El detective se volvió para mirarlo.

—Con estas montañas a tu alrededor es más fácil ordenar las ideas.

—Pero, en la Provenza, tú también vives en una colina.

—Yo me he quedado demasiado cerca del mar. Las ideas se escapan.

Reanudaron el ascenso. Antes de la cresta rocosa, Contini se detuvo para examinar el terreno. Arqueó las cejas en señal de estupor.

—¿Qué pasa? —le preguntó Salviati.

—El zorro más viejo ha pasado por aquí.

—¿El que vimos la otra vez?

—Sí. Qué curioso que, de vez en cuando, salga de su territorio.

—Habrá venido a buscar comida.

—Mmm... —Contini señaló las rocas y el pasto del agostadero—. Aquí no abundan las presas, que digamos.

—Entonces habrá venido por venir, caminando sin ningún motivo...

Contini sonrió ante la idea de un zorro vagabundo.

—Quién sabe. Puede ser.

Ya casi habían llegado. Y, puntual como siempre, Giona apareció cuando cruzaban el Tresalti.

—¿Quién va?

—¡Un bandido y un policía! —respondió Contini—. ¿A quién disparas primero?

—¡Pobre de mí! —dijo Giona entre risas, asomando desde detrás de una roca—. ¡Soy yo el que debería guardarme las espaldas! Así que tú eres Jean Salviati, ¿eh?

Salviati asintió y estrechó la mano del ermitaño.

—¿Y eres el bandido? —preguntó Giona—. ¿O el policía?

—¡Vaya usted a saber! —Salviati sonrió—. Ni yo lo tengo claro...

Giona le hizo un gesto a Contini.

—¡Él es el uno y el otro! Venga, venid, ¡vamos a echarnos algo a la boca!

El viejo ermitaño acababa de «recibir un regalo de un amigo cazador»: un corzo. Contini sabía que Giona no veía con malos ojos la caza furtiva, pero no ahondó en el tema. Aceptaron un vasito de *grappa*, charlaron de esto y de aquello. Giona había puesto a marinar el corzo para que se ablandase la carne. Lo sirvió con salmis, aderezado con hierbas aromáticas y vino tinto y acompañado de la polenta que ya tenía lista en el caldero que colgaba sobre el fuego.

Después de comer, empezaron a fumar. Fue entonces cuando Contini sacó a colación la misteriosa pista de Matteo Marelli.

—Me parecía rozarlo con la yema de los dedos. A veces me viene una especie de destello. Hace poco, por ejemplo, cuando hemos llegado. El caso es que...

—El caso es que mañana desvalijáis un banco —dijo Giona, terminando la frase por él.

Contini asintió.

—A estas alturas, la campana tendrá que sonar. No queda más remedio —continuó Giona, con una risa maliciosa—. Habrá que ver cómo y cuánto...

—¿La campana? —preguntó Salviati.

—Sí, siempre hay una doble voz —respondió Giona—. Como vosotros dos. Un toque y un retoque, siempre. Pero, a ver, ¿habéis preparado bien este, cómo lo llamáis, este... golpe?

—He hecho lo que he podido —dijo Salviati—. Somos cinco y cada uno tiene claro lo que le toca hacer. Si la treta sale bien, tenemos bastantes posibilidades.

—¿Y si no sale bien?

—He preparado un par de planes alternativos —explicó Salviati—, pero no he querido contárselos con nadie. En su momento, todo se aclarará.

—Sí —intervino Contini—, Jean es un hombre lleno de secretos. Estamos implicados en sus planes, pero no podemos conocerlos.

—¡Tú también tienes tus secretos, muchacho! —le recordó Giona—. Pero, dime, ¿de verdad no has sido capaz de oír el retoque?

—No lo sé... ¡No sé a qué te refieres!

—Qué raro. —Giona empezó a hurgar en la chimenea con el atizador—. Es raro porque me había dado esa impresión, por lo que me has ido contando estas últimas semanas.

Salviati buscó una postura más cómoda en su sillón hundido. Las premoniciones del viejo Giona lo incomodaban. Como si en algún momento se le hubiera olvidado prever algo. Intuía que en aquella casucha llena de humo, libros viejos y trofeos de caza se escondía una verdad. Pero ni siquiera el propio Giona parecía capaz de descubrirla.

—¿Qué impresión? —le preguntó.

—No lo sé —respondió Giona, preocupado—. No consigo entenderlo. Vosotros dos, el atraco, el dinero, quienes os ayudan, los Corti... Por un lado, estáis vosotros. Por otro, Luca Forster y su necesidad del dinero, tu hija y Matteo Marelli... ¿Qué puede pasar?

Silencio.

—Es difícil saberlo —mascullό Salviati, encendiendo otra vez su pipa.

—Sí. —Giona inclinó la cabeza—. Es como si la campana hubiera sonado una vez y estuviera a punto de sonar otra vez.

—¿Otra vez? —preguntó Contini.

Pero Giona seguía murmurando para sus adentros.

—Sí, es raro. Como si la música estuviese incompleta...

15

La última noche

A las tres de la mañana, Contini y Salviati estaban en Bellinzona. Las calles del barrio de Ravecchia parecían desiertas; la única presencia era la de las luces de Navidad: en cada jardín parpadeaba una estrella; de cada balcón colgaban lucecitas rojas y blancas. Solo ellas, como si fuesen seres inteligentes.

El lenguaje de las luces de Navidad.

«Parece un mensaje en clave», pensó Contini mientras esperaba a Salviati. Toda la noche encendiéndose y apagándose, encendiéndose y apagándose. También en el jardín de la casa de Belloni había un Papá Noel luminoso. Un hombrecillo barrigudo encaramado al tubo del canalón.

Casi como un ladrón.

Y justo en ese momento Jean Salviati avanzaba por el pasillo de la primera planta. Se movía lentamente, como si tuviera horas por delante. Un error en ese momento desbarataría toda la operación. Salviati se había informado de cada detalle de la vida de Giacomo Belloni, director del Junker de Bellinzona y cariñoso padre de familia.

Sabía que sus hijos no estaban en casa, sino con los abuelos, porque sus padres habían ido a la cena de Navidad del banco. Eso era fundamental. Sabía que el director y su mujer dormían en una habitación que daba a la parte de atrás, a la que también se podía acceder por el baño, que estaba comunicado con el vestidor.

Salviati sabía todo eso y mucho más. Conocía la topografía de la casa y del banco. Había estudiado a Belloni a fondo. También había indagado sobre Giuseppe Locatelli, el vigilante que a la mañana siguiente recibiría al director y a los hombres que transportarían el dinero.

En resumen, Salviati estaba preparado. Y, en ese momento, después de meses de espera, estaba a punto de empezar la Operación Junker Bank.

En la casa de Belloni reinaba el silencio. Si se quedaba inmóvil, Salviati casi podía oír los crujidos de la madera, el silbido de los radiadores. Por suerte no tenían alarma en la puerta: con la ayuda de Contini, había podido entrar sin demasiado esfuerzo. Mientras avanzaba por el largo pasillo, Salviati volvió a pensar en cómo había puesto patas arriba la vida de Elia, presentándose en su casa una tarde de verano.

Pero, a esas alturas, ya podía cantarse el «¡No va más!»: ya no tenía que preocuparse del nerviosismo, del riesgo de que los aficionados tuvieran una crisis, de la angustia de la espera. Ya solo tenía que confiar en que todo acabara cuanto antes y que al menos Elia pudiera volver a su vida.

Pero en el fondo sabía que no sería fácil.

Ni para él, ni para Elia. Un gran robo une y separa, cambia a las personas, arrolla la vida cotidiana.

«Pero nosotros tenemos que resistir», pensó Salviati.

Justo en ese momento, bajó la manivela de una puerta del pasillo.

Ya habían encendido la mecha. Llegados a ese punto, aunque quisieran, sería difícil echarse atrás. Eso transmitía a Contini una extraña sensación de alivio.

Después de marcharse de Bellinzona, Salviati había vuelto a su casa, en el monte Ceneri. Tenía un par de horas para preparar el golpe, con ayuda de uno de sus antiguos cómplices. Contini, por su parte, solo se encargaría de vigilar durante el robo. Siempre puede haber un imprevisto al acecho, claro... Pero no sabía qué temer exactamente. ¿Un accidente? ¿A la policía? Le faltaban referencias para una operación de ese tipo.

Cuando entró en casa, el gato gris no estaba. Se había adentrado en la noche, a la caza de aventuras. Como él. Contini cogió una botella de cerveza del frigorífico y se sentó a la mesa de la cocina. Quería ordenar las ideas.

A esa hora de la noche resulta más fácil ser despiadado.

Contini se repitió que no quería atracar ese banco. Era necesario, pero habría hecho cualquier cosa para evitarlo. No es que estuviese convencido de ser particularmente honrado. De hecho, cada vez se preguntaba con más frecuencia si su trabajo de detective no era lo menos honrado que podía hacer: espiar a la gente, fotografiarla, seguir a chavales o esperar a maridos a las puertas de los prostíbulos.

Visto así, tampoco pasaba nada por atracar un banco.

Pero algo se rebelaba en su interior. Cogió la cerveza y salió por la puerta de atrás. El frío era como unas tenazas que apretaban sus pensamientos. Estaba agobiado. Intentó escuchar los crujidos del bosque, imaginarse los árboles y las paredes, los objetos que veía a diario, a la luz del sol.

No había ningún motivo para hacerlo. La mecha ya estaba encendida, ¿qué iba a cambiar? No obstante, Contini buscó la grabación de la reunión con Matteo Marelli y la escuchó por enésima vez. Uno de los puntos débiles del plan de Salviati seguía siendo que Forster tenía secuestrada a Lina. Contini no se fiaba. «Le damos el dinero y él libera a Lina», eso decía Jean. ¿Y si no quería hacerlo?

Contini ya no albergaba esperanzas; se sabía esa cinta de memoria. Pero estaba en el corazón de la noche y no podía conciliar el sueño. Así que, una vez más, intentó descubrir un mensaje entre las palabras de Marelli.

MARELLI: Ahora que hemos vuelto al principio, ahora que tenemos que esperar...

ELTON: ¿Qué dices?

MARELLI: Ahora que estamos donde aún tenía que pasar todo, ahora que nos tienen secuestrados en...

ELTON: ¡Eh!

MARELLI: Ay, pobre de mí, pobre de mí... ¿Me habré ido de la lengua?

ELTON: Pero ¿se puede saber qué haces?

MARELLI: Perdona, no quería... No he dicho nada... Perdona, qué cosas, está claro que no puedo revelar el sitio donde nos tienen, pero os aseguro que somos optimistas, esperemos que el atraco llegue a buen puerto y...

ELTON: ¡Basta! ¿Estáis contentos? Esta reunión ya ha durado más de la cuenta.

MARELLI. Lo lamento, y pensar que estaba a punto de...

ELTON: ¡Que te calles! (*Pausa*). Ya hemos hablado; podemos irnos. (*Pausa*) Ahora vamos a irnos de este despacho. Volveremos a vernos cuando acabe esta historia.

Contini lo escuchó atentamente otras dos veces. Y a la segunda le pareció que algo hacía clic en su cabeza. Como si una parte de su memoria se hubiese desbloqueado después de un largo sueño. Esas palabras siempre habían estado en su interior, pero solo ahora las reconocía.

¡El viejo Giona, también en este caso, tenía razón!

No se trataba de oír el toque, la conversación principal. Escondido en los pliegues de las frases, el retoque llegó al oído del investigador. Como si, entre el estruendo de las campanas, esa nota estuviera dirigida única y exclusivamente a él. Reconoció la intención de Marelli. Era muy optimista al confiar en esa pista. Era algo minúsculo, basado en hipótesis cogidas con pinzas finísimas... Pero, al fin y al cabo, le había salido bien.

¿Y ahora?

Contini no estaba seguro al cien por cien. Quizá el cansancio y los fantasmas nocturnos le estuviesen jugando una mala pasada. Pero tenía que comprobarlo. Y tenía que hacerlo cuanto antes, a primerísima hora de la mañana. O, aún mejor, justo cuando Salviati entrase en el Junker Bank. Cuando todos creyeran que estaban en Bellinzona, cuando la atención de todo el mundo estuviese puesta en otro sitio. Solo entonces, si Contini había interpretado bien la pista, podría dar un golpe de mano.

¿Y si la había interpretado mal?

Contini se hizo una última pregunta despiadada. ¿Me lo estoy imaginando todo porque no quiero participar en el atraco? «No, no es verdad —se respondió—. Creo que he descubierto dónde están Lina Salviati y Matteo Marelli. Y quiero intentar liberarlos».

Cogió el teléfono y llamó primero a Salviati y luego a Francesca.

El plan, en el último momento, se vería alterado.

Llega una edad en que hay que sentar la cabeza. Francesca siempre había sido de esa opinión. Pero mientras daba vueltas en la cama, a las tres de la madrugada, se preguntó por qué la vida siempre difería de las opiniones. Tenía casi treinta años y estaba a punto de robar diez millones al sistema bancario helvético.

¿Por qué no podía llevar una vida tranquila?

Francesca encendió la lámpara de la mesilla y miró la hora: las tres y media. Aún podía dormir otras dos horas, hasta las cinco y media. En cambio, Salviati probablemente estuviera ya despierto. De las cuatro a las seis tendría que prepararse. Ella le había preguntado si podía ayudarlo, pero el viejo ladrón consideraba que se necesitaba a un especialista.

En cambio, para arramblar con el dinero bastaba una Francesca Besson cualquiera. Se dio la vuelta, en busca de una parte de la almohada aún fresca. Ni siquiera se atrevía a imaginarse la escena.

Aquella podría ser su última noche en libertad, como una persona normal. Al día siguiente podría ser pasto de la policía, los periódicos, los amigos incrédulos. Una estudiante recién graduada intenta atracar un banco. Cuántas risas se echarían, cuántas cejas arqueadas entre el estupor y la compasión. Pero eso era lo que tenía que hacer; Francesca sabía que era lo que tenía que hacer: al fin y al cabo, no estaba robándole dinero a un banco.

Estaba ayudando a un padre a reencontrarse con su hija perdida. Estaba echando una mano a dos viejos amigos que, sin hacerse preguntas, sabían jugarse la vida el uno por el otro.

Sí, también estaba haciendo una locura: cinco personas, cuatro de ellas aficionadas, intentaban jugársela a un banco suizo. Pero, aunque no conseguía dormirse, aunque estaba sudando y contaba los minutos que faltaban para que sonara el despertador, Francesca no era infeliz. En medio de toda la angustia e incertidumbre había una certeza, como una pepita de oro en el lecho de un río.

«Estoy viva».

«Yo, Francesca Besson, soy una persona viva».

—Gracias —le dijo Jean Salviati a Gengio, acompañándolo a la puerta—. ¿Ves cómo no has perdido la práctica?

—Llevaba veinte años sin hacer algo por el estilo...

Además de tener un almacén en el barrio de Molino Nuovo, Gengio también hacía otros trabajillos para completar: no solo vendía mercancía candente y herramientas para ladrones y estafadores, sino que también sabía dar cuerpo a las fantasías.

—Antes de volver a Francia, te llamo —le dijo Salviati.

—Mmm... —refunfuñó Gengio—. Sin prisas.

Salviati le sonrió antes de cerrar la puerta.

—¡Has hecho un trabajo excelente!

—He hecho lo que he podido. —Gengio le estrechó la mano antes de salir—. Y ahora te toca a ti, Salviati...

16

Domingo, 20 de diciembre

Contini no estaba. Una serie de llamadas, a primerísima hora de la mañana, había cambiado el guion justo antes de entrar en escena. Contini estaba en Lugano para liberar a Lina Salviati. Y todos ellos estaban allí, a la luz de las farolas, en Bellinzona. Con las manos en los bolsillos, mirando la fachada del Junker Bank.

—Mejor será que nos movamos un poco —dijo Francesca.

Filippo Corti miró a su alrededor.

—Parece una ciudad fantasma.

—Todo el mundo está durmiendo —dijo Anna—, menos nosotros.

Eran tres siluetas oscuras debajo de la marquesina de la estación. Francesca iba bien abrigada con un chaquetón verde con capucha. Anna llevaba un manto y una bufanda, y Filippo una chaqueta de cuero. Cada uno sabía lo que tenía que hacer.

Anna dio un paseo por la avenida, donde Contini habría tenido que poner la señal de obras. Sin embargo, con el cambio de plan tendrían que prescindir de Contini. Así pues, el papel de Anna también había cambiado: tenía que limitarse a vigilar los coches, atenta para dar la voz de alarma.

Filippo, por su parte, se encargaría de conducir: su misión era tener el coche siempre en movimiento, por las calles del centro, y pasar por delante del banco a las siete y diez, a las siete y cuarto y luego cada diez minutos. Además, Filippo era el encargado de comprobar cómo iba la situación en casa de Belloni. Salviati y Contini habían estado allí esa noche, pero siempre podía haber un desliz. En tal caso, Filippo tendría que llamar a Salviati, que había preparado un plan alternativo del que no había dado más detalles.

Las calles estaban envueltas en la oscuridad, pero se notaba que ya no era de noche. De hecho, más de un vecino estaba ya despierto. Varios motores rugían en su camino de acceso. Filippo bajó del coche y paseó entre las casas de Ravecchia. Oyó abrirse una puerta, la sintonía de las noticias. Incluso le pareció percibir el aroma del café.

Hay quien trabaja hasta los domingos. Pero, en general, la ciudad seguía dormida. «Nadie se imagina lo que está a punto de pasar», pensó Filippo mientras se acercaba a la casa de Belloni. Una mujer en bicicleta pasó a su lado revoloteando, abrigada con veinte capas de ropa. «A saber adónde va». Filippo la siguió con la mirada. «Nadie diría que en pleno fin de semana estamos a punto de atracar un banco».

Antes había pasado por el despacho a coger su pistola, una Walther PP semiautomática que llevaba para casos de emergencia. Se había puesto un chaquetón forrado de pelo y un sombrero negro y había llamado a Renzo Malaspina, arrancándolo del sueño. Le explicó rápidamente la situación.

—Entraré yo, porque tampoco estoy seguro. Pero necesito que me cubras las espaldas.

—¿No estás seguro? —masculló Malaspina.

—No sé si es un pálpito acertado —le explicó Contini—. La pista es inconsistente como pocas.

—¿Inconsistente?

—¿Te has tomado un café?

—¿Mmm?

Se citaron a las seis y media en la estación de Lugano.

Contini fue andando al funicular de Piazza Cioccaro. La ciudad aún estaba adormilada, pero a punto de despertarse. Las luces de Navidad colgadas entre las casas señalaban el camino, y el investigador tenía la sensación de estar paseando por un sueño. Del cielo caían estrellas fugaces; alrededor de las farolas se cruzaban guirnaldas rojas, azules y amarillas; destellos dorados y plateados en los escaparates, reflejos de papel de regalo y nieve falsa, esferas, cristales...

«No te pongas nervioso —se dijo Contini—. La imaginación te está jugando una mala pasada». La noche en blanco y la preocupación por el atraco lo atormentaban. Estaba exhausto y aún había demasiadas cosas por aclarar. Intuía que habría tenido que captar otros retoques de campana perdidos entre el estrépito.

La estación, sin estudiantes ni trabajadores, estaba desierta. Contini dio la espalda a las vías y cruzó la explanada.

A sus pies estaba la catedral y, detrás, la ciudad, con las farolas encendidas, los faros de los coches, el lago perdido en la penumbra. La mayoría de los habitantes de Lugano dormía, pero en el ambiente flotaba una vibración, una sensación de expectativa colectiva. Faltaban cinco días para Navidad. Era domingo, 20 de diciembre. El día del atraco.

Filippo Corti conducía despacio. El suyo era un papel menor en apariencia, pero decisivo en realidad. El atraco era cosa de Salviati; lo gestionaría él. Sin embargo, Filippo quería estar seguro de lo que pasaría después: la salida, el viaje con el dinero; Forster; el reparto; la liberación de Lina. Filippo estaba preparado. Y no veía la hora de que acabara todo.

Eran las seis y cincuenta. Al cabo de diez minutos, como mucho, Claudio Melato llegaría a las puertas del Junker Bank con su guardaespaldas y una mochila negra. El tipo, Melato, se reuniría con el director del banco para darle el dinero. Salviati y Francesca estarían allí, en la entrada. La misión de Filippo era encontrarse en las inmediaciones, listo para intervenir. Ese era el momento crucial: si superaban el primer escollo, lo demás iría como la seda.

Filippo no conocía al detalle el plan de Salviati, con todas sus vías de escape alternativas. Solo sabía lo que Salviati le había encomendado personalmente. Por lo tanto, cumplía con sus órdenes al pie de la letra y daba vueltas, con el motor al ralentí, por las calles de Bellinzona. Se había quitado la chaqueta de cuero porque en el coche hacía calor.

Pasó al lado de Anna, que ya había llegado a su posición oficial. Tenía que estar ahí desde las seis y cincuenta, vigilando los coches que llegaban. Según los cálculos de Salviati, en cuestión de minutos vería el Nissan de Claudio Melato.

Filippo no saludó a Anna. La miró de refilón, de pasada, y ella tampoco levantó los ojos. Pero fue como si se abrazasen. Fue como estar juntos, el domingo por la mañana, remoloneando bajo las sábanas. Uno de esos días en los que el desayuno se difumina hasta fundirse con la comida y no hace falta hablar. De hecho, no necesitaban decirse nada. Ambos estaban concentrados en sus pequeños gestos: conducir, caminar de una farola a otra. Mirar el reloj. Las seis y cincuenta y cinco. Imaginar a Salviati, sus gestos y su cara. Imaginar la mochila negra. Repleta de dinero. Cambiar de marcha, mirar la calle en dirección a la estación para... ¡Ahí estaba!

¡El Nissan gris!

Anna fue la primera en verlo, y justo después, desde un poco más lejos, también Filippo. El Nissan giró en la avenida y pasó junto al banco. Se detuvo un poco más adelante, en un aparcamiento al lado de un muro. Filippo pasó de tercera a segunda, para no acercarse antes de tiempo.

¿Y Salviati? ¿Dónde coño estaba Salviati?

17

¡Buenos días, director!

Francesca ya no sentía los dedos de los pies. Las manos iban un poco mejor: se había quitado los guantes y las tenía metidas en los bolsillos de los pantalones, pegadas a la piel caliente de los muslos. Sabía que esa espera era el peor momento, procuraba no mirar el reloj.

Cuando vio el Nissan, se quitó la capucha del chaquetón y se caló un sombrero de ala ancha. Luego volvió a ponerse los guantes. Era importante que Melato y su guardaespaldas no la vieran con antelación. Pero no corrió ese riesgo, pues se había escondido detrás de un seto. Ahora, en cuanto viese a Salviati, entraría en escena.

Dos hombres bajaron del Nissan. El guardaespaldas llevaba una bufanda y un gorro en la cabeza; cargaba con una mochila negra como si fuese una pluma. Pero Francesca sabía que pesaba lo suyo: Salviati le había explicado con particular énfasis ese detalle. Melato, el hombre de confianza del dueño del dinero, iba con la cara descubierta. Llevaba gafas sin montura y tenía el pelo teñido de un color negro artificial.

En aquel momento, quién sabe por qué, Francesca pensó en el dueño del dinero. Nadie hablaba nunca de él: era un número de cuenta, un millonario anónimo que no sabía nada en absoluto de Salviati ni de Forster y que, a esas horas, probablemente estaría durmiendo en algún lugar de Europa. Era un hombre evanescente. Lejos de su dinero. Lejos de la aventura.

Francesca se apresuró a ahuyentar esos pensamientos. Era típico de ella: en los momentos cruciales, su cabeza revoloteaba de un sitio a otro, y ella se distraía, quedándose callada delante del examinador. «Pero esto no es un examen, hija mía». Los dos hombres que se habían bajado del Nissan llegaron al portón del Junker, aún cerrado a cal y canto. Tocaron el timbre. No respondió nadie.

«Y ¿ahora qué pasa?». Francesca miró a su alrededor. No había ni rastro de Salviati. El que sí llegó fue Giuseppe Locatelli, el vigilante encargado de abrir la puerta por la mañana. Francesca lo reconoció por los vídeos de Filippo Corti, que había visto con Salviati.

Locatelli llevaba un impermeable encima de la chaqueta y parecía un poco sofocado. Cuando vio a Melato y a su guardaespaldas levantó un brazo para que lo reconociesen. Francesca seguía detrás del seto. El suyo era un papel de apoyo, pero, como decía Salviati, era psicológicamente importante para crear el engaño.

¡Salviati! Tenía gracia: el protagonista era él... Y ¿dónde estaba?

—¡Aquí estoy, aquí estoy! Disculpen el retraso. Soy Giuseppe Locatelli, el vigilante... ¡Buenos días!

—No se preocupe —respondió Claudio Melato—. Hemos sido nosotros los que hemos llegado con unos minutos de adelanto.

—Les abro ahora mismo. El director Belloni debería llegar...

Locatelli trasteó con la llave para abrir la cerradura. Luego tenía que teclear una clave de acceso, después abrir otra cerradura y por fin se accedía al vestíbulo del banco. Una vez allí, subiendo por la escalera o cogiendo el ascensor, se llegaba a las oficinas. La cámara de seguridad, en cambio, estaba en la planta subterránea, protegida por más barrotes.

—Qué frío, ¿eh? —dijo Locatelli tecleando el código—. Yo digo que nieva antes de Navidad.

Nadie hizo ningún comentario.

Después de abrir la última cerradura, Locatelli volvió a la puerta principal e invitó a pasar a Melato y a su guardaespaldas. En ese momento vio al director Belloni cruzando la calle de enfrente. Llegaba un poco apurado, aunque aún faltaban unos minutos para las siete. Llevaba su bufanda de colores y el sombrero de fieltro.

—¡Buenos días, director! —lo saludó Locatelli.

—Llego tarde —dijo Belloni desde lejos.

—No pasa nada. —Melato se volvió hacia él—. Ya estamos todos.

Mientras Belloni se acercaba, una mujer apareció por el otro lado. Parecía conocer al director, porque lo saludó con efusividad.

—¡Hombre, señora Cattaneo! —dijo Belloni—. ¿Qué hace en pie a estas horas?

—¿Y usted? —respondió ella—. ¡No me diga que abren también los domingos!

Belloni se abrió de brazos.

—Bueno, qué se le va a hacer...

La señora Cattaneo miró a Locatelli y a los otros dos.

—¡Me lo vais a matar de tanto trabajar!

Locatelli sonrió y le guiñó un ojo a la mujer.

—¡Le prometo que para Navidad le damos el día libre!

—¡Faltaría más! —exclamó la señora Cattaneo—. Por cierto, señor Belloni, aprovechando que lo pillo por aquí, tengo una pregunta sobre la cuenta que quería abrir mi marido...

—Ahora no, señora Cattaneo. —Belloni se disculpó con una sonrisa—. Tengo que tratar una cuestión urgente con estos señores...

Le señaló con un gesto a Melato y al guardaespaldas, y con otro le indicó a Locatelli que fuera haciéndoles pasar. Locatelli pilló la indirecta al vuelo: había que librarse con amabilidad de la señora Cattaneo. Mientras Belloni y los demás subían a las oficinas, le cortó el paso con una sonrisa amable y le dijo:

—Qué frío, ¿eh? ¡Yo digo que nieva antes de Navidad!

Francesca estaba al borde del trampolín más alto, lista para tirarse. Veía claramente la piscina, los cuerpos al sol, el rectángulo azul del agua. Pero no saltaba. Algo la retenía, algo le impedía lanzarse al vacío.

Era uno de los recuerdos de su infancia. Seguro que al final se tiró, pero ya no se acordaba de la zambullida. Lo que se había quedado grabado en su memoria era ese titubeo final. Aquella mañana, detrás de un seto al lado del Junker Bank, volvió a tener esa sensación. Sabía que tendría que salir, hablar, sonreír. Pero no se atrevía.

—¡Buenos días, director!

—Llego tarde.

—No pasa nada. Ya estamos todos.

Salviati la había avisado del pánico. «Piensa en la sencillez del gesto —le había dicho—, no en la magnitud del engaño». Francesca respiró hondo, irguió la espalda y dio un paso, luego otro, y ya estaba a la vista y tenía que interpretar su papel. Saludó a Belloni agitando la mano, apretando el paso.

—¡Hombre, señora Cattaneo! —respondió él—. ¿Qué hace en pie a estas horas?

—¿Y usted? —dijo Francesca—. ¡No me diga que abren también los domingos!

—Bueno, qué se le va a hacer...

Francesca sonrió a Melato, al guardaespaldas y al vigilante.

—¡Me lo vais a matar de tanto trabajar!

El vigilante le devolvió la sonrisa.

—¡Le prometo que para Navidad le damos el día libre!

—¡Faltaría más! —Francesca miró a la cara al director, esforzándose por no salirse de su papel—. Por cierto, señor Belloni, aprovechando que lo pillo por aquí, tengo una pregunta sobre la cuenta que quería abrir mi marido...

—Ahora no, señora Cattaneo. Tengo que tratar una cuestión urgente con estos señores...

Francesca estaba estupefacta. Detrás de los gestos de Belloni, de sus gafas de plástico, entre el sombrero de Belloni y la bufanda de colores de Belloni, estaba la cara de Jean Salviati.

Se había mentalizado, pero una cosa es imaginarse algo y otra verlo. La imitación era perfecta, no solo por el maquillaje, sino también por la manera de andar, de mover la cabeza y las manos. La forma de la nariz había cambiado, como también las cejas y el color de ojos. Tenía la barbilla algo más ancha, y las mejillas más hinchadas. Detrás de las gafas negras, los ojos azules de Salviati se veían marrones. La bufanda y el sombrero ocultaban buena parte de todo eso, hasta tal punto que la propia Francesca había dudado un segundo. Salviati era diez centímetros más alto y tenía la voz más grave, algo ronca. La bufanda le tapaba la boca, pero su voz parecía la del director Belloni.

Era una especie de milagro.

Francesca intentó ser natural. No resultaba difícil, porque la ilusión de estar delante de Belloni era casi perfecta. Locatelli tampoco se percató del truco. Ese era el punto delicado de toda la operación: engañar al vigilante que veía a Belloni casi a diario. Pero Salviati les había explicado que, cuando el pez quiere una mosca, basta presentarle con gracia una pluma para que la tome por una mosca. Las personas ven lo que esperan ver.

Salviati entró en el banco, acompañado de Melato y del guardaespaldas. Francesca notó que el viejo ladrón andaba como Belloni. En la mano llevaba la cartera del director. Todas las imágenes que había grabado Filippo Corti habían servido de algo: la imitación era meticulosa hasta el más mínimo detalle. ¡Salviati era un auténtico profesional! Pero aún no había llegado el momento de cantar victoria.

—Qué frío, ¿eh? —apuntó Locatelli—. ¡Yo digo que nieva antes de Navidad!

—¿Usted cree? ¡Qué va! En el Tiempo han dicho que iba a hacer calor en Navidad...

—Pues qué quiere que le diga, señora —respondió Locatelli entre risas—, ¡esta mañana todavía no hay ni rastro del calor navideño!

—Eso es verdad. Oiga, ¿cree que el director estará mucho rato ocupado?

—Está tratando un asunto importante, señora.

Locatelli empezó a cerrar el portón.

—A lo mejor me paso luego, o mañana. Mañana también abrís, ¿no?

—Claro que sí, ¡siempre a su servicio! —Locatelli hizo una leve reverencia—. Que pase usted un buen domingo, señora Cattaneo.

—¡Nos vemos!

Francesca se alejó. Ahora Locatelli entraría, cerraría las puertas y encendería las cámaras de vigilancia. La de fuera ya estaba funcionando, pero Francesca había procurado no entrar en su campo de visión. De todos modos, siguiendo las indicaciones de Salviati, se había puesto alzas en los zapatos, se había maquillado todo lo posible y llevaba un sombrero de ala ancha.

Se alejó en dirección al seto, a paso tranquilo. Vio pasar por la calle el Audi con Filippo Corti al volante. Sabía que Anna no andaría muy lejos y que tenía vigilada la calle principal.

En aquel momento todo estaba en manos de Salviati. Le tocaba a él hacerse con el dinero y presentarse en la puerta. Por su parte, la misión de Francesca no había terminado: tendría que estar de apoyo, para distraer a Locatelli también a la salida. Además, justo después tenía que encargarse de otra tarea secreta, que Salviati le había encomendado esa misma mañana. Francesca nunca habría dicho que jugársela a un banco era algo tan sencillo y a la vez tan difícil.

18

La vecina de casa

Contini y Malaspina fueron andando de la estación de Lugano a Massagno. Malaspina se había presentado con un termo de café. A pesar de la temperatura glacial, solo llevaba un enorme suéter verde guisante y unos vaqueros amarillos. Contini caminaba a paso ligero, aunque ya no había ninguna prisa. El atraco estaba en marcha.

Lo sabía desde hacía varias horas: ya no había nada que hacer. Desde que Salviati entró en casa del director para dormirlo a él y a su mujer, desconectar el teléfono y robar la ropa de Belloni, además de sus gafas. Desde que, sin que nadie lo supiera, mientras todo el cantón del Tesino dormía, había empezado la Operación Junker Bank. Pero Contini, a pesar de confiar en el plan de Jean, temía que Forster les tuviese reservada una desagradable sorpresa. Así que mejor adelantarse.

—Esperemos que no te hayas equivocado —se limitó a farfullar Malaspina.

—Ahora lo sabremos —dijo Contini—. Tú espérame aquí y vigila la entrada. La de atrás también. Desde aquí la puedes ver.

—*Okey*. Pero procura darte prisa.

Contini miró a su alrededor. Via Dei Sindacatori estaba desierta. El edificio solo tenía un par de ventanas iluminadas.

—¿Y si sale alguien? —preguntó Malaspina.

—Pues intenta valorar la situación. Ante la duda, síguelo o prueba a llamarme.

La oscuridad era cada vez menos densa. No podía decirse que fuera de día, pero las siluetas de las casas estaban más definidas y las zonas oscuras entre una farola y otra se volvían grises. Contini se aseguró de que Malaspina tenía clara la descripción de Elton, así como la de Lina y Matteo. Luego se acercó al portal. Sabía a qué timbre tocar.

—¡Ay, pobre de mí! —le dijo la señora Anita Pedrini, recibiéndolo en el rellano—. ¡Tiene suerte de que yo madrugue también los domingos!

A Contini casi le sonó como la confirmación oficial. No se había equivocado; su memoria no lo había engañado. Le bastó una pregunta para cerciorarse:

—¿Al final Matteo ha vuelto?

—Ay, no me hable del tema, señor...

—Contini.

—¡No me hable del tema, señor Contini! ¡Parece enfermo! Pobre de mí, casi no he podido hablar con él; como mucho un «buenos días» en las escaleras, ¡y gracias!

—Pero no estará solo el pobre...

—¡No, no, qué va, ni mucho menos! Está siempre con esos dos enfermeros, la chica y el grandullón, que parece un boxeador.

—¿Enfermo, dice? Y ¿por qué no está en el hospital?

—Pobre de mí, ¡qué sé yo! Ya sabe que hoy en día hay muchos tratamientos a domicilio. Será algo por el estilo...

La pista era casi invisible. Tres palabritas, una de esas muletillas que se te clavan en la cabeza. «¡Pobre de mí!». Como quien dice «Dios santo» u «o sea». Matteo Marelli había fingido darle la pista con el toque, pero lo había escondido poco después, en el retoque, cuando ya nadie escuchaba.

El diálogo estaba grabado a fuego en la mente del investigador.

MARELLI: Ahora que hemos vuelto al principio, ahora que tenemos que esperar...

ELTON: ¿Qué dices?

MARELLI: Ahora que estamos donde aún tenía que pasar todo, ahora que nos tienen secuestrados en...

ELTON: ¡Eh!

Pero ahí no estaba la clave. Marelli había hecho creer a Elton que estaba a punto de revelar el sitio donde los tenían secuestrados. En realidad, solo quería distraerlo para asestar el golpe.

MARELLI: Ay, pobre de mí, pobre de mí... ¿Me habré ido de la lengua?

ELTON: Pero ¿se puede saber qué haces?

«Pobre de mí»: ¡ahí estaba la clave! Marelli había aludido a una muletilla de su vecina, una expresión que en su boca chirriaba sobremanera. Pero nadie se había dado cuenta, ni siquiera el propio Contini. Y eso que ya había estado en el piso de Marelli de Via Dei Sindacatori, en Massagno, y había hablado con la señora Anita, que en cinco minutos le había cascado al menos diez «pobre de mí».

Es difícil rescatar un recuerdo enterrado en la memoria, claro. Sobre todo, porque la atención de Contini, como la de Elton, se había centrado en las frases anteriores, que no bastaban para sacar una pista. Aunque en cierto sentido era verdad que habían «vuelto al principio, donde aún tenía que pasar todo». Estaban en casa de Matteo Marelli, donde vivía tranquilamente antes de ponerse a jugar a ser un gran gánster.

La idea de Forster era buena: nadie habría buscado a los dos rehenes en casa de uno de ellos. Pero, por suerte, cuando ya había perdido toda esperanza, algo se removió en la memoria de Contini.

¿Y ahora? «A estas alturas ya no puedo fallar», pensó Contini. Un fracaso en la liberación de los rehenes habría podido frustrar también el atraco y poner en apuros a Jean, Francesca y los demás, en Bellinzona. En el piso de enfrente, con los dos prisioneros, estaba Elton. Que no iba a dejar que se los llevase delante de sus narices. Contini no podía permitirse irrumpir por la fuerza. En realidad, habría podido intentarlo, porque llevaba las herramientas necesarias, pero, si la puerta tenía un mecanismo de seguridad, habría sido inútil. Tenía que idear otro método.

Quizá podría contar con la colaboración de la vecina: notaba que le caía simpático, así que aprovechó para darle una versión falseada de la verdad. Mientras la señora Anita preparaba un café, Contini le explicó que Matteo estaba secuestrado por un tipo con el que se había endeudado; que no lo dejaría libre hasta que le pagase.

—Pero ¿cómo va a pagarle si lo tiene encerrado?

—¡Equilicuá; es absurdo! Si nadie paga, Matteo va a meterse en un lío.

—¿Dice usted que no está enfermo?

—Está sano como un roble, pero desesperado.

—Mmm... —La señora Anita se mostró recelosa—. Pero entonces ¿por qué no pagan ustedes? ¿No es usted su cuñado?

—Yo no tengo tanto dinero ahorrado. Mire, señora, sé que le parecerá un disparate, pero ¡le aseguro que Matteo necesita ayuda!

—No sé si quiero inmiscuirme...

Contini tuvo que hablar largo rato con ella hasta convencerla. Eran casi las siete y cuarto cuando por fin consiguió su ayuda. La señora Anita aceptó por curiosidad, más que por otra cosa, dado que su labor se limitaba a tocar el timbre.

Al menos eso le daría a Contini la ventaja de la sorpresa. Pero el detective no sabía exactamente qué encontraría detrás de la puerta de Marelli. A Elton, lo más probable, pero ¿cómo? ¿Armado? ¿Solo o acompañado de algún esbirro? Y los prisioneros ¿estarían encerrados con llave en una habitación? ¿Estaban juntos o separados? ¿Y si en las últimas horas habían cambiado de escondite? ¿Y si, después de todo, había llegado demasiado tarde?

Solo había una forma de averiguarlo.

—¡Ya estoy! —dijo la señora Anita saliendo del baño—. Me he arreglado un poco porque por las mañanas estoy hecha un cuadro, ¡pobre de mí!

Mientras Contini sonreía, la señora Anita preguntó:

—Entonces, ¿tengo que tocar el timbre ya?

19

Asalto al Junker Bank

Salviati abrió la puerta del despacho y pidió a sus invitados que se pusieran cómodos. Luego se sentó a su mesa. Alineó un bolígrafo y movió un pisapapeles. Con el rabillo del ojo, vio que a su derecha había una bandeja con las tazas y la jarrita de leche. Sonrió y dijo:

—No les robaré mucho tiempo. Solo hay que despachar un par de formalidades.

—No se preocupe —respondió Claudio Melato.

Salviati llevaba años sin cometer una estafa de ese tipo. En su día eran su especialidad. Cuando estudiaba a una persona, conseguía memorizar sus gestos, su forma de hablar; hasta tal punto que en el despacho de Belloni seguía imitando al director, aunque ya no corriera riesgo. El único que lo conocía en persona era Giuseppe Locatelli, que se había quedado en la entrada sin sospechar nada: Francesca lo había distraído en el momento exacto. Además, Locatelli solo había entrevisto al falso Belloni en la penumbra, camuflado con bufanda y sombrero.

Melato y su guardaespaldas parecían tranquilos y hasta un poco aburridos. En el suelo, entre ellos y delante de la mesa, estaba la mochila negra con los diez millones.

—¿Se les ha hecho largo el viaje? —preguntó Salviati hurgando en la cartera de Belloni.

—Llegué ayer a Lugano —respondió Melato.

—Buena idea. Lo mejor es viajar tranquilo.

Salviati sacó un termo de la cartera.

—He traído un poco de café de casa. Aquí tenemos una máquina, pero ¡el café no hay quien se lo beba!

Melato sonrió.

—Un clásico...

Salviati empezó a servir el café.

—Por cierto, el señor Koller me ha dicho que les dé recuerdos y que se los transmitan a nuestros amigos en común.

Salviati se refería al dueño de los millones, una de esas personas a las que en ese mundillo había que nombrar con un rodeo.

—Gracias. —Melato señaló la mochila—. Por fin podemos zanjar esta historia.

—Claro. —Salviati sonrió—. ¡En el Junker Bank nos alegramos mucho!

El guardaespaldas cogió la mochila y la dejó encima del escritorio. Salviati deslizó la silla un poco hacia atrás, mientras el otro abría la cremallera.

—El equivalente a diez millones de francos suizos, al cambio actual —iba diciendo Melato—, como se acordó.

Salviati cogió el cuentabilletes de la mesa y comprobó la cantidad total en silencio. Euros y francos, repartidos en catorce fajos de mil billetes, por un total de diez millones de francos. Los volvió a meter en la mochila y cerró la cremallera.

—¡Perfecto, perfecto! —Miró a Melato y luego a su gorila, que había vuelto a sentarse—. Pero antes de cerrar el expediente, mientras cojo los documentos, vamos a tomarnos un café. ¿Solo, cortado?

Salviati apartó un par de bolígrafos y, para hacer sitio a la bandeja, cogió la mochila y la dejó detrás de la mesa. Luego pareció buscar algo... Miró al suelo, donde había dejado la mochila, volvió a cogerla y se inclinó para apoyarla delante de la mesa.

—Esto vamos a dejarlo por aquí —farfulló—, que no estorbe... Tiene su gracia pensar que diez millones estorban, pero ¡es lo que hay!

—Son un incordio, no se lo negaré —apuntó Melato con una sonrisilla.

—Es que tengo que abrir este cajón, soy un poco desordenado, ya lo sé...

Trajinó detrás de la mesa y volvió a aparecer con un paquete de azúcar.

—¡Aquí está! —dijo sonriendo, triunfante—. ¡Sabía que lo tenía por algún sitio!

Sirvió el café: solo para Melato y para él, y con una gotita de leche para el guardaespaldas. Luego dijo:

—Voy a por los documentos.

Se levantó y fue a abrir los cajones de un archivador a su derecha. En realidad, los documentos estaban en la cartera de Belloni; Salviati lo había comprobado la noche anterior. Se trataba de un simple recibo. Fingió buscarlos unos segundos, para corroborar la imagen de tipo bastante despistado. Luego se le iluminó la cara y puso una mueca, como diciendo: «¡Hay que ser tonto!». Cogió la cartera, sacó el recibo y se lo enseñó a Melato.

—Aquí está. Espere, que le doy un bolígrafo...

En ese momento sonó el teléfono.

Era una situación imprevista. ¿Quién podía llamar a un despacho a las siete de la mañana? Pero Salviati no se inmutó. Se limitó a resoplar, mostrándose un poco molesto, y cogió el auricular.

—¿Sí?

—Soy Giuseppe. Perdone que lo moleste, señor director, pero tengo aquí al señor Koller, que quiere hablar con usted.

—¿Koller?

—Sí, un suizo alemán. —Locatelli bajó la voz—. Creo que es de la sede de Zúrich.

Salviati no sabía qué pensar. Intentó ganar tiempo.

—Mejor bajo yo. Un momento y estoy ahí.

—Vale, le digo que espere.

—Gracias.

Colgó. Melato lo miraba con expresión interrogativa.

Salviati no tenía tiempo para pensar, para entender qué estaba pasando. El plan preveía que Locatelli se quedara tranquilamente en su garita y que Francesca volviera a intervenir para distraerlo a la hora de salir. Pero si Salviati bajaba en ese momento, sin bufanda ni sombrero, Locatelli se percataría del engaño. Además, ¿qué pintaba Koller en la entrada? ¿Y si el propio Koller había visto la cara de Belloni?

—¿Pasa algo? —preguntó Melato.

—No, un pequeño detalle técnico...

Demasiadas preguntas. Demasiadas incertidumbres que valorar en una fracción de segundo. Salviati conservó la calma, porque en eso consistía su trabajo. Sin embargo, en su interior empezaron a sonar las alarmas. ¿Y si no era Koller? ¿Y si era un truco? Pero ¿cómo iba a saberlo sin comprobarlo? Por otro lado, no podía comprobarlo sin revelar su trampa.

—¿Un detalle técnico?

—No, nada grave...

De todos modos, Salviati tenía planes alternativos. Uno de ellos habría podido adaptarse a la situación, al menos si... Pero no daba tiempo. No podía perder ni un segundo. Se levantó y abrió la puerta que daba al despacho de la secretaria de Belloni.

—Los documentos que tengo aquí no son los buenos, pero lo solucionamos ahora mismo. Síganme, por aquí... Y cojan, cojan la mochila...

Melato le hizo un gesto al guardaespaldas, que recogió la mochila con el dinero. Luego siguieron a Salviati y pasaron al despacho de la secretaria. Los invitó a sentarse delante de su mesa y negó con la cabeza, con expresión consternada.

—Lamento el contratiempo. Los he traído aquí porque tenemos que esperar un fax desde Zúrich.

—¿Un fax? —Melato estaba perplejo.

Salviati señaló la fotocopiadora y el fax, en un rincón del despacho, que no estaban en el de Belloni.

—En cuanto llegue el fax le quedará todo claro. Esperen, que traigo la bandeja con el café.

Salviati salió del despacho y volvió al poco con la bandeja, que dejó en la mesa de la secretaria.

—¡El café aún está caliente!

Se le había acabado el tiempo. Salviati aún no sabía qué estaba pasando; aún no sabía cómo reaccionar ante la llegada de Koller... o quienquiera que fuese. En ese momento solo podía hacer una cosa: tener a raya a Melato y a su guardaespaldas. Tenían ahí la mochila, por lo que se les veía bastante tranquilos. Pero Salviati reparó en que Melato había notado una incoherencia.

—No lo entiendo —dijo, apartando el café—. He oído que antes se refería al señor Koller por teléfono.

—¡Exacto! —exclamó Salviati—. Es justo eso. El señor Koller enviará un fax con algunos detalles que...

Salviati no sabía muy bien cómo terminar la frase cuando la empezó. Pero no tuvo que afrontar ese problema: alguien abrió de golpe la puerta del despacho.

—¡Quietos!

—¡Os mato, si movéis un dedo os mato!

Tres hombres irrumpieron en la sala, gritando y blandiendo sendas armas. Llevaban vaqueros, suéteres negros y la cara tapada con pasamontañas. Salviati parpadeó y apoyó las manos en la mesa. Melato se volvió de forma abrupta, mientras su gorila se disponía a levantarse. Pero uno de los tres hombres se le acercó y lo obligó a sentarse poniéndole la pistola en la cara.

—¿Qué coño haces?, ¿eh? ¡Que no te muevas!

Melato movía rítmicamente la cabeza, consternado, pasando de un asaltante a otro. Salviati se quedó petrificado, como el guardaespaldas. Los tres parecían enfurecidos, pero se movían con precisión. Cada cual conocía su misión y la ejecutaba sin titubeos.

—¿Vais armados? ¿Quién va armado? —preguntó el que parecía dirigir las operaciones.

—Yo —dijo el guardaespaldas.

Llevaba una Taurus, que le arrebataron. También le cogieron el móvil, como a Melato y a Salviati. Luego dos de ellos ataron y amordazaron al guardaespaldas e hicieron lo propio con Melato. Al final, uno de ellos cogió la mochila, abrió la cremallera, echó un vistazo a los billetes y, antes de cerrarla, miró a su jefe y asintió. Este miró a Salviati y le dijo, ya sin gritar:

—Tú te vienes con nosotros.

Salviati asintió. Aún no había dicho ni una palabra.

En cuanto salieron al pasillo, los tres se quitaron el pasamontañas. Entonces Salviati comprendió que iban a matarlo. Dos de ellos tenían una expresión severa, de gente acostumbrada a usar la violencia. El tercero, en cambio, tenía un rostro afable, con los ojillos mansos y unas gafas pasadas de moda. Él era el jefe, y le dijo Salviati:

—Soy Jonathan. Vas a tener que hacer lo que yo te diga.

Salviati asintió. Luego carraspeó, para anunciar una pregunta. Jonathan lo miró.

—¿Qué habéis hecho con Locatelli?

—¿Locatelli?

—El vigilante de la entrada.

—Ah... Está como los dos de arriba. Tenemos que irnos, venga.

A los tres se les había pasado la rabia. Ahora se movían con circunspección, como estudiantes por los pasillos de un museo. Antes de abrir la puerta se cercioraron de que la calle estuviese tranquila. Al pasar por la entrada, Salviati notó que las cámaras de circuito cerrado estaban desconectadas.

Salieron a la calle y cerraron el portón. Ninguno de los tres tenía la pistola a la vista; trataban a Salviati con cierta deferencia. Desde fuera podían parecer el director del banco con tres empleados rasos. Pero Salviati había dejado de imitar los gestos de Belloni; volvía a ser él mismo, aunque estuviera maquillado y llevase la ropa del director.

Eran las siete y veinte. Salviati vio aparecer el Audi de Filippo al fondo de la calle. Esperaba que no intentara hacer ningún disparate. No miró en su dirección, pero notó que, al pasar por su lado, había frenado. «Ya se habrá dado cuenta de que se ha torcido algo», pensó Salviati.

¿Y Anna? ¿Y Francesca? Salviati estaba seguro de que estarían por los alrededores. Desde algún sitio lo verían alejarse acompañado de esos tres hombres. Y debían de estar asustadas; aquello las habría pillado por sorpresa. Serían incapaces de reaccionar. Salviati sabía de sobra que un imprevisto en pleno atraco es un mazazo: la cabeza se vacía, los brazos y las piernas se niegan a obedecer. El miedo se convierte en el único indicio de que sigues vivo.

Jonathan y los otros dos obligaron a Salviati a montarse en un Mercedes aparcado al lado del Nissan de Melato. Luego metieron la mochila en el maletero y salieron de Bellinzona a toda velocidad.

Salviati sabía que iban a matarlo.

Pero ¿qué podía hacer? Iba desarmado, no tenía ni idea de adónde lo llevaban. Y, sobre todo, se había quedado solo.

20

¿Comemos en la casa de la montaña?

La señora Anita no estaba del todo convencida. Pero Contini necesitaba que alguien le hiciese de ariete. Luego, una vez dentro, tendría que improvisar.

—No tiene que hacer nada especial, señora. Toque y ya está.

—Pero ¿con el dedo?, ¿así está bien? ¿O mejor así?

Contini no daba crédito a sus oídos. ¡Le estaba preguntando con qué dedo tocar el timbre!

—¿Qué dedo usa normalmente?

—¡Ay, pobre de mí, se me ha olvidado! Normalmente no lo pienso, ¡no como ahora, que sé que estoy fingiendo!

Contini suspiró.

—Pruebe con el índice, señora.

—¿Seguro? ¿Con el índice?

—Con el índice, sí.

La señora Anita se miró el índice como si lo viera por primera vez.

—Vale —resolvió—, voy a usar este dedo.

La señora Anita tocó el timbre.

Contini la observaba desde arriba, escondido en las escaleras. Confiaba en que Elton no se oliera la tostada y en que la señora Anita no se pusiera demasiado nerviosa. El timbre resonó en el piso. A lo mejor estaban todos dormidos. ¿O se habrían ido? Contini estaba a punto de hacerle una señal a la señora para que insistiese cuando le pareció oír unos pasos.

—Pero ¿quién es?

—Soy la señora Pedrini, su vecina.

Cuando se abrió la puerta, entrevió el corpachón de Elton. La señora Anita, con un hilo de voz, dijo:

—Buenos días...

—¿Qué pasa? —respondió Elton.

Al parecer, había momentos en los que Elton no se prodigaba en palabras.

—¡Pobre de mí, a lo mejor estaban durmiendo!

—No, estaba despierto. ¿Pasa algo?

Elton se mostraba prudente. Iba vestido de punta en blanco, con un traje marrón con rayas amarillas. Contini se preguntó si el atuendo refinado del gorila sería pura fachada, como las frases pomposas. Detrás de las apariencias había sin duda un Elton violento y seguro de sí mismo, que sabía tomar decisiones con rapidez. No se llega a perro guardián de alguien como Forster si se tiene la cabeza hueca.

—El caso es que les he molestado tan temprano porque tengo un problemilla en casa y pensaba que Matteo, o usted mismo, si Matteo no se encuentra bien, o sea...

La señora Anita se atoró. Contini le había dicho que le pidiera a Elton que entrase en su piso, explicándole que tenía una fuga en la cocina.

—Matteo no se encuentra muy bien —aclaró Elton—. ¿Qué ha pasado?

—Pues la cuestión, pobre de mí, es que tengo una fuga, sí. Una fuga.

—¿Una fuga?

—En la cocina.

—Mire, señora...

—Es verdad, ¡eh! —le aseguró la señora Anita—. ¡No me lo estoy inventando!

A esas alturas Elton ya intuía que algo pasaba. O a lo mejor creía que la vieja chocheaba. Sea como fuere, dio un paso adelante.

Contini bajó unos cuantos peldaños.

La señora Anita, pobre de ella, se hizo a un lado e invitó a Elton a pasar a su piso. Él cruzó el umbral en silencio, mirando a su alrededor. Contini bajó los últimos peldaños, esperando que Elton no se volviese justo en ese momento.

—Pobre de mí —dijo la señora Anita—. ¿Se puede creer que se me ha olvidado dónde era? Era un grifo... Sí, sí, una fuga, no me acuerdo exactamente...

Contini se coló en el piso de Marelli sin cerrar la puerta. Confiaba en que la señora Anita siguiera bordando el papel de vieja chocha.

Ya solo tenía que encontrar a los rehenes.

La puerta daba a un vestíbulo del que salía un pasillo largo; al fondo se entreveía un salón. A los lados, cuatro puertas cerradas. Contini fue a paso ligero hasta el salón: muebles de cuero negro, una televisión de cuarenta pulgadas, una mesa de madera. No había nadie.

—Si puede mirar un poco mejor...

—Lo siento, señora, no puedo perder más tiempo.

La voz de Elton. Contini dejó el salón, abrió una de las puertas del pasillo al azar y se encontró el cuarto de baño. Cerró la puerta justo a tiempo, antes de que Elton volviera al piso.

La señora Anita había cumplido, pero Contini estaba atrapado en el baño: Elton podría sorprenderlo de un momento a otro.

Mientras analizaba la situación, vio bajar la manivela. Se escondió a toda prisa detrás de la cortina de la ducha. La puerta se cerró y apareció una silueta femenina en camisón. Lina Salviati. Contini corrió la cortina y susurró:

—¡Chsss! ¡No hables!

Lina se volvió de golpe, con los ojos abiertos como platos. Estuvo a punto de gritar, pero logró contenerse.

—¿Quién... quién eres?

—Contini. Soy...

—Sé quién eres. Pero ¿cómo has entrado? ¿Cómo has podido...?

—No hay tiempo. ¿Dónde están Elton y Marelli?

En unos segundos improvisaron una especie de plan. Elton había vuelto a su habitación y estaba llamando por teléfono. Marelli, probablemente, seguiría en la cama. Lina era la encargada de avisarlo y prepararlo para huir. Mientras, Contini intentaría abrir la puerta principal, que Elton había cerrado con llave. El mecanismo de seguridad era una barra de hierro que bastaba empujar para abrir. En cambio, Contini preveía invertir unos minutos en la cerradura propiamente dicha.

Lina conservó la calma. Ya no quería que la euforia se apoderase de ella antes de verse libre; tenía demasiado miedo a la decepción. Después de meses de cautiverio, le parecía haberse vuelto más reflexiva, más lenta en sus reacciones. Fue a su habitación a por la ropa y los zapatos. Luego entró en la de Matteo y le explicó lo que pasaba. Él se incorporó de golpe en la cama.

—¡Entonces somos libres! Lina, ¿te das cuenta?

—No.

—Pero...

—Tú estás en pijama y yo en camisón. La puerta aún está cerrada.

Matteo asintió. Sin añadir ni una palabra más, cogió su ropa y fue al baño, para volver al cabo de dos minutos. Mientras tanto, Lina se había cambiado. Entreabrieron la puerta y echaron un vistazo al pasillo. Del salón llegaba la luz lívida de primera hora de la mañana, aún mezclada con el reflejo de las farolas. Al otro lado, agachado en la puerta, Contini introducía algo en la cerradura. Había dejado en el suelo una serie de herramientas de hierro retorcido.

Contini y Salviati, Salviati y Contini, pensaba el detective mientras probaba con las ganzúas. Premiada empresa de estafas, atracos y ocurrencias varias. Uno intenta hacerse con diez millones sin perder las formas. El otro trabaja en una cerradura desde dentro. El único topista del mundo que, en vez de entrar, intenta salir a escondidas de...

Sus reflexiones se vieron interrumpidas por unos pasos en el pasillo. Contini se volvió. En la penumbra se recortaba la mole de Elton.

Durante dos segundos, Elton se quedó petrificado, pillado por sorpresa. A Contini le dio tiempo de levantarse y empezar a acercarse. Esperaba que Elton no reparase en las ganzúas del suelo.

—¡Buenos días! —dijo Contini, levantando las manos—. Vamos a llevarnos bien. A estas alturas, te conviene...

Elton no le dejó terminar la frase y se abalanzó sobre él. Contini pudo esquivarlo por un pelo: el puñetazo le rozó el hombro. Elton volvió al ataque y Contini retrocedió hasta el salón. La cosa se ponía fea. Llevaba la pistola en el bolsillo, pero no podía disparar: seguro que alguien habría llamado a la policía. Y eso no podían permitírselo, ya no, mientras Salviati se llevaba diez millones del Junker Bank.

—Quietecito —dijo Contini apuntando a Elton.

Elton no le dejó acabar. Se lanzó hacia él con la cabeza gacha y lo estampó contra una estantería. Un jarrón y varios CD acabaron por el suelo, además de un estante y del propio Contini, que con el golpe soltó la pistola. La Walther acabó al lado de su pie izquierdo. Al levantar la cabeza después del batacazo vio que Elton estaba a punto de cogerla y la alejó de una patada. El arma se estrelló en la pared.

De mal en peor: sin pistola contra esa especie de coloso. Contini se arrepintió de haber dejado en la puerta a Malaspina, pero ya era demasiado tarde. Intentó levantarse rápidamente para esquivar los golpes, pero Elton lo dejó y fue corriendo en la otra dirección. ¡Los rehenes! Si Elton llegaba a los dos rehenes, tendría la sartén por el mango. Contini lo siguió cojeando.

Marelli había seguido con lo que había empezado el detective. ¡Cuántas veces, en aquellos meses de cautiverio, se había lamentado de no tener las herramientas necesarias! Elton había instalado alarmas en las ventanas, pero sabía que la puerta era segura: solo podría forzarla alguien que supiese y que tuviera el material.

Matteo cumplía con los dos requisitos. Acababa de abrirla cuando una sombra se cernió a su espalda.

—¡Cuidado! —gritó Contini.

Matteo quiso protegerse con las manos, pero no le dio tiempo. Elton le dio una patada en la sien y Matteo sintió que una punzada le sacudía la cabeza. Intentó escapar a la desesperada, pero se estrelló contra la jamba de la puerta y se desplomó mientras todo se sumía en la oscuridad. A lo lejos le pareció oír la voz de Lina.

Contini se abalanzó otra vez sobre Elton.

—¡Vete! —le gritó a Lina—. ¡Huid!

—No —respondió ella—. Matteo no se mueve, está...

—Coge la pistola —la interrumpió Contini—. ¡La pistola del salón!

Lina lo entendió y se alejó corriendo. Contini había empujado a Elton a un rincón, intentando contener su reacción, pero no tardó en ceder. El gorila lo lanzó al suelo y persiguió a Lina, pero Contini los siguió. Cuando llegaron al salón no vieron a nadie.

—Pero dónde... —dijo Elton.

Contini la vio primero, escondida detrás del sofá. Se le acercó a toda prisa, adelantándose a Elton por un pelo.

¿La tienes?

—¡Ten!

Elton ya se abalanzaba sobre ellos, pero Contini lo golpeó con el cañón de la Walther. Elton se revolvió, armando el brazo para soltar un puñetazo. Contini le propinó otro golpe en la base del tabique nasal, y luego en un ojo, y en la frente. El gorila cayó al sofá y, cuando Contini le asestó un último culatazo, se desplomó.

Contini se volvió para buscar a Lina, que ya estaba en el pasillo, delante de la puerta forzada. Marelli yacía en el suelo sin dar señales de vida, con la cabeza girada y una pierna doblada. Lina estaba de rodillas a su lado. Contini sintió que el cansancio se abatía de golpe sobre él.

Anna Corti estaba sola. Había visto un Mercedes pasar por delante de su puesto de vigilancia. Dos hombres delante y dos detrás, pero no había reconocido a ninguno. ¿Estaría Jean Salviati entre ellos? Era difícil decirlo: el coche había pasado volando.

«Y ¿ahora qué hago?». Anna pataleó la acera para entrar en calor. Eran las siete y media. El atraco tenía que haber terminado. Entonces, ¿por qué no aparecía nadie? ¿Por qué no veía el Audi de Filippo con Jean de copiloto? ¿Y Francesca?

Anna decidió acercarse al banco. Estaba a unos metros. A lo mejor había ocurrido un imprevisto y ella podía hacer algo. Solo contempló esa posibilidad unos segundos; luego el sentido del ridículo la arrolló. «Pero ¿qué broma es esta? Soy una bibliotecaria; no me he peleado en mi vida, ni siquiera en el colegio. ¿Qué pinto aquí, participando en un atraco? ¿Cómo voy yo a ayudar a nadie?».

No obstante, siguió andando en dirección al banco. Allí también parecía todo en orden. Era un domingo de finales de diciembre, con las luces de Navidad en los árboles desnudos. Con ese aire punzante, las paredes del Junker parecían más grises y gruesas. Anna hizo un giro de trescientos sesenta grados. Nadie. Ni Filippo, ni Jean, ni Francesca.

«¿Qué hago, pruebo a llamar?». Anna notaba que el miedo le borraba las ideas. No estaba hecha para esas cosas. Odiaba el suspense, incluso en las películas de la tele o en los penaltis al final de los partidos. ¡Por no hablar de la vida real! «¿Qué hago?, ¿qué hago?».

Aunque Jean les había recomendado que limitasen las llamadas al mínimo indispensable, acabó cogiendo el móvil. En la pantalla parpadeaba la lucecita de un mensaje recibido. Anna lo leyó a toda prisa.

ANNA QUERIDA, ¿CÓMO ESTÁS? SI MAMÁ TIENE GANAS, ¿EN NAVIDAD COMEMOS EN LA CASA DE LA MONTAÑA? HABLAMOS, LILA :-)

Era un SMS de su hermana, que madrugaba los domingos. Anna negó con la cabeza. Le parecía de otro mundo. Borró el mensaje y probó a llamar a Jean, a Francesca, a Filippo, a Contini... ¡Esperando que alguien le respondiera! O ¿es que se habían olvidado de ella?

—Pero estarán en los alrededores, ¿no?

—¡Que no!

—¿Francesca tampoco?

—¡Te digo que no hay nadie! Solo he visto pasar el coche.

—Y ¿estás segura de que dentro no iba Salviati?

—A lo mejor era él. En el asiento de atrás. Ay, no lo sé, no me acuerdo...

Contini suspiró y se cambió el teléfono de la oreja derecha a la izquierda. No había ni un segundo de tregua. Acababa de resolver la situación de Massagno, y Anna Corti le soltaba lo del fracaso del atraco. Porque de eso se trataba: sin duda, el plan se había torcido en algún momento.

—Pero ¿tú dónde estás? —le preguntó Anna—. ¿Qué estás haciendo?

—Estoy en Massagno. Por aquí la situación ya está controlada.

Por suerte Marelli no estaba malherido; una conmoción cerebral, como mucho. Podría haberle ido peor. Lina lo había acompañado al hospital. Versión oficial: un tropezón en la bañera. La señora Anita se había preocupado un poco por el estrépito de la pelea, pero Contini había encontrado las palabras para tranquilizarla.

—Pero... Pero Lina está...

—Lina está libre. Ahora vamos a pensar en vosotros.

¿Por qué Jean, Francesca y Filippo no respondían al teléfono? Y, sobre todo, ¿dónde estaban? Ya tendrían que estar todos juntos en el Audi. Sin embargo, Anna se había quedado sola.

¿Qué había pasado en la última media hora? Anna lo ignoraba.

—He estado vigilando la calle y no he visto nada. No ha pasado casi nadie; solo el Mercedes.

—¿Cuatro personas, dices?

—Uno de los de atrás podría ser Jean. Podría decirse que se parecía a él, pero a la vez era distinto. A lo mejor por el maquillaje.

—A lo mejor.

Contini la estaba llamando desde el balcón. Malaspina había atado a Elton, se lo había llevado al comedor y estaba vigilándolo. Habida cuenta de que Lina y Marelli ya eran libres, Contini pensaba dejarlo marchar... si Jean conseguía hacerse con el dinero.

Sin embargo, parecía que el viejo ladrón había fracasado.

Anna Corti estaba sola y asustada, Francesca y Filippo habían desaparecido, a Jean (quizá) lo había visto marcharse en coche con tres desconocidos. Contini sospechaba que detrás de aquello estaba la mano de Forster. Así pues, solo podía hacer una cosa...

—Más vale que te alejes de ahí.

—¡¿Cómo?! —protestó Anna—. ¡A lo mejor siguen dentro del banco!

—Yo lo descartaría. —Contini hablaba en voz baja—. Habrían respondido a nuestras llamadas.

—Pero entonces...

—Si no responden es que algo se ha torcido. Y, en tal caso, lo mejor para ti es no seguir ahí.

Contini quedó con ella en Bellinzona sobre las ocho y media. Luego se levantó y fue a ver a Malaspina.

El piso de Marelli era bastante grande: dos habitaciones, un salón, un comedor y una cocina. Elton había convertido el comedor en su cuartel general, al que había llevado una cama plegable y su ordenador. Y ahí lo tenían, atado al radiador. Malaspina lo observaba bebiéndose una taza de café.

Contini esperó unos segundos antes de hablar. Y dijo:

—Entonces, ¿qué?

—¿Cómo? —respondió Elton.

—Quiero enterarme de toda la historia.

—¿Cómo?

—Mira, Elton, tal y como están las cosas, ya podemos llamar a la policía. Yo diría que una acusación por intento de asesinato...

—¡Qué va! —respondió Elton—. ¡Vosotros también os meteríais en un follón!

—¿Quieres correr el riesgo? ¿De verdad quieres ponernos a prueba?

Silencio. Luego Elton preguntó:

—¿Qué queréis?

—Queremos que nos cuentes toda la historia —respondió Contini—. Para empezar, ¿qué está pasando en Bellinzona?

Salviati no hablaba. Era importante ordenar las ideas, comprobar todas las piezas antes de actuar. La Operación Junker Bank había tomado un cariz imprevisto: ahora se trataba de luchar para salvar el pellejo.

Jonathan y los otros dos no le ocultaban sus caras, como tampoco el trayecto. Primero habían parado en el centro de Bellinzona, donde Jonathan había salido a llamar por teléfono. Luego habían cruzado la ciudad para enfilar la autopista en dirección sur.

Las probabilidades jugaban en contra de Salviati. Su compañero de asiento lo vigilaba con atención, apuntándolo con la pistola. Jonathan conducía lentamente, también en silencio. Por lo demás, no tenían nada que decirse. Habían cogido el dinero y, antes de llevarlo a su destino, tenían que deshacerse de Salviati.

Sin duda actuaban por cuenta de Forster. Salviati esperaba que pasara algo, pero no había previsto una irrupción en el Junker. Creía que intervendrían a la salida o más tarde, en la entrega del dinero. Sin embargo, habían interrumpido la operación y, para más inri, lo habían secuestrado.

¿Adónde lo llevaban?

Quién sabe. A un lugar aislado, con toda probabilidad, para cargárselo sin levantar sospechas. Luego le llevarían el dinero a Forster.

¿Y Lina?

Salviati se obligaba a no pensar en su hija. Contini había tenido un pálpito: si no se equivocaba, quizá Lina ya estuviera libre. Pero, si no estaba en lo cierto, si Forster aún la tenía secuestrada en un sitio secreto... ¡No, no podía pensar eso! Era inútil. Salviati se esforzó en dejar la mente en blanco, en concentrarse en el presente y el futuro inmediato. Como si la operación no hubiera fracasado. Como si esos tres tipos armados con pistolas solo fueran un incidente en el trayecto.

21

Donde empieza la niebla

Elton volvía a escoger las palabras. Mala señal. Contini sabía que la amenaza de llamar a la policía era frágil. Ya se habían resignado a dejar la ley al margen: era demasiado tarde para cambiar de ruta. La policía no habría hecho distinciones: los arrestaría a todos por intento de atraco y otro puñado de delitos.

—De lo que no cabe duda alguna es de que el atraco ha concluido —afirmó Elton.

—¿Cómo lo sabes? —le preguntó Contini.

—Una llamada, esta mañana. Me han confirmado la intervención de nuestros hombres cuando Salviati estaba dentro del banco.

—Pero ¿cómo conocíais los detalles? Y ¿qué habéis hecho con Salviati?

—Me temo que no puedo responder a esas preguntas.

—Mira, no tengo el cuerpo para bromas y...

—Llama a la policía. Vamos a ver el farol.

—Si la llamo, el que va a acabar metido en un lío eres tú.

Antes de que Elton pudiese responderle, el teléfono de Contini sonó. El investigador miró el número: era Francesca. Salió fuera para cogerlo.

—¿Sí?

—Hola, Contini. ¡Perdona que no te haya respondido! Estaba fuera del banco.

—¿Cómo estás? ¿Cómo va la cosa?

—No lo sé... Es un lío. ¿Qué le ha pasado a Salviati?

—Es lo que te iba a preguntar yo a ti.

—Yo lo he visto salir. —Francesca hablaba sin perder la calma, pero con la respiración un poco entrecortada—. Lo he visto salir con tres hombres. Se han ido en coche.

—¿Los has visto? ¿Estás segura?

—Sí, yo estaba fuera... ¡Tenemos que ayudarle! ¡Tienes que llamar a Filippo!

—Pero ¿tú dónde estabas?

—He hecho lo que me tocaba hacer; luego he buscado a Anna, pero no estaba en su puesto.

—Había ido a buscarte. Ahora está volviendo a su casa.

—¿Cómo está?

—Un poco nerviosa. ¿Y Filippo?

—Ah, Filippo, sí. ¡He hablado con él! ¡Tienes que llamarlo ahora mismo!

—Lo he intentado... ¿Dónde está?

—Está siguiendo a Salviati. Esa era su misión en caso de emergencia.

—Pero ¿adónde llevan a Salviati?

—Filippo me ha dicho por teléfono que iban por la autopista, en dirección a Lugano. Pero él no los está siguiendo, porque Salviati lo ha citado en otro sitio.

—¿Que lo ha qué?

—Lo ha citado. Salviati.

—No lo entiendo. ¿Salviati había previsto que iban a secuestrarlo?

—No exactamente. Pero había preparado un plan alternativo por si algo se torcía. Le había dado instrucciones especiales a Filippo.

—Y ¿cómo va a librarse de los tres hombres que lo acompañan? Según Elton, tenían que intervenir en pleno atraco, pistola en mano. Y Salviati no lleva pistola...

—No sé, y Filippo tampoco. Tendrá pensado uno de sus trucos.

—Un truco, sí. Eso es lo que me preocupa.

Filippo Corti conducía a toda velocidad. Quería llegar con antelación al lugar de la cita. No sabía qué había pasado dentro del banco, pero había hecho lo que se le había pedido. Después de ver a Salviati salir con esos tres y seguirlos hasta la entrada de la autopista, había cogido la carretera cantonal en dirección sur.

Hasta ese día, Filippo nunca había sentido el efecto de la acción. Uno puede imaginarse las escenas más trepidantes, puede leerlas, o verlas en las películas, pero el momento de la acción es indescriptible: una forma de pensar absoluta, que convierte cada gesto en necesario. Basta de tribulaciones e indecisiones: haz lo que tienes que hacer. Como es natural, había vivido situaciones de tensión a lo largo de su vida: exámenes, malas noticias, un desamor. Pero aquello era distinto.

Sin embargo, de vez en cuando, no podía evitar hacerse algunas preguntas. Era su sentido de culpa, que afloraba desde lo más hondo. De todas formas, ya no estaba colaborando en el robo del dinero, sino que estaba ayudando a Salviati. ¿Y si esos tres estaban conchabados con él? No, imposible. Tenía que haberlos mandado Forster. Entonces, ¿por qué no se llevaban el dinero y ya está? Forster quería el dinero, no hacer daño a nadie... ¿O no?

Entonces las reflexiones de Filippo se desmoronaban; volvía a sentir el alivio de la acción. «Conduce sin superar demasiado el límite de velocidad, pero procura llegar con tiempo. Una vez allí, esconde el coche entre los arbustos, arranca y déjalo así, sin apagar el motor. Presta atención y no pierdas tiempo», se dijo. Sin embargo, pasado Cadenazzo, Filippo tuvo que aminorar la marcha.

El monte Ceneri tenía mala cara esa mañana. Las rocas oscuras, la sombra de los bosques en las montañas más altas, la tierra yerma, las carreteras donde no había un alma...: todo parecía un mal presagio. Pero a Filippo, sumido en la tensión de la acción, esas sensaciones solo lo rozaban. Sin embargo, no pudo hacer caso omiso de la niebla.

Empezó después de las primeras curvas. Como una muralla fluctuante. De repente, la carretera quedó absorbida. Era como si esa región se hubiera vuelto salvaje. En algún lugar seguían los restos del antiguo camino de herradura. La autopista estaba allí, a unos metros, pero engullida por la niebla.

Filippo frenó. Decidió parar unos segundos, el tiempo justo para echar un vistazo al móvil, que había silenciado después de llamar a Francesca. Vio dos llamadas de Contini; le había mandado un mensaje:

LINA ESTÁ LIBRE. ESTÁ BIEN. LLÁMAME.

Pocas palabras, como siempre. Probó a llamarlo, pero estaba comunicando. Daba igual, ¡Lina estaba libre! Una buena noticia. Ahora solo había que llegar a un acuerdo con Forster. Filippo confiaba en que todo fuera bien y pudiesen reunirse en casa para el último acto.

En un momento dado, escogido con tiento, Salviati habló. En cuanto a las palabras, no desperdició ni una. Intentó ser claro, para que no solo Jonathan, sino también los otros dos, entendieran lo que quería decir.

Esperaba que reaccionasen mal, que le pegaran una paliza. Pero, dada la situación, cabía la posibilidad de que decidiesen resolver el asunto sin perder tiempo. Y eso fue justo lo que hicieron. Pararon en la salida de Rivera para descubrir las cartas de Salviati. Él jugó su mano y ellos le siguieron el juego. Al principio, uno de los otros dos había estado a punto de golpearlo, pero Jonathan lo paró. Jonathan jamás dejaba nada al azar.

Retomaron el viaje en silencio. Siguieron por la carretera cantonal engullida por la niebla. Los árboles a orillas de la carretera recordaban las formas tenebrosas de un sueño, una de esas pesadillas llenas de imágenes distorsionadas. Como las que Salviati tenía en la cárcel, al alba, antes de despertar.

Llegarían dentro de pocos minutos. Jonathan conducía lentamente. Sin prisa. Él era quien tenía la situación controlada.

Filippo aparcó detrás de la casa de Salviati, como le había dicho, dejando el coche escondido entre los arbustos. Luego apagó los faros y esperó, con el motor encendido. La carretera hacía una curva antes de la casa y poco después se bifurcaba: por un lado, llevaba al siguiente pueblo; por otro, a la explanada de una instalación militar, para luego volver a salir a la carretera cantonal que recorría el monte Ceneri.

El coche de Filippo, en la parte de atrás de la casa, estaba fuera de la calzada. Habría podido llegar en cuestión de segundos al siguiente pueblo o a la bifurcación hacia los edificios del Ejército. Salviati le había dicho que estuviera preparado para salir en la segunda dirección.

Envuelta en la niebla, la casa de Salviati parecía suspendida al borde del vacío. Filippo, entre los arbustos, no apartaba los ojos de la lengua de asfalto situada delante de la cancela. A pesar de eso, vio llegar el Mercedes en el último segundo. Apretó el volante con fuerza. La acción. Meros gestos que ejecutar, uno tras otro, según el plan.

El Mercedes paró a unos metros de la casa. El conductor apagó el motor; una de las puertas traseras se abrió y Salviati bajó del coche. Solo. Filippo vio que señalaba el garaje, y luego la casa, hablando con el hombre que iba al volante. También salió uno de los tres desconocidos, que cerró la puerta y se alejó con Salviati. Este abrió la cancela y, caminando a paso lento, recorrieron el camino de acceso y entraron en la casa, dejando la puerta abierta. Parecían moverse al ralentí.

Quince segundos después, Filippo vio salir a Salviati por una de las ventanas de atrás. Ya no se movía con lentitud. Cruzó el prado a la carrera, se coló entre los arbustos y llegó donde estaba escondido el coche. Abrió la puerta de par en par y en cuanto se sentó dijo:

—¡Vamos!

Filippo no pensó, ni preguntó nada. Salió prado a través y enfiló el camino secundario. Aceleró, sin pensar en la niebla, y llegó a la explanada de la instalación militar. Rodeó el aparcamiento, pasando por delante de las barreras de la zona donde estaba prohibido el paso, y cogió la vía de servicio que desembocaba otra vez en la carretera cantonal.

—¿Y Lina? —dijo Salviati—. ¿Lina está libre?

Filippo estaba demasiado tenso. Tuvo que tragar saliva antes de poder hablar:

—Está libre, sí... ¿Crees que nos estarán siguiendo?

—Lina... ¡Por fin! —Salviati respiró hondo—. Sí, creo que nos están siguiendo. A uno lo he encerrado con llave en el salón, pero la puerta principal estaba abierta de par en par.

—A lo mejor vuelven a la cantonal y nos cortan el paso.

—No creo. Ellos no saben que por aquí también se llega a la cantonal. Además, no es fácil encontrar la salida con esta niebla.

—¡No me digas que habías pensado también en la niebla!

Filippo era incapaz de tranquilizarse.

—No. —Salviati negó con la cabeza—. Contaba con la sorpresa, más que nada.

Después de varias curvas, la vía de servicio volvió a unirse con la cantonal. Filippo se sintió mejor cuando comprobó que, en efecto, no había ni rastro del Mercedes. Miró a Salviati de refilón y le dijo:

—Pero ¿cómo has...?

—Eso después —lo interrumpió Salviati—. Primero cuéntame lo de Lina. ¿Qué ha pasado? ¿Elia tenía razón?

—Sí. Me ha escrito que está libre. Eso quiere decir que, efectivamente, los tenían en el piso de Marelli, en Massagno, y que...

—Pero ¿cómo está? ¿Cómo está Lina?

—Contini me ha escrito que está bien.

—Lo hemos conseguido. —Salviati se repanchingó en el asiento—. No me lo creo; ¡lo hemos conseguido!

—Pero el dinero lo tienen ellos.

—Calla. —Salviati cerró los ojos—. ¿Qué más da el dinero?

Contini no podía evitar sentirse culpable.

Conocía muy bien a Jean Salviati; tendría que haber sabido que era testarudo como pocos. De los que preparan un plan y un plan alternativo y un contraplán y luego un plan de emergencia y, por si acaso, uno de reserva. De los que organizan la Operación Junker Bank y luego resulta que, como de costumbre, hacen las cosas a su manera.

Contini y Malaspina todavía estaban allí, en el piso de Marelli. Elton seguía atado, sin abrir la boca. A Contini le daba la impresión de que aquello se le estaba yendo de las manos y de que, en algún sitio, aún había una nota que desentonaba. Aún tenía que oírse el retoque de una campana...

«Pero ¿qué tendrán que ver las campanas?».

Contini se puso de pie y salió al balcón a fumar un cigarrillo. Últimamente veía tanto al viejo Giona que empezaba a pensar como él. En vez de preocuparse de Salviati y de Forster y de cómo obligar a cantar a Elton, Contini pensaba en campanas, en retoques, ¡en las palabras de un ermitaño que no había pisado un banco en su puñetera vida!

¿De verdad tendrían que llamar a la policía?

No, era imposible. Se habían colado en la casa del director de un banco, lo habían dormido con anestésico, Salviati había entrado en el banco con una identidad falsa, había robado —o había intentado robar— diez millones de francos... Nada de policía. Por suerte habían podido neutralizar a Elton sin armar demasiado escándalo.

Todo Massagno guardaba silencio. Desde hacía unos minutos, algún transeúnte pasaba por la calle a toda prisa. En las aceras de los cruces había expendedores automáticos con los periódicos gratuitos del domingo, recién salidos de imprenta y rebosantes de escándalos. El cielo se cernía sobre las casas, oscuro e imponente; parecía hecho de asfalto.

Las preguntas se agolpaban en la cabeza de Contini: ¿Cómo había podido Forster planear con tanta meticulosidad una irrupción en el Junker Bank? ¿Cuál era el plan alternativo de Jean?

¿Adónde irían a parar los millones? Pero, sobre todo, ¿dónde estaban en ese momento Jean y Filippo?

A la última pregunta no era difícil responder. Buscó el número de Filippo Corti y estaba a punto de llamarlo cuando el propio Filippo se le adelantó: justo cuando marcaba, su teléfono sonó.

—¿Cómo ha ido? —preguntó Contini.

—Perfectamente —respondió Salviati—. Filippo lo ha bordado.

Contini suspiró aliviado.

—¡Jean! Escucha, Jean, tienes que explicarme un par de cosas.

—Luego, luego.

—Sí, pero...

—Por teléfono no. Filippo me ha dicho que hay una reunión.

—¿Ah, sí?

—En casa de Anna y suya. Te lo explicaré todo.

—Pero cuando...

—Francesca ya está allí. Nosotros llegaremos dentro de un cuarto de hora. ¿Y tú?

—Yo estoy aquí con Malaspina y con Elton. Lina ha ido al hospital con Marelli.

—¿Están bien?

—Él no tanto. Se ha dado un golpe en la cabeza. Pero podría haberle ido peor. Oye, ¿quiénes eran esos tres que te han secuestrado? ¿Gente de Forster?

—Creo que sí.

—Y ¿te has librado de ellos?

—Por ahora. La cuestión es que Forster ya no tiene a Lina, así que ya no puede llevar la voz cantante.

—¿Cómo te has escapado de esos tres?

—Las preguntas, luego, Elia. Pero ¿qué es ese alboroto?

—Campanas. —Contini esbozó una leve sonrisa—. Están sonando las campanas de Massagno.

—Es domingo... ¡Y todo va como la seda! Entonces, ¿nos vemos en Bellinzona?

Contini suspiró y se guardó las preguntas.

—Vale. Dentro de media hora.

Apoyó el móvil en la barandilla y soltó una larga bocanada de humo. Al fin y al cabo, el plan alternativo había funcionado. Lina estaba libre y Jean había dado esquinazo a sus tres secuestradores. Y, sin embargo..., las campanas de Massagno seguían sonando. Contini no podía evitar acordarse del viejo Giona.

Una melodía, un sonido que se expande por el aire. Pero detrás hay una serie precisa de notas. A cada toque le corresponde un retoque. Siempre es así. Contini y Salviati, Contini y Francesca. Pero también Lina y Matteo. Y qué decir de Salviati y Forster. Por cada toque, un retoque...

Contini tiró la ceniza por el balcón. Estaba cerquísima... Y, justo cuando las campanas dejaron de sonar, algo se le pasó por la cabeza. Era una forma de verlo, era una explicación; pero, ante todo, era una amenaza. Contini pensó en el movimiento de Salviati, en la intervención de Filippo y en su huida. Pensó en la Operación Junker Bank. Se imaginó el pasado y el futuro, hasta que bajó de las nubes y apagó el cigarrillo. Por cada toque, un retoque. Exactamente así. Hasta el último.

Si tenía razón, la situación no estaba controlada para nada. Es más, estaban a punto de fracasar.

Y corrían peligro; todos corrían peligro.

Anna y Francesca se bebieron un té. Necesitaban recuperar las costumbres y sobre todo la mentalidad de la vida cotidiana. Estar en un salón, rodeadas de flores y estanterías. En las paredes, reproducciones de cuadros abstractos y carteles de cine. Un concierto de Mozart de fondo, una caja de galletas en la mesa de centro.

Necesitaban eso. Las fotos de familia en el aparador y la revista con la programación de la televisión abierta en el sofá. Reposando en dos amplios sillones color crema, una enfrente de la otra, no sabían cómo recapitular todo lo que había pasado. Así pues, al principio, guardaron silencio. No estaban al tanto de los detalles, pero al final todo se había solucionado. Filippo y Jean llegarían en cuestión de minutos, como Contini. Lina estaba a salvo. Forster ya no tenía con qué amenazarlos.

Habrían podido relajarse. ¿Por qué no se relajaban?

—Aún estamos demasiado nerviosas —dijo Anna—. Es normal.

—No todos los días se atraca un banco...

Anna sonrió, negando con la cabeza.

—Hemos sido unos locos. Todos. Pero ¿te das cuenta de lo que podía haber pasado?

—Algo ha pasado —murmuró Francesca.

—Es verdad. Suerte que Jean lo tenía todo previsto... Y que a tu hombre se le ocurrió esa idea para liberar a su hija.

Cuando Francesca se puso azúcar en el té, se le cayó un poco fuera de la taza.

—¡Qué torpe! Pero trae buena suerte, ¿no? ¿O eso era la sal?

—Creo que era la sal. —Anna volvió a sonreír—. Pero, si quieres echarte un poco de azúcar por encima del hombro, malo no puede ser...

Francesca era la más joven de las dos. Y, sin embargo, se diría que había encajado mejor el golpe. Anna se esforzaba por disimularlo, pero le parecía tener la cabeza a mil. Habría querido gritar, tirarse a la alfombra del salón; habría querido desahogar el miedo que había acumulado dentro. No conseguía deshacerse de él. Como cuando pasamos mucho rato con frío y, al acercarnos a una fuente de calor, nos da la impresión de no sentir nada.

—Me alegro por Jean —dijo Anna—. No se merecía, ni muchísimo menos, esto que le ha pasado.

—Es buena persona. ¿Quieres un poco de azúcar?

—Ya me he echado, gracias.

A lo mejor Francesca no lo entendía. A lo mejor era demasiado joven. Anna la vio beber un sorbo de té y levantar la cabeza para preguntar algo.

—¿Luego vendrá también Lina?

—Sí. —Anna inclinó la cabeza—. O al menos eso creo.

Todo se había desarrollado en unas horas, pero Anna estaba tan cansada como si llevara tres noches sin dormir. Se sobresaltaba con cada ruido. Cada crujido y cada repiqueteo del reloj eran una señal en un lenguaje oscuro. Como si la Operación Junker Bank no hubiese acabado. Como si ellas no fueran dos mujeres charlando en un salón, sino las protagonistas de una película de miedo que esperaban a su asesino.

Salviati ya había visto llorar a un hombre adulto. En su antiguo oficio los reveses de la fortuna eran harto frecuentes. Luego, en la cárcel, también se desvanecen los fantasmas de la dignidad: había visto a gente despotricar contra sí misma, derrumbarse por inercia, romper a llorar sin previo aviso.

Y, sin embargo, nunca había presenciado algo así. Un llanto que no llegaba como una tormenta, sino como una filtración de agua del suelo. Un fenómeno lento, inexorable. Filippo Corti empezó a llorar a pocos cientos de metros de su casa.

Al principio, Salviati ni siquiera se dio cuenta. Se había desmaquillado, se había quitado las lentillas y todos los accesorios que le deformaban la cara. Estaba mirando la calle, repasando en su fuero interno las explicaciones que daría a los demás. No veía la hora de volver a abrazar a su hija; llevaba años sin hacerlo. Quería volver a ver a Anna y Francesca, dar un apretón de manos a Elia y fumarse una pipa en paz...

Filippo lloraba.

Un sollozo cortó las reflexiones de Salviati. Entonces Filippo paró a un lado de la calle, apoyó la cabeza en el volante y siguió llorando en silencio. Salviati veía las lágrimas correr por la barba. Apartó la mirada y le preguntó:

—¿Qué pasa?

—Va a matarnos —respondió Filippo sin dejar de llorar—. Forster no quería el dinero; quiere matarnos...

—Pero ¿qué dices?

—Nos está esperando... Forster nos está esperando en mi casa. Anna... ¡Anna está en sus manos! ¡Y los demás también!

—¿Qué?

—Fui yo; es culpa mía... ¡Lo siento! ¡Creía que era lo mejor, que te estaba ayudando! Pensaba que así Forster podría quedarse con todo el dinero... Perderíamos el dinero, pero él nos dejaría en paz y Lina... Lina...

—Olvídate de Lina. —Salviati le apoyó la mano en el hombro y lo zarandeó—. ¿Qué dices? ¿Dónde está Forster?

—Os he convocado a todos aquí porque me lo pidió él... Había... ¡Había amenazado con hacerle algo a mi mujer!

Entonces Salviati lo entendió.

—¿Me estás diciendo que nos has traicionado? ¡Habla, explícate! ¿Dónde está Forster?... ¿Qué le contaste?

—Se lo conté todo. Fue después de que intentaran sobornar a mi mujer... El caso es que unos días después lo intentaron conmigo. Un tal Jonathan, un hombre de Forster...

—¡Jonathan!

—¿Lo conoces?

—Sigue.

—Le dije que sí. —Filippo sorbió con la nariz y levantó la cabeza—. Pero ¡no quería traicionar a nadie! Él me amenazó con hacerle algo a Anna, me dijo que solo quería el dinero, que tenía que saber el sitio y la hora del atraco; quería conocer el plan para...

—Y ¿tú le contaste nuestro plan?

—¡Quiso ofrecerme dinero, pero no lo cogí! Tienes que creerme; pensaba que solo quería el dinero. Y luego, mientras te estaba siguiendo a ti y a los otros tres en el Mercedes, me ha vuelto a llamar y...

—¿Te ha llamado esta mañana?

—Sí, pero no le he dicho que estaba siguiendo al Mercedes. No le he hablado del plan alternativo y de que...

—¿Qué quería?

—Decía que podía solucionarlo todo; que se llevaría el dinero y nos dejaría en paz. Y que, si me negaba..., le haría algo a Anna. Quería que nos reuniésemos, ¿entiendes? Me ha convencido de que quería el dinero... Pero luego he pensado que ¡el dinero ya lo tiene!

—Y entonces qué quiere, ¿eh? —Salviati hablaba en un tono muy bajo—. ¿Entiendes ya qué quiere?

—Quiere quedarse con el dinero y no... y no dejar testigos...

—Exacto, muy bien.

—Y él... ¿Tendría el valor de matarnos?

—Forster no es una persona normal, ¿entiendes? Es un loco, ¡un criminal loco!

Habían llegado a Daro, a pocos metros de la casa de los Corti. El Audi estaba aparcado en la acera de una pequeña plaza adoquinada. Por un instante Salviati se sintió exhausto, sin esperanzas. Luego miró la entrada de la casa. A lo mejor habían llegado con adelanto de verdad...

—Ven, rápido. —Abrió de par en par la puerta de Filippo—. Hay que avisar a los demás mientras podamos y...

Pero en ese momento la puerta se abrió, y apareció Anna. Estaba en el umbral, con los brazos caídos. Habló en un tono inexpresivo.

—Venga, entrad en casa.

—¡Anna! —exclamó Filippo—. Anna, ¿estás bien?

—Mejor que entréis —respondió ella, con la mirada perdida.

Salviati supo que era demasiado tarde. Anna ya era rehén de Forster, al igual que Francesca y Contini. Puede que Lina también. Estaban jodidos. Se la habían jugado justo al final. Miró a su alrededor. La plaza estaba vacía. Enfrente de la casa de los Corti había un edificio sin ventanas; un pequeño teatro, quizá un salón del oratorio. Salviati leyó la palabra esculpida en la fachada: UNITAS.

—Ven. —Salviati agarró a Filippo del brazo—. Vamos a entrar, anda.

¿Cómo no lo había sospechado? Forster había atacado su punto débil: se había aliado con unos aficionados y Forster se había aprovechado de su inexperiencia. Pero ya era tarde para lamentos.

Salviati había luchado y había perdido.

Filippo estaba aturdido. Salviati le apoyó una mano en el hombro y lo animó a moverse.

—Venga...

Cruzaron el umbral. Anna se apartó para dejarles pasar, y la puerta se cerró.

22

La justicia

Luca Forster dominaba el salón. Detrás de su bigote negro se leía una expresión resoluta. Pero, en la agitación frenética de sus ojos oscuros, Salviati también intuyó su inquietud. Anna y Francesca se sentaron en el sofá. Forster miró a Salviati y le dijo:

—Y ¿a Jonathan dónde lo has dejado?

—¿No te ha llamado? —replicó Salviati.

—Claro. Ya veo que has conseguido jugársela...

Salviati no respondió.

—Y ¿de qué te ha servido? —continuó Forster—. Lo has perdido todo... El dinero y a tu hija. ¡Eres un pobre imbécil, Salviati!

Forster tenía un arma en la mano; la agitaba con movimientos bruscos que seguían el ritmo de sus ojos. La voz también le salía a trompicones.

—Siéntate en el sofá —le ordenó a Salviati—. Y tú —dijo mirando a Filippo—, a ese sillón.

—Usted me... Me había dicho... —empezó Filippo.

—¡Silencio! —exclamó Forster—. ¡No perdamos tiempo!

Todos los ojos miraban a Forster. Cogió una silla y la puso en el centro del salón. Luego añadió:

—Esto es el final. Dentro de poco llegarán mis ayudantes. Pero antes quiero saber una cosa... —Miró a Salviati—. ¿Cómo se puede tirar todo por la borda de esa manera?

—Si no hubieras mandado a Jonathan y a los otros dos irrumpir en pleno atraco...

—Yo necesito ese dinero, ¿lo entiendes? ¡Lo necesito! Así que ahora no la jodas más; ahora me vas a decir...

Se interrumpió. Salviati esbozó una amplia sonrisa y le dijo:

—Pero si el dinero te lo has llevado, ¿no?

Forster dio un respingo, como si Salviati lo hubiera abofeteado. Luego se acercó a él, lentamente, sin perder de vista a los demás. Se inclinó y le asestó un culatazo en la mejilla. La cabeza de Salviati se estrelló contra el cojín; Anna gritó; Filippo parecía querer protestar. E incluso Francesca hizo amago de levantarse del sofá.

—¡Quietos! —ordenó Forster—. Esto es entre Salviati y yo. Dentro de unos minutos llegará Contini. Y luego veremos...

—¿Qué quiere hacer? —le preguntó Francesca.

Forster la miró sin responder. Pero todos supieron leer su silencio: no podía dejar que viviesen. Quería el dinero, pero también asegurarse de que no había testigos.

—Nosotros no vamos a hablar —dijo Filippo—. Usted me había prometido que...

—¡Silencio, he dicho! —Forster dio un paso hacia él—. ¿Tengo que partirte la cara a ti también?

Salviati notaba el sabor de la sangre en la boca.

Pero seguía pensando.

¿Había algo que aún pudiese hacer? No, Forster ya los tenía en un puño, como también iba a tener a Contini, que no sabía nada.

Forster estaba desquiciado. Salviati había previsto eso, pero no la trampa; jamás se habría esperado la traición de Filippo. Porque era una traición, aunque él no fuese consciente de ello: lo habían sometido y los había entregado a todos a Forster. Para ellos no había esperanza.

Habría tenido que dejar que el sillón se lo tragase. Desaparecer entre el tejido y el relleno, devorado por la tapicería blanca. Así habría desaparecido, en su salón, sin molestar a nadie.

En cambio, Filippo Corti veía por delante minutos de violencia y miedo.

Forster se la había jugado. Ya no le cabía ninguna duda: necesitaban un espía y lo habían escogido a él. ¿Cómo había podido fiarse de sus palabras?

Creía que estaba haciendo bien. Creía que, asegurándole a Forster un canal de información y la garantía de tener el dinero, estaría a salvo. Al principio, no era un razonamiento descabellado: Forster le había dicho que no se fiaba de un Salviati demasiado emocional, y Filippo había pensado que podría nadar y guardar la ropa haciendo de intermediario. Pero al final lo habían engañado.

—¿Contini vendrá con su hombre?

La verdad era que, en un momento dado, se asustó. Uno de los hombres de Forster se había puesto en contacto con Anna, señal de que algo no marchaba bien. Luego probaron con él, insinuando graves amenazas a Anna... ¿Qué iba a hacer? Se habían visto rodeados de delincuentes, ¿qué iba a hacer? ¿Confiar a su mujer a la incertidumbre de un atraco?

—¿Contini vendrá con su hombre?

Filippo bajó de las nubes. Forster estaba hablando con él. Lo miró sin entender nada. Ya había abandonado la lucha; ya solo quería convertirse en polvo en la tapicería del sillón.

—¡Te he preguntado una cosa!

—Sí —balbuceó Filippo—. Sí, he hablado con él. No lo sé, a lo mejor viene solo. Creo que vendrá solo...

—No podrá hacer nada. Os tengo a todos aquí. Y voy armado.

Mientras pronunciaba esas palabras, Forster levantó la mano con la pistola, mirándola con los ojos abiertos de par en par. Filippo volvió a camuflarse en el sillón. Justo cuando Forster bajó la mano, sonó su móvil.

—¿Sí?

Filippo notó que Forster fruncía el ceño mientras escuchaba.

—Pero ¿qué dices? —soltó de pronto—. ¿Quieres que te explique cómo están las cosas?

La respuesta de su interlocutor irritó a Forster.

—Y esperas que yo crea...

Volvió a escuchar, negando con la cabeza...

—Mira, lo has intentado y... ¿Cómo?

Esta vez, Filippo también oyó la respuesta:

—Te digo que tienes que hablar con Contini.

Al principio le pareció casi natural, como si de repente Forster hubiera puesto el altavoz. Pero luego se dio la vuelta y vio a un hombre en el umbral de la habitación. Medía casi dos metros y tenía la complexión de un armario. Llevaba un suéter verde guisante y unos vaqueros amarillos. En una mano, una pistola; en la otra, un móvil.

Forster se volvió de golpe hacia él, con el teléfono aún pegado a la oreja.

—¿Ves que estoy aquí? —dijo el hombre del suéter verde—. Renzo Malaspina, ¿no te acuerdas? Ya nos hemos visto antes.

—¿Qué te crees que haces? —gritó Forster—. ¿Qué te crees que haces?

—Me he adelantado —respondió Malaspina sin inmutarse—. Contini había intuido que intentarías hacer algo más... y he venido corriendo. He llegado unos minutos antes que tú...

Mientras hablaba, Malaspina había marcado un número en su teléfono. Se lo pasó a Forster.

—¿Qué quieres?

—Es Contini.

Forster se llevó el móvil a la oreja sin rechistar. Escuchó. Luego soltó una especie de gruñido y, acto seguido, habló:

—Yo también voy armado. Y mis hombres están al llegar. Somos más y...

Contini debía de haberlo interrumpido, porque Forster se bloqueó a mitad de la frase y se quedó un buen rato callado. Al final le devolvió el teléfono a Malaspina. Miró fijamente a Salviati unos segundos. Ese brillo de determinación en sus ojos había desaparecido. Ahora Forster parecía exhausto. Apartó la mirada y dijo:

—Me voy.

Malaspina no hizo nada por detenerlo; Forster no pareció temer su reacción. Sin decir nada más, dio media vuelta y se dirigió a la puerta principal, que cerró al salir. Entonces Malaspina se llevó el teléfono a la oreja y dijo:

—Se ha ido.

Contini ni siquiera había hablado del dinero.

Forster tenía todo el dinero, pero Contini sabía que no sería suficiente. Era un loco, un loco con el agua al cuello, para más inri, y si quería empezar completamente desde cero existía el peligro real de que se deshiciera de todos ellos. ¿Habría sido capaz de matar a cinco personas? Quizá no, pero Contini no quería correr ese riesgo. Así pues, sin darle a Forster tiempo para hablar, hizo hincapié en dos puntos.

«Uno. Estoy aquí con Elton. Si molestas a los demás, si le haces daño a alguien, lo entrego a la policía. Y acaba metido en un buen lío.

»Dos. Malaspina está ahí contigo: una pistola contra otra. Tus hombres llegarán, pero por ahora no están ahí. Estás solo.

»Así que dale el teléfono a Malaspina y vete ahora mismo sin rechistar».

Forster obedeció. ¿Qué iba a hacer si no? Por muy cabreado que estuviese, no podía ir de cabeza al matadero. Además, se equivocaba al temer que alguno de ellos pudiese hablar: ¿para qué meterse en un follón innecesario? Fin de la historia. Cuando Renzo Malaspina le confirmó que estaban todos bien, Contini soltó a Elton y lo dejó marcharse.

En ese momento, la Operación Junker Bank había terminado de verdad. Y en el fondo no había ido mal: habían liberado a Lina, y todos estaban sanos y salvos. Forster tenía el dinero y los dejaría tranquilos.

Entonces, ¿por qué Contini sentía una extraña amargura en su interior?

Quizá por la traición de Filippo. La suya había sido una mera corazonada: un toque, un retoque. Si Forster lo había intentado con Anna, lo intentaría también con Filippo. Ellos eran los aficionados, los elementos más débiles del grupo. ¿Por qué Filippo no había dicho nada? ¿Por qué les había salido bien ese chantaje? Habían dado en el blanco.

Anna no cedió, pero Filippo sí. Cometieron el error de no guardarse las espaldas, de no esperar el retoque. Si Forster sabía el día y la hora del atraco era porque alguien había hablado. ¿Y quién iba a ser, sino Filippo?

Pobre Filippo; quizá pensase que estaba ayudándolos. En cambio, les había hecho caer en la trampa. Si Contini se hubiera presentado en casa de los Corti sin sospechar nada, Forster lo habría neutralizado. Luego habría liberado a Elton, y después... Contini ahuyentó esos pensamientos. Cogió los cigarrillos y el móvil y salió del piso, pero en la puerta fue interceptado por la señora Anita:

—Señor Contini, he visto que ese energúmeno se ha ido...

—Sí. —El detective asintió—. Ya no la molestará más.

—No, si no me había hecho nada, pobre de mí. Pero lo lamento por Matteo. ¿Cree que puedo ir a verlo al hospital?

Contini se quedó un par de segundos perplejo, pero se recobró. La señora Anita era simple y llanamente amable, y un poco curiosa: un fragmento de normalidad en aquella mañana que se le hacía interminable. Tenía hambre, estaba todo amoratado y le parecía llevar una semana despierto.

—Oiga, señor Contini, ¿puedo ofrecerle una gotita de cordial?

—¿Cómo?

—Un *limoncello* que me trae mi nuera de Sicilia, muy bueno. Nos vendrá bien a los dos, ¿no le parece?

Así que Elia Contini, contusionado y con unas ojeras de caballo, se acomodó en el salón de la señora Anita. Un detective privado y una anciana viuda, rodeados de fotografías enmarcadas y tapetes de encaje. Ella, compungida, procurando servir el *limoncello* sin derramar una gota; él, un poco cohibido, hundido en un sillón de flores. No sabía muy bien qué decirle. Pero la señora Anita era una mujer más perspicaz de lo que parecía a primera vista.

—Una mañana dura, ¿eh, señor Contini?

—Mmm.

—Tanto secretismo, tanto jaleo... Cuénteme, ¿usted de qué trabaja?

Contini la miró.

—Y no me siga diciendo que es familia de Matteo...

—No se lo diré. —Contini ya no tenía ganas de mentir—. Soy investigador privado.

—¡Ah! —La señora Anita se inclinó hacia él—. Pobre de mí, ¿sabe que tengo curiosidad por conocer toda la historia?

—¿Cómo?

—Puede fiarse de mí, detective. —La señora Anita estuvo a punto de guiñarle un ojo—. Soy una tumba.

Cuando Contini llegó a Daro, todos seguían allí y estaban muy nerviosos. Le preguntaron por qué había tardado tanto, pero no entró en detalles. Huelga decir que no podía alegar como excusa un *limoncello* y una charla con la señora Anita, así que se limitó a un:

—La cuestión es que ya estoy aquí.

—Estábamos esperándote —le dijo Francesca—. Así Jean puede contárnoslo todo.

Pero Contini notó el mal ambiente. Miró a Renzo Malaspina, repanchingado en un sillón color crema. Malaspina se encogió de hombros, como diciendo: «Están todos locos». Salviati estaba en el sofá, encendiendo su pipa. Entonces Contini dio un profundo suspiro. Luego besó a Francesca y le susurró al oído:

—¿Dónde están?

Francesca le señaló las escaleras que llevaban al piso de arriba. Contini se disponía a acercarse, pero Salviati, con la pipa en la boca, masculló:

—Espera.

Al cabo de unos segundos oyeron una puerta abrirse. Anna y Filippo Corti bajaron las escaleras con expresión serísima. Él no dijo una palabra; ella, sin mirar a nadie, murmuró:

—Lo siento.

—No... —empezó a decir Francesca.

—Tengo que... —arrancó al mismo tiempo Filippo.

Un momento de silencio. Salviati encendió una cerilla para reavivar la pipa. Y Filippo dijo:

—Tengo que irme. Si queréis quedaros aquí, perfecto. Yo salgo.

Su expresión, debajo de la barba, era indescifrable. Tenía los ojos y las ojeras rojas, y la voz exenta de inflexiones.

—Quédate —dijo Salviati—. Quédate, que os cuento cómo he escapado de los tres hombres de Forster que han interrumpido el atraco. He escapado gracias a tu ayuda, Filippo.

—Yo... —balbuceó Filippo—. He hecho que Forster...

—No hablemos más del tema —lo cortó Contini—. Forster se ha ido.

—Tiene que necesitar desesperadamente el dinero para venir aquí de día, con un arma... —dijo Salviati—. Pero al final ha comprendido que no le quedaba otra.

—¿Y ahora? —dijo Anna, asustada—. ¿Volverá a intentarlo?

—No creo —respondió Contini—. Quería tenernos a todos juntos, aprovechar el momento sin correr ningún riesgo. De todas formas, ahora él tiene el dinero y Lina está libre, así que podemos darnos con un canto en los dientes.

—Pero ¡no es justo! —exclamó Anna—. No es justo que por culpa... ¡Que ahora Forster se quede con los diez millones!

—Da igual —dijo Salviati, envuelto en una nube de humo.

—¿Cómo que da igual? —Anna hablaba en un tono más alto de lo habitual—. Tanto esfuerzo, tanto miedo... Además, hemos robado un dinero, ¿os dais cuenta? ¡Y ahora ese asesino loco ha ganado diez millones de francos! ¡Diez millones! Es una injusticia...

—No le des más vueltas. —Salviati se encogió de hombros—. La justicia es que estamos vivos.

Contini aún notaba un ambiente raro. Estaban en ese salón elegante, como si hubieran sobrevivido a una catástrofe, buscando las palabras para salir de ahí sin heridas irreparables. Pero era como si aún hubiese algo oscuro, como si faltase... Por cierto, Francesca... ¿Dónde estaba Francesca? En los últimos minutos no había dicho ni una palabra, y Contini reparó en que había salido.

—¿Dónde está Francesca? —preguntó.

—Ha ido a por una cosa para mí —dijo Salviati.

—Pero qué...

Contini se interrumpió. Francesca estaba volviendo al salón por la puerta de atrás. En las manos, con un poco de esfuerzo, cargaba con una gran mochila. Una mochila de color negro.

Todo el mundo contuvo la respiración. Durante unos segundos, Contini oyó el tictac de los relojes, ahogado por el sonido lejano de un tren frenando. Luego Francesca apoyó la mochila en el centro de la alfombra. Salviati dejó su pipa y se levantó. Abrió la cremallera. Y dentro de la mochila aparecieron fajos y fajos de billetes.

Nadie había dicho aún ni una palabra.

Salviati los miró uno a uno. Y dijo:

—No me apetecía dejarle todo ese dinero a Forster.

23

Detrás de la puerta cerrada

Una cosa es oír hablar de dinero y otra es verlo. Diez millones de francos son una cantidad casi abstracta, hasta que uno los ve amontonados dentro de una mochila. Fajos de billetes, euros y francos, un destello de colores que primero transmite una sensación de gratificación estética y luego te golpea como una bofetada.

Diez millones.

No es ninguna broma.

Diez millones son diez millones. Todos se arremolinaron alrededor de la mochila mientras Salviati les enseñaba el dinero. Luego cerró la cremallera, procurando no dejar huellas dactilares, y dijo:

—Vamos a devolver el dinero al banco. Así acabamos de una vez con toda esta historia.

—Pero... —Anna carraspeó—. Pero, entonces, ¡Forster no tiene nada!

—Tiene varios miles de euros y francos —respondió Salviati—. Los que había en la mochila número dos.

—¿La mochila número dos?

—Es un poco complicado...

—¿Estás diciendo —intervino Contini— que Forster se ha ido sabiendo que, en cualquier caso, se la habías jugado?

—¿Qué iba a hacer si no?

Anna apartó los ojos de la mochila.

—Pero ¡ahora buscará este dinero! —exclamó—. Ahora volverá a...

—¡Tranquilidad! —dijo Salviati—. Te repito que Forster estaba con el agua al cuello. Se verá en un buen follón, porque debe dinero a un montón de gente muy poco recomendable. Además, nosotros ya no tendremos el dinero. Voy a dejarlo en un sitio seguro y llamaré al director Belloni.

—A estas horas ya se habrá despertado —dijo Contini con una sonrisilla—. Pero me gustaría saber qué clase de historia has organizado... Y ¡con la ayuda de Francesca!

Francesca sonrió.

—Era mi parte del plan alternativo...

—Te lo explico muy brevemente —dijo Salviati—. Es muy sencillo: le pedí a la señora de la limpieza...

—Katia.

—Le pedí a Katia que dejara en el despacho de Belloni dos objetos. En la mesa, una bandeja preparada con las tazas. Debajo de la mesa, fuera de la vista de los clientes, una mochila idéntica a la que usarían para el traslado de los billetes.

—Pero sin los billetes... —dijo Francesca.

—¡Casi! —Salviati exhaló otra bocanada de humo—. Katia no lo sabía, pero en la mochila había varios fajos de billetes falsos: poco dinero de verdad y una cantidad suficiente de papeluchos para completar el peso.

Salviati había vuelto a sentarse en el sofá. Llevaba la pipa en la mano y hablaba con voz sosegada, señalando de vez en cuando la mochila de la alfombra. Contini y Francesca estaban de pie delante de él, al igual que Anna. Filippo seguía en uno de los sillones color crema, a la derecha, mirando fijamente la mochila como si fuera una aparición milagrosa.

—Así que no me ha costado dar el cambiazo —continuó Salviati—. Ellos me han puesto la mochila encima de la mesa. Luego les he ofrecido un café y, para dejar la bandeja en el centro de la mesa, he tenido que apoyar un momento la mochila en el suelo, detrás del escritorio. Así que, durante unos segundos, solo unos segundos, Melato y el otro la han perdido de vista. Acto seguido he vuelto a cogerla y se la he puesto delante... Pero ¡ya no era la misma mochila!

Contini negó con la cabeza. Habría tenido que imaginárselo. Planes alternativos, maniobras rocambolescas... A Jean siempre le gustaba sorprender. Contini le había contado a la señora Anita una sarta de mentiras, pero cayó en la cuenta de que la realidad era más inverosímil que su imaginación.

—¿Lo veis? —repetía Salviati—. El cambiazo ya estaba dado. Así que, cuando los hombres de Forster han irrumpido en el banco, han salido conmigo y con la mochila número dos, la falsa.

—Y ¿la mochila original? —intervino Anna—. ¿Cómo ha salido del banco?

—La he tirado por la ventana.

—¿Cómo?

—Cuando he visto que algo se torcía, he acompañado a Melato y al otro al despacho de la secretaria de Belloni. Luego he vuelto al despacho del director a por la bandeja del café... Y he aprovechado esos segundos para abrir la ventana y tirar la bolsa. Justo después han llegado Jonathan y los otros dos.

—¿Has tirado la mochila? —preguntó Anna.

—Luego he ido yo a recogerla —dijo Francesca—. Jean me lo ha dicho esta mañana, antes de que empezara la marcha: cuando lo viese salir del banco, tenía que dar la vuelta al edificio y recuperar la mochila con el dinero.

—Y ¿no nos has dicho nada? —exclamó Anna.

—El jefe me ha ordenado guardar silencio. —Francesca sonrió—. No era seguro hablarlo por teléfono.

—Claro —dijo Contini—. Si yo también sé cómo es el jefe, ¿verdad, Jean? Un triple plan, que no se diga, por si corríamos el riesgo de aburrirnos.

—Esa no es la cuestión —se justificó Salviati—. Yo no quería ser otra vez cómplice de un atraco. Mejor dicho, estaba dispuesto a hacerlo para liberar a Lina, pero si podía evitar darle el dinero a Forster... Además, ha sido justo gracias al cambiazo por lo que he podido huir de Jonathan.

—Llegamos al plan número tres... —murmuró Contini.

—Le había pedido a Filippo que me siguiera, aunque ocurriese algo raro, porque sospechaba que Forster iba a pasarse de listo. No me imaginaba que este hubiera convencido a Filippo para...

—Vale —lo cortó Contini—. Ninguno nos lo imaginábamos; tampoco Filippo. Fue un fallo.

—Yo... —Filippo se sintió en la obligación de decir algo—. Yo no sé...

—Espera —dijo Contini—. Deja que Jean acabe su novela.

—No hay mucho más que contar. Filippo sabía que, si nos dirigíamos al sur, tenía que esperarme en mi casa. Le había dicho exactamente lo que hacer, dónde dejar el coche. Yo tenía que pensar en cómo librarme, en cómo llegar a él.

—Eso no estaba previsto en el plan... —dijo Contini.

—No. El caso es que le he dicho a Jonathan que el dinero no estaba en la mochila. Primero no se lo creían, pero luego han parado a comprobarlo y han visto que decía la verdad. Entonces se han puesto un poco nerviosos...

—¡Con razón! ¡No me extraña! —exclamó Francesca.

—Bueno, le he dicho a Jonathan que el dinero estaba en mi casa, adonde lo había llevado un cómplice. Él me ha prometido que, si se lo entregaba todo, me dejaría libre.

—Permite que lo dude —dijo Francesca.

—Yo también lo dudo. En fin, que me han llevado a casa y uno de ellos ha entrado conmigo. Una vez dentro, he conseguido encerrarlo con llave en el salón... Eso me ha dado diez segundos para salir por detrás y llegar al coche de Filippo.

—Entonces Forster lo sabía —dijo Contini—. Ellos lo han avisado...

Por eso tenía un cabreo de cojones: ¡sabía que el dinero no estaba en la mochila!

—Y, si nosotros hubiéramos caído en su trampa, te habría obligado a hablar.

—Equilicuá. La cosa se estaba poniendo fea...

—Se ha jugado el todo por el todo —concluyó Contini—, pero era un movimiento desesperado. Al final no ha tenido más remedio que irse con el rabo entre las piernas.

—Por cierto, Elia, ¿cómo has intuido que estábamos en apuros?

Contini explicó la historia del toque y el retoque: era inevitable que, después de tantear a Anna, Forster probase con Filippo. Salviati asintió y dijo que, en efecto, tendrían que haberse guardado mejor las espaldas. ¿Estaban celebrando un éxito? No lo parecía. De vez en cuando se veía una sonrisa, pero la presencia de Filippo les pesaba a todos.

El traidor. La palabra lo atormentaba. En el centro de la alfombra estaba la mochila con el dinero. A su alrededor todos hablaban, todos daban explicaciones. Pero el auténtico centro de aquella historia era él. No había podido desaparecer, convertirse en un parche blanco de la tapicería blanca del sofá. Estaba ahí, en silencio. Molesto como un remordimiento. Era el traidor.

En un momento dado, Salviati se levantó. No había tiempo que perder: cuanto antes encontrase Belloni el dinero, menos complicaciones habría. A esa hora, el director y su mujer ya habrían descubierto que los habían drogado. Y era probable que hubiesen llamado ya a Koller, a los distintos peces gordos del Junker y al cliente que había enviado los millones. Mejor intervenir cuanto antes y echar un cubo de agua fría al fuego.

Así que se fueron todos, uno tras otro. Primero Salviati, luego Contini con Francesca y Malaspina. En el salón se quedaron Anna y Filippo. Filippo y Anna. Anna y Filippo solos, mirándose a la cara. Los otros estaban fuera, detrás de la puerta cerrada, en el mundo real. Ellos dos, en cambio, seguían entre los escombros de la emoción y la confianza. ¿Había una vía de escape? Quizá, hurgando entre los cascotes, encontrasen la palabra idónea. La mirada capaz de salvarlos.

Filippo rompió el silencio.

—¿Estás cansada?

—¿Qué?

—Que si estás cansada.

—Son las once de la mañana.

—Ah.

—Pero sí.

—¿Cómo?

—Que sí, que estoy cansada.

Filippo asintió.

—Yo también estoy cansado. Ojalá no nos hubiéramos metido en esto. Ojalá... Lo sabía, sabía que un atraco nunca acaba bien.

—Este ha acabado bien.

—Sí, pero... Yo no quería, Anna. ¡Yo lo he hecho...

—¡No lo digas!

—... por ti!

—Te he dicho que no lo digas, ¡no quiero oírlo!

—Pero...

—Filippo, no...

—Vale, vale. Lo que puedo decir es que... Nada, creía que la situación era distinta. Y también la gente. No creía...

—Ya lo sé.

—¿Qué sabes?

—Que no creías que ibas a hacer lo que hiciste.

—¡Exacto!

—Pero lo hiciste. Le revelaste a Forster nuestro plan, pusiste en peligro la vida de todos. Incluso esta mañana, ¡te dice que nos reúnas aquí, y vas y lo haces! Tú. ¿Lo entiendes? Mi marido. ¿Lo entiendes?

—Sí.

—Vale.

—Pero quiero que nos olvidemos de todo, Anna. No es por quitarle hierro a lo que... Pero, en fin, ¿qué puedo hacer ahora?

—No lo sé.

—¿Qué vamos a hacer nosotros dos?

—No lo sé.

—¿De verdad?

—No lo sé. Mira, Filippo, tengo que explicarte un par de cosas. Tienes que entender cómo me he sentido cuando ha aparecido Forster. Pero lo entenderás, ¿verdad? ¿Podrás entenderlo?

—Yo...

—Escúchame, Filippo.

Filippo escuchaba. Ella se sentó en el otro sillón, enfrente de él. Los ruidos de la calle llegaban atenuados. No se rozaban, y se miraban solo lo justo. Pero iban hablando. Y mientras tanto pasaban los minutos de aquella mañana de invierno; las frases quebradas llenaban los vacíos de la indecisión.

—... no sabía que Forster quería...

—... y estaba ahí mirando, y lo he visto salir...

—... pero si pudiera cambiar, si pudiera hacer lo que sea por...

—... cuándo, ¿lo entiendes? ¡Me pregunto cuándo!

Los minutos pasaban, acompasados por el ruido de los trenes que se detenían y salían de la estación de Bellinzona, no muy lejos de su casa. Filippo escuchaba y hablaba, mesándose de vez en cuando la barba con el dedo índice. Estaba luchando. Después del atraco, después del miedo y la persecución, empezaba la batalla.

24

Una sonrisa interior

—Me siento como el que llega demasiado tarde —dijo el comisario Emilio De Marchi.

—Nunca es demasiado tarde —respondió Contini.

De Marchi levantó los ojos para mirarlo.

—Oiga, no crea usted que esto me divierte.

—A mí tampoco. —Contini negó con la cabeza—. No sé por qué estoy aquí.

En su despacho, el comisario De Marchi tenía la calefacción encendida todo lo posible, como si no se fiara de la primavera. Pero en su nuca reluciente brillaban un par de gotas de sudor.

—Yo se lo digo. Usted está aquí porque nos han llegado algunos rumores.

—¿Rumores? Y ¿desde cuándo la policía se dedica a los cotilleos?

—Desde que los rumores hablan de un investigador, que ya se ha metido en más de un lío, y de un viejo ladrón profesional. Desde que los rumores dicen que los dos pasan un montón de tiempo juntos.

—Somos amigos. No hemos hecho nada.

—¿Nada? ¿Seguro?

Contini se abrió de brazos, como diciendo: «Demuéstreme lo contrario». De Marchi resopló, jugando con el mechero en la mesa. Contini tenía razón: no había pasado nada. Jean Salviati había vuelto a la Provenza hacía ya un par de semanas y vivía allí tranquilamente. Era una pena que se hubiesen dado cuenta tan tarde de esa curiosa amistad. Porque el olfato del comisario le lanzaba señales de alarma.

—Contini, explíqueme cómo trabó amistad con un antiguo ladrón y estafador.

—Es una larga historia. A lo mejor porque somos distintos... Es decir, porque necesitamos a alguien con quien compararnos. Es algo que ayuda, ¿sabe?

—Me estoy conmoviendo, Contini.

—Pero ¡es verdad! En fin, que Jean Salviati me ayuda a entender mejor qué quiero y quién soy.

—Una amistad filosófica.

—Usted sonríe, comisario, pero...

—No me lo parece.

—Digamos que es una sonrisa interior.

—Contini. —El tono de De Marchi se volvió amenazante.

—Usted no me toma en serio, pero le aseguro que no hay de qué preocuparse. Jean volvió a Francia. Y me parece que no hemos robado nada, ¿no?

De Marchi accionó el mechero una, dos, tres veces. Luego miró al investigador. Y volvió a accionar el mechero. Estaba poniéndose nervioso, pero Contini tenía razón: no habían robado nada.

Se habían reencontrado en casa de Salviati, en el monte Ceneri. Él le había parecido tímido, con dificultad para expresarse. De hecho, la abrazó en la puerta. «Lina —le había dicho—. Lina». Luego la había acompañado al salón y había descorchado una botella de vino tinto. Por tercera vez le había dicho: «Lina». Entonces ella le había preguntado cómo estaba y él había intentado hacerse el gracioso. Pero Lina había notado que se le saltaban las lágrimas. Su padre. El gran ladrón. Un hombre duro. Y ahora estaba ahí, con la cara surcada por las arrugas, con la barbilla trémula.

—Fue bonito volver a ver a mi padre después de tanto tiempo.

De Marchi asintió.

—¿Un encuentro emotivo?

—Sí.

La hija de Salviati no era locuaz. Aunque tampoco es que De Marchi tuviese muy claro qué preguntarle.

—¿Volvieron a verse gracias a Contini?

—No, mi padre vino a Lugano por mí. De paso aprovechó para ir a ver a Contini.

—Los dos son viejos amigos.

No era una pregunta. Lina guardó silencio. De Marchi suspiró.

—¿Y Matteo Marelli?

—¿Matteo Marelli qué?

—¿Tienen una relación?

Lina sonrió. El comisario se adelantó al comentario sarcástico.

—No es por meterme en su vida. Estamos comprobando algunos rumores.

—¿Rumores?

—Nada grave. ¿Tienen una relación?

—No lo sé. —Lina volvió a sonreír . Ya veremos.

Entre ellos seguía habiendo cierto pudor; como si, en presencia del otro, estuviesen en guardia. No resultaba fácil. Lina era una trotamundos acostumbrada a las malas compañías y a los hoteles: noches de azar, cruceros, sonrisas como moneda de cambio. Y él era un estafador del tres al cuarto, experto en escabullirse a la mínima. Y, sin embargo, en aquellos días de cautiverio habían construido algo. Matteo no se lo explicaba, pero necesitaba ver a Lina, pasar tiempo con ella de vez en cuando.

—No estoy seguro. Habrá que verlo. De todas formas, no estamos juntos.

—Y a su padre, ¿lo conoce?
—¿A Jean Salviati? Muy poco.
—¿Han trabajado juntos alguna vez?
Matteo miró a De Marchi con expresión ofendida.
—Ya salí de ese mundillo.
—Salviati también.
—Mejor para él.
—Y ¿de qué trabaja usted, Marelli?
—Estoy buscando trabajo.
De Marchi miró por la ventana. En Viale Franscini era hora punta. El ruido de los coches llegaba atenuado por el cristal doble. Se pasó el mechero entre el índice y el pulgar, miró fijamente a Marelli y le dijo:
—Pues buena suerte.

Era un día de invierno. Pero ya podía empezar a intuirse la primavera, una especie de agitación. Como si en las personas, en los coches y en las plantas desnudas se hubiera infiltrado un agente secreto. El cielo parecía menos compacto; la luz que bañaba los castillos tenía un tono más resuelto. Lina salió de la Jefatura de la Policía cantonal de Bellinzona y se dirigió a Piazza Indipendenza.
Esperó a estar en el bar para hacer la llamada. Pidió un café y giró la silla para ver, al otro lado del ventanal, la plaza con el obelisco en el centro.
—¿Sí?
—Soy yo.
—¡Lina!
Salviati apretó el auricular y agachó la cabeza, como si quisiera hacer más íntima la conversación. El bar estaba casi desierto, pero bastaba poco para distraerlo: el repiqueteo de la caja, la risa de un cliente.
—¿Cómo estás, Lina?
—Bien. He hablado con la policía.

—Ah.

—Todo en orden. Me han hecho unas cuantas preguntas, una mera formalidad. ¿Qué tal el trabajo? ¿Has empezado con el jardín?

—He cogido los catálogos de los viveros. Estoy haciendo los pedidos para primavera.

—Me alegro.

—¿Y tú? ¿Has decidido qué quieres hacer?

—Me lo estoy pensando.

—¿Quieres pasar una época en la Provenza?

—Pero ¿qué voy a hacer yo allí?

—Mujer, algún trabajo te encontraré. Si le pregunto a la señora Augustine...

—Por ahora déjalo. Pero iré a verte con mucho gusto. Dentro de un tiempo, si acaso, cuando haga más calor.

—¡Aquí siempre hay sitio para ti! Y... —Salviati titubeó—, y si quiere venir también Matteo...

—¡Ay, gracias! Me haría mucha ilusión volver a ver la villa.

Al cabo de un rato ya no sabían qué decirse. Quizá era inevitable. Él no quería hacerle demasiadas preguntas, y ella no quería darle respuestas demasiado fáciles. En todo caso, Lina había cambiado. Estaba buscando su camino, y él no podía sino esperarla.

—Pues entonces ¡dale recuerdos a Matteo de mi parte!

—Claro. ¡Hasta pronto!

—Sí, hasta pronto...

Salviati colgó el auricular y volvió a la terraza, a la mesa junto a la puerta. Aún hacía frío, pero con la chaqueta se estaba a gusto. Se encendió la pipa y miró a la plaza. El campo de petanca estaba listo para el comienzo de la temporada. Al lado de la tienda de suvenires, detrás de los plátanos, ya destacaban las camisas de colores de los primeros turistas.

—¿Un vino blanco? —le preguntó Marcel.

—Gracias. ¿Me acompañas?

La señora Augustine se había alegrado de volver a verlo después de aquellos largos meses de ausencia. Aunque no había podido contarle toda la verdad, le había dado a entender que la cosa no se repetiría.

—Hoy hace un poco de viento —dijo Marcel.

—Mmm...

El viento soplaba del mar, barriendo las nubes que en las jornadas anteriores habían dejado un poco de lluvia. En aquellos días Salviati estaba preparando el terreno para plantar una nueva rosaleda. Había añadido un poco de sulfato de hierro y, después del aperitivo, llevaría a la villa tres sacos de abono. Marcel llamó su atención:

—Ese no se cae de milagro...

Era el señor Simon, el viejo maestro del pueblo. Siempre iba a hacer la compra en bicicleta y, a la vuelta, con dos bolsas en el manillar y una en la cesta, rodeaba los plátanos de la plaza. Un prodigioso sentido del equilibrio. Con una sonrisa, Salviati reavivó la pipa.

El atraco quedaba muy lejos. Forster no volvería a molestarlo: según los rumores que había oído, estaba acabado; los acreedores se le habían echado encima. No obstante, Salviati sabía que ese tipo de operaciones exigen una larga convalecencia. La violencia del robo, el latigazo de la acción, la sorpresa y la rabia. No son cosas que desaparezcan de un día para otro. Salviati temía que, en algún sitio, esos diez millones aún estuvieran sembrando discordia. En la conciencia de Anna y Filippo, en la incertidumbre de Lina, en el silencio de Elia...

Sí, Elia. No había vuelto a tener noticias suyas, pero Salviati sabía que era solo cuestión de tiempo. Día tras día, mientras lanzaba sus balsas o deambulaba por los bosques, Elia sentiría la necesidad de entenderlo mejor. Hasta entonces, Salviati fumaba su pipa, pensaba en sus rosas y, mientras el sol se ponía detrás de la plaza, se tomaba un vino blanco con Marcel. Se levantó el cuello de la chaqueta.

—El otro día pasó Georges —dijo Marcel—. Me dijo que habéis excavado un pozo nuevo en la villa.

—Sí, llevábamos un tiempo pensándolo.

—Vendrá bien en verano...
—Esperemos.
—Uff... ¡Hoy hace un poco de viento!
—Sí. Sopla del mar.

A Enea Dufaux le encantaba regalarse un par de días en temporada baja a bordo de su Lucky. En el fondo, un yate bien equipado no tiene nada que envidiarle a un despacho. De día estaba en la cubierta o desembarcaba en algún pueblecito; por la noche escogía un restaurante en la costa. Desde su camarote estaba conectado con todo el mundo: podía gestionar sus negocios como lo habría hecho en Milán o Zúrich.

El viento soplaba del mar hacia tierra firme. Dufaux levantó la mirada para seguir la silueta de las casas y, al fondo, las colinas. Casi le parecía captar los aromas de la Provenza, las voces de las mujeres que se demoraban, charlando, en la puerta de las tiendas.

Con su piel morena, sus pómulos marcados y su boca severa, Enea Dufaux podía despertar cierto temor. Y, en efecto, era un hombre de negocios formidable, dispuesto a aprovechar cada oportunidad. Pero a veces, cuando el cansancio lo vencía, le gustaba deleitarse con una botella de burdeos. Una cosecha especial.

Volvió a mirar el ordenador. Demasiados correos. Todos tenían alguna pregunta. Borró media docena e imprimió un informe del Junker Bank. El olfato de Reto Koller tampoco se había equivocado en esa ocasión: Dufaux había invertido un dinero en el Junker, confiando en la agresividad del pequeño banco. Había resultado ser un buen cliente, con dinero, futuro y potencial. Y Koller había hecho su trabajo: de los suizos te puedes fiar para eso. No en vano, una tercera parte del patrimonio privado mundial *offshore* estaba guardado en sus bancos.

Dufaux bostezó y bebió un trago de vino. Al pensar en Koller, se acordó de aquel follón de antes de Navidad. No había acabado de enterarse de cómo fue la cosa, pero hubo un intento de atraco. Tres desesperados se aprovecharon de una filtración e intentaron interceptar a Melato. El Junker había encubierto el asunto.

Le habría molestado perder ese dinero, pero Dufaux tampoco iba a hacer de eso un drama. Le divertían quienes se lo tomaban todo tan a pecho, quienes señalaban con el dedo: los ejecutivos, el secreto bancario, los *hedge funds*. Dufaux hacía negocios con varios países y sabía de sobra que en todas partes cuecen habas. Es más, por lo general, los suizos eran de los más honrados... Excepto Koller, por suerte.

Apagó el ordenador y volvió a levantar la mirada para ver la costa. Todas las casas seguían allí, en su sitio, y las mujeres seguían hablando en las tiendas.

Miró por encima el informe de Koller, pero a las pocas líneas se aburrió.

Hizo girar el vino en la copa. Estudió su color oscuro y bebió un sorbito. Se lo quedó en la boca, intentando reconocer los distintos matices del buqué. Luego se lo tragó y dejó la copa. En la costa se encendieron las luces. Las colinas fueron perdiendo su silueta; desapareció la frontera entre la playa y el mar.

Epílogo

Francesca se puso la capucha de la chaqueta. En el bosque no hacía demasiado frío, pero en cuanto pisó el claro notó el viento. Bajaba de las montañas, se le colaba entre la ropa, y le arrancaba escalofríos inesperados.

—Ha pasado por aquí —dijo Contini—. Ha perdido un poco de pelo al arrastrarse por debajo de la valla.

—Pero ¿tú sabes adónde va?

—No tengo ni idea. Empieza la época de celo; los machos se vuelven imprevisibles.

—Siempre lo son...

—¿Cómo?

—Nada.

—Que sepas que estamos hablando de zorros.

—Ya.

El bosque, a finales del invierno, parece exhausto. Todas las ramas están secas, las hojas marchitas son una alfombra, mezcladas con los erizos de las castañas. Pero Contini había notado un nerviosismo creciente entre sus zorros: ellos sentían la primavera.

—¿Estás seguro de que esta noche vendrá? —le preguntó Francesca.

—Claro que sí. Solo hay que esperar.

Se refugiaron a los pies de una tapia, apretados uno contra la otra. Francesca le rodeó el tronco con los brazos y apoyó la cara en el hueco de su cuello.

—¿Tienes frío? —le preguntó él.

—Sí.

—Nos vamos dentro de poco.

Pasaron unos minutos sin hablar. Fue Contini quien rompió el silencio, como si estuviese siguiendo una conversación que en realidad nunca habían tenido.

—Bueno, quería decirte que he decidido dejarlo.

—¿Mmm?

—Mi trabajo. He decidido que ya está bien.

—¿Qué dices?

—Estoy harto de ser detective.

—Pero ¿qué vas a hacer? ¿Qué vamos a hacer?

—No lo sé. Encontraré otro trabajo.

—¿Y nosotros?

—Nosotros, ¿qué?

Francesca hizo una pausa. A veces, Contini era un poco lento de entendederas. Le metió la mano por debajo de la camisa, haciéndolo temblar.

—¿Sabes que estamos escondidos como dos adolescentes?

Contini no sonrió.

—Estamos esperando al zorro.

—Claro. —Francesca le dio un beso en la sien—. Estamos esperando.

Silencio.

—Pero no tienes que preocuparte, Francesca...

Silencio.

—Encontraré otro trabajo. Además, quiero tomar las riendas de las cosas.

—¿De qué?

—De todo en general. Quiero entender algunas cosas y también quiero pensar en...

Esa vez no terminó la frase. Le rozó la mejilla con la mano y la besó. Francesca cerró los ojos, aunque ya estaba oscuro. Elia Contini, el único hombre que para darte un beso te lleva entre matorrales y zarzas. El único que antes se siente en el deber de preguntarte: «¿Quieres ver mis zorros?».

—Escucha, Contini...

—¿Mmm?

—¡Nah, nada!

El viejo zorro estaba hambriento. Con prudencia, rodeó la tapia y se quedó agazapado entre los arbustos. Reconocía los dos olores: uno lo asociaba con los destellos de luz, y el otro ya lo había olido alguna vez.

Eran olores inofensivos.

Pero el viejo zorro, antes de acercarse, estudió largo rato el terreno. Después de localizar los olores, intentó distinguir todos los ruidos, con las orejas en alto, listo para captar cualquier señal de peligro.

Ahí estaba... Había algo. Un sonido.

Un rastro de vida.

Había detectado señales de actividad debajo del suelo: en esa zona había una madriguera de conejos; ahora tenía que encontrar la salida.

El viejo zorro sabía quedarse inmóvil mucho tiempo, a la espera, hasta que un conejo se alejase lo suficiente de la madriguera. Luego llegaría el momento de la acción: dos zancadas, un salto, el impulso de los músculos... Un golpe repentino, como siempre. El silencio del bosque prometía una noche de caza y de sorpresas. El viejo zorro seguía al acecho.